LE BRISEUR D'ÂMES

DU MÊME AUTEUR
CHEZ LE MÊME ÉDITEUR

Tu ne te souviendras pas, 2010.

Ne les crois pas, 2009.

Thérapie, 2008.

SEBASTIAN FITZEK

LE BRISEUR D'ÂMES

traduit de l'allemand
par Penny Lewis

l'Archipel

Ce livre a été publié sous le titre
Der Seelenbrecher
par Knaur, Munich, 2008.

Un livre proposé par l'agence Editio Dialog, Lille.

www.editionsarchipel.com

Si vous souhaitez recevoir notre catalogue
et être tenu au courant de nos publications,
envoyez vos nom et adresse, en citant ce
livre, aux Éditions de l'Archipel,
34, rue des Bourdonnais 75001 Paris.
Et, pour le Canada,
à Édipresse Inc., 945, avenue Beaumont,
Montréal, Québec H3N 1W3.

ISBN 978-2-8098-0642-7

À Gerlinde

Ce n'est pas que j'aie peur de la mort,
je veux juste ne pas être là quand elle arrivera.

Woody Allen

71 jours avant la Peur

Dossier médical n° 131071/VL

Elle n'était pas nue, cette fois-ci, ni attachée au vieux fauteuil de gynécologue. Le psychopathe qui la séquestrait fouillait parmi des instruments disposés sur une table d'appoint rouillée. Lorsqu'il se retourna, elle ne vit pas tout de suite ce qu'il tenait dans sa main ensanglantée. Mais, une fois qu'elle eut compris, elle essaya de fermer les yeux. En vain. Elle ne parvenait pas à détourner le regard du fer à souder qui approchait lentement de son entrejambe. L'inconnu au visage ébouillanté lui maintenait les paupières ouvertes grâce à un jet d'air comprimé. Alors qu'elle pensait ne pas pouvoir connaître pire douleur au cours des quelques minutes qu'il lui restait à vivre, le fer à souder disparut de son champ de vision et elle ressentit une atroce brûlure entre ses cuisses. Elle comprit alors que le calvaire de ces dernières heures n'était rien comparé à ce qui l'attendait.

Puis, au moment où elle crut sentir une odeur de chair calcinée, elle revint à la réalité. La cave humide, la lumière faiblarde de l'halogène qui dansait au-dessus de sa tête, la chaise de torture et la table en métal, tout disparut pour laisser place au néant, à l'obscurité.

Dieu merci, se dit-elle, *ce n'était qu'un rêve.*

Elle ferma les yeux. Et demeura perplexe.

Le cauchemar dont elle était prisonnière n'était pas terminé, il avait seulement pris une forme différente.

Où suis-je ?

À en juger par le vieux couvre-lit et la moquette verdâtre, tous deux mouchetés de taches et de brûlures de cigarettes, elle se trouvait dans un hôtel miteux. Lorsqu'elle sentit la rugosité de la moquette sous ses pieds, elle se crispa sur son siège, une chaise en bois des plus inconfortables.

Je suis pieds nus. Pourquoi je ne porte pas de chaussures ? Et qu'est-ce que je fais dans cet hôtel sordide, les yeux rivés sur la mire d'une télévision en noir et blanc ?

Les questions se bousculaient. Soudain, un bruit la fit sursauter, comme sous l'effet d'un électrochoc. Elle tourna aussitôt son regard vers la porte. Celle-ci trembla sur ses gonds une fois, deux fois, puis s'ouvrit brusquement sur deux policiers armés. Ils la mirent en joue avant de baisser la garde, et la nervosité qui se lisait sur leurs visages fit place à l'effroi et à l'incompréhension.

— Nom de Dieu, mais qu'est-ce qui s'est passé ici ? s'exclama le plus petit des deux, qui avait enfoncé la porte et fait irruption le premier dans la pièce.

— Ambulancier ! hurla l'autre. Un médecin, vite ! Il nous faut de l'aide de toute urgence !

Dieu merci, se dit-elle pour la deuxième fois en quelques secondes.

La peur l'empêchait de respirer normalement, elle avait mal partout, elle sentait les excréments et l'urine. Cela, ajouté au fait qu'elle ne savait absolument pas comment elle était arrivée là, faillit la faire basculer dans l'hystérie. À présent, les deux policiers se tenaient devant elle et appelaient les secours. Voilà qui n'augurait rien de bon.

Quelques secondes plus tard, un urgentiste chauve portant une boucle d'oreille et affichant d'énormes cernes entra dans la chambre et s'agenouilla devant elle. Apparemment, une ambulance était sur place. Ce qui n'augurait rien de bon non plus.

— Vous m'entendez ?

— Oui...

— J'ai l'impression qu'elle ne comprend pas.

— Si, si.

Elle tenta de lever le bras, mais ses muscles ne réagirent pas.

— Comment vous appelez-vous ?

Le médecin sortit une minuscule lampe de poche et la lui braqua dans les yeux.

— Vanessa, souffla-t-elle d'une voix rauque. Vanessa Strassmann.

— Elle est morte ? demanda le policier qui se tenait derrière elle.

— Les pupilles réagissent à peine à la lumière et elle n'a pas l'air de voir ni d'entendre. Elle se trouve dans un état catatonique, si ce n'est comateux.

— Vous racontez n'importe quoi ! cria Vanessa.

Elle essaya de se mettre debout, en vain. Le moindre geste lui était impossible.

Qu'est-ce qui m'arrive ?

Elle répéta cette phrase à voix haute le plus distinctement possible, mais personne ne semblait vouloir l'écouter. Au contraire, ambulancier et policiers lui tournèrent le dos et s'adressèrent à quelqu'un qu'elle ne voyait pas encore.

— Depuis combien de temps elle n'est pas sortie de cette chambre, vous dites ?

La tête de l'urgentiste lui bouchait la vue. Elle entendit une jeune femme répondre.

— Trois jours, peut-être même plus. Quand elle est arrivée, j'ai tout de suite vu qu'un truc clochait. Mais elle a demandé à ce qu'on ne la dérange pas.

Elle dit n'importe quoi !

Vanessa secoua la tête.

Je ne serais jamais descendue dans un bouge pareil de mon plein gré. Même pour une seule nuit !

— D'ailleurs, je n'aurais pas osé frapper à la porte, sans ces horribles râles...

— Regardez !

— Quoi ?

— J'ai trouvé quelque chose, là.

Vanessa sentit le médecin lui desserrer les doigts de la main gauche et en retirer un petit objet à l'aide d'une pincette.

— Qu'est-ce que c'est ? demanda le policier.

Vanessa était aussi étonnée que les autres personnes présentes dans la pièce. Elle n'avait même pas remarqué qu'elle tenait quoi que ce soit.

— Un petit morceau de papier.

Une fois que l'urgentiste l'eut déplié, Vanessa écarquilla les yeux afin de déchiffrer l'inscription, pour ne finalement apercevoir que des espèces de hiéroglyphes. La phrase était rédigée dans une langue qui lui était totalement inconnue.

— Il y a écrit quoi ? s'enquit le deuxième flic, resté près de la porte.

— Bizarre. « On ne m'achète que pour me jeter aussitôt », lut le médecin en fronçant les sourcils.

Dieu du ciel.

Lorsqu'elle entendit ces quelques mots prononcés sans la moindre hésitation, Vanessa prit conscience de la gravité du cauchemar qu'elle était en train de vivre. Pour des raisons qu'elle ignorait, elle était dans l'incapacité totale de communiquer. Elle ne pouvait ni parler, ni lire, et sans doute pas écrire.

Lorsque le médecin lui éclaira de nouveau les pupilles, elle eut soudain l'impression d'être privée de ses sens. Oubliées, la puanteur de son corps et la rugosité de la moquette sous ses pieds. Moins les voix autour d'elle étaient distinctes, plus l'angoisse montait. À peine l'urgentiste avait-il lu la phrase écrite sur le morceau de papier qu'une force invisible s'était emparée d'elle.

On ne m'achète que pour me jeter aussitôt.

Une étreinte glacée qui l'entraînait une nouvelle fois vers le lieu qu'elle avait quitté quelques minutes auparavant, en espérant ne jamais y retourner.

Ce n'était pas un rêve. À moins que...

Elle tenta de faire signe au médecin, mais lorsque la silhouette de celui-ci se brouilla peu à peu, la peur l'envahit. Effectivement, personne ne l'avait entendue. Elle n'avait réussi à parler ni au médecin, ni à la gérante de l'hôtel, ni aux policiers. Car elle ne s'était jamais réveillée. Bien au contraire. Lorsque la lumière de l'halogène se remit à danser au-dessus de sa tête, elle comprit: elle s'était évanouie au début de la séance de torture. Ce n'était pas le psychopathe, mais l'hôtel, qui faisait partie du rêve, et ce dernier laissait à présent place à la terrible réalité.

À moins que je ne me trompe encore? Au secours, aidez-moi! Je n'arrive plus à différencier le réel de l'imaginaire.

Retour à la case départ. La cave humide, la table en métal, le fauteuil de gynécologue auquel elle était attachée. Nue au point de sentir le souffle du bourreau entre ses jambes, à l'endroit le plus endolori de son corps. Puis la face ébouillantée de son tortionnaire réapparut brièvement devant ses yeux.

— J'ai délimité la zone. On peut commencer, annonça-t-il d'une bouche dépourvue de lèvres.

Et il reprit le fer à souder.

Aujourd'hui, 10 h 14
Bien plus tard,
de nombreuses années après la Peur

— Alors, mesdames et messieurs, que pensez-vous de cette entrée en matière? Une femme se réveille d'un cauchemar pour aussitôt se retrouver plongée dans le suivant. Intéressant, non?

Le professeur se leva pour mieux observer les visages troublés de ses étudiants.

Il remarqua seulement à cet instant que tout le monde avait fait un effort vestimentaire, sauf lui. Comme tous les matins, il avait pris au hasard dans son armoire un vieux costume fripé. On le lui avait vendu à un prix exorbitant, sous prétexte que la couleur grise du veston croisé se mariait à ravir avec le noir de ses cheveux, à l'époque où il les laissait mi-longs, en signe de rébellion post-pubère.

Aujourd'hui, bien des années plus tard, s'il avait dû racheter une tenue assortie à sa coiffure, son choix se serait porté sur un costume gris cendre, avec de petites taches claires par endroits et un trou dans le dos, semblable à une tonsure de moine.

— Aucun commentaire?

Il commit l'imprudence d'effectuer un pas de côté, réveillant ainsi une vieille douleur dans le ménisque. Six personnes seulement s'étaient portées volontaires. Quatre femmes, deux hommes. Comme d'habitude. Pour de telles expériences, les femmes composaient toujours la majorité. Soit parce qu'elles étaient plus courageuses, soit parce qu'elles avaient plus besoin de l'argent proposé en échange de leur participation.

— Excusez-moi, je ne suis pas sûr d'avoir bien saisi…

Rangée de gauche, deuxième place. Le professeur chercha sur la liste des participants le nom du jeune homme qui venait de prendre la parole : *Florian Wessel, deuxième année.*

— Ça, c'est censé être un protocole de traitement médical?

Wessel avait lu attentivement les premières pages, un crayon impeccablement taillé à la main. La petite cicatrice en forme de croissant de lune située sous son œil droit témoignait probablement d'anciennes bagarres au sein de son syndicat étudiant. Il marqua la page à l'aide de son crayon et referma le dossier.

— Tout à fait.

D'un sourire, le professeur fit comprendre à l'étudiant que sa perplexité était légitime. Elle se révélait même capitale pour l'expérience.

— Un fer à souder? Une séance de torture? Des policiers? Sauf votre respect, j'ai plus l'impression de lire un polar que le dossier d'un patient.

Sauf votre respect? Le professeur n'avait pas entendu cette expression depuis des lustres. Il se demanda si cet étudiant impeccablement coiffé parlait toujours ainsi, ou s'il se laissait gagner par l'austérité intimidante des lieux. Il savait pertinemment que les terribles événements survenus dans ce bâtiment en avaient découragé plus d'un. Malgré les 200 euros à la clé.

Mais c'était là tout l'enjeu de l'expérience, qui devait se dérouler ici et nulle part ailleurs. L'endroit idéal, mis à part l'odeur de renfermé et le froid qui régnaient dans l'établissement tout entier. Le professeur avait même hésité à nettoyer la cheminée et à y allumer un feu. En ce 23 décembre, les températures étaient largement négatives. Ils avaient fini par se procurer deux vieux radiateurs d'appoint qui peinaient à chauffer la vaste pièce.

— Cela vous fait penser à un polar? Eh bien, vous n'avez pas tout à fait tort, répondit le professeur.

Il inspira profondément et joignit les mains tout en repensant à celles, calleuses, de son grand-père qui, contrairement à lui, avait travaillé toute sa vie en extérieur.

— On a retrouvé ce document dans le cabinet d'un de mes collègues psychiatres, Viktor Larenz[1]. Vous avez probablement déjà entendu parler de lui.

— Larenz? Il est mort, non?

L'étudiant qui venait de prendre la parole ne s'était porté volontaire que la veille. Le professeur consulta une nouvelle fois la liste. Lui et sa petite amie, Lydia, étaient assis tellement près l'un de l'autre qu'on aurait pu à peine glisser un fil dentaire entre eux. Surtout du fait de Patrick : dès que Lydia essayait d'avoir un peu plus d'espace, il se rapprochait d'elle, prouvant ainsi ostensiblement qu'il la possédait. Son sweat-shirt portait l'inscription : « Jésus t'aime », suivie de : « Pour nous, tu n'es qu'un pauvre con » en plus petits caractères. Patrick l'avait déjà porté au moins une fois, le jour où il était venu se plaindre d'une mauvaise note auprès du professeur.

— Il n'est pas question ici de Viktor Larenz, objecta l'enseignant. J'ajouterai même que son histoire n'a rien à voir avec l'expérience d'aujourd'hui.

— De quoi s'agit-il, alors? demanda Patrick en croisant les jambes.

1. Personnage principal de *Thérapie*. *(N.d.É.)*

Il n'avait pas lacé ses chaussures de cuir, afin que le bas de son jean n'en recouvre pas la languette. Faute de quoi, le logo sur la cheville serait passé inaperçu.

Le professeur ne put s'empêcher de sourire. Des chaussures aux lacets défaits, un pantalon déchiré, un chandail blasphématoire. Quelqu'un dans l'industrie de la mode semblait avoir mis un point d'honneur à rendre monnayables les pires cauchemars de ses parents, tous deux conservateurs.

— Sachez que…

Il se rassit derrière une grande table en chêne et ouvrit une sacoche en cuir aussi élimée qu'un arbre à chat.

— … que ces faits sont avérés. Je vous ai photocopié un vrai dossier médical. Et l'original, le voici.

Il sortit un livre usagé et le posa sur la table. Son titre : *Le Briseur d'âmes*, en lettres vertes sur fond vert. Sur la couverture, on distinguait également des silhouettes d'oiseaux noirs planant au-dessus d'une forêt menaçante.

— Méfiez-vous des apparences. Oui, à première vue, on dirait un roman. Mais ce n'est que l'arbre qui cache la forêt.

Il fit courir les trois cents pages du livre entre ses doigts.

— Pour certains, ce protocole est le fruit de l'imagination d'un patient. Larenz a soigné de nombreux artistes, y compris des écrivains. Mais il existe une autre théorie, ajouta le professeur d'une voix plus basse, en plissant les yeux. En effet, d'autres pensent que Viktor Larenz a couché sa propre expérience sur le papier.

— Mais pourquoi ?

Cette fois-ci, c'était Lydia, sa meilleure étudiante, une jeune femme châtain en col roulé, qui avait pris la parole. Il ne comprenait pas ce qu'elle pouvait bien trouver à l'étudiant mal rasé assis à ses côtés. Ni pourquoi on lui avait refusé une bourse d'études, malgré ses résultats brillants au baccalauréat.

— Le Dr Larenz aurait remanié ses notes pour en faire un polar? Mais dans quel but?

— Nous allons essayer de le découvrir ce soir. C'est l'objectif de l'expérience.

Le professeur griffonna quelques mots sur le bloc-notes posé à côté de la liste des participants, puis s'adressa aux femmes assises à sa droite, qui n'avaient pas encore prononcé un mot.

— Je comprends tout à fait que vous hésitiez, mesdames.

L'une d'elles, une rousse, leva la tête, tandis que ses deux voisines gardaient les yeux rivés sur le document.

— Réfléchissez-y tous une dernière fois. L'expérience à proprement parler n'a pas encore démarré. Vous pouvez décider d'arrêter et de rentrer chez vous, il en est encore temps.

Les femmes hochèrent la tête, indécises.

Quant à Florian, il se pencha en avant et se massa machinalement le front, près de la naissance des cheveux.

— Et les 200 euros?

— Ils ne seront versés qu'aux participants. Et uniquement si vous respectez la clause mentionnée dans le protocole de participation, à savoir lire ce dossier d'une traite.

— Et après? Qu'est-ce qui se passe, une fois qu'on a terminé?

— La phase suivante pourra débuter.

Le psychiatre extirpa de sa sacoche une pile de formulaires frappés du sceau de l'université.

— Si vous choisissez de rester, je vous prierai de bien vouloir signer ceci.

Puis il distribua le document, selon lequel le sujet renonçait à poursuivre l'université pour toute séquelle psychosomatique qui pourrait résulter de sa participation volontaire à l'expérience.

Florian Wessel s'en empara, l'examina, et arbora une moue dubitative à la vue du filigrane de la faculté de médecine.

— Ça me met trop mal à l'aise.

Il rangea son crayon à papier, ramassa son sac à dos et se leva.

— Je pense savoir de quoi il retourne. Et si c'est bien ce que je crois, j'ai trop peur pour aller au bout.

— Votre franchise vous honore.

Le professeur reprit le formulaire de Florian ainsi que son dossier. Puis il se tourna vers les trois étudiantes à sa droite, en train de se consulter.

— Nous ne savons pas de quoi il s'agit, mais si Florian abandonne, on devrait en faire autant.

Encore une fois, la rousse fut la seule à s'exprimer.

— Comme vous voulez. Aucun problème.

Là encore, il rassembla leurs fascicules, tandis que les jeunes femmes enfilaient leur manteau.

Florian, qui attendait près de la porte, avait déjà remis sa veste à capuche et ses gants.

— Et vous?

Il regardait Lydia et Patrick qui, toujours indécis, continuaient à feuilleter le dossier. Tous deux finirent par hausser simultanément les épaules.

— Oh, on verra bien. Du moment qu'il n'y a pas de prise de sang au programme, dit Patrick.

— Il a raison, on verra bien, renchérit Lydia.

Celle-ci réussit enfin à s'écarter un peu de son petit ami et reprit la parole.

— Vous resterez avec nous tout au long de l'expérience, n'est-ce pas, professeur?

— Oui.

— Et, pour l'instant, on doit lire, c'est tout? Rien d'autre?

— Exactement.

Ils entendirent la porte se refermer derrière eux. Ceux qui avaient abandonné étaient sortis sans même dire au revoir.

— Alors, je continue. Si ça peut me permettre de gagner un peu d'argent...

D'un regard, Lydia rappela au professeur sa promesse tacite de garder le silence.

Je sais.

Il y répondit par un signe de tête bref et discret.

C'est sûr, tu as besoin d'argent.

Alors que le professeur se morfondait par l'un de ces trop chauds week-ends d'avril, il avait fait une incursion dans la vie privée de Lydia.

Son seul et unique ami lui avait conseillé de sortir de ses « schémas de pensée » habituels, s'il voulait tourner définitivement la page. En d'autres termes, il devait innover. Trois verres plus tard, ils s'étaient retrouvés dans ce bar. Rien de bien excitant. Ils avaient assisté à un show candide et ennuyeux. Les filles avaient beau être topless, elles dansaient comme des adolescentes en discothèque.

Il s'était tout de même fait l'effet d'un vieil ours asocial lorsque Lydia avait surgi devant lui avec la carte des boissons. Sans col roulé ni serre-tête, mais avec une jupe d'écolière. Et rien d'autre.

Il avait commandé un cocktail mais était parti sans le boire, laissant son ami en plan, tout en ayant hâte de revoir Lydia en cours, assise au premier rang. Ils n'en avaient jamais reparlé, mais le psychiatre était certain que Patrick ignorait tout des activités extrascolaires de sa petite amie.

— On risque quoi, de toute façon? ajouta Lydia avec un léger soupir, tout en signant au bas du document.

Le professeur se racla la gorge mais ne répondit pas. Il se contenta de vérifier les deux signatures, puis jeta un coup d'œil à sa montre.

— Très bien, nous y voilà.

Il sourit afin de cacher son malaise.

— L'expérience commence maintenant. Veuillez ouvrir le dossier médical à la page 6.

17 h 49, le 23 décembre
Neuf heures et quarante-neuf minutes avant la Peur

Dossier médical n° 131071/VL

— Imaginez plutôt...

La voix de la vieille dame devant laquelle Caspar était agenouillé ne lui parvenait que de loin, comme à travers une porte fermée.

— Un père et son fils roulent de nuit, sur une route enneigée. Le père perd le contrôle de la voiture, qui percute un arbre. Le père meurt sur le coup tandis que le fils, grièvement blessé, est évacué vers l'hôpital le plus proche. Mais quand le chirurgien arrive au bloc, il s'exclame : « Mon Dieu, je ne peux pas l'opérer ! Il s'agit de mon fils ! »

La vieille dame allongée sur le lit marqua une courte pause puis demanda, triomphante :

— Comment cela est-il possible, étant donné que le garçon ne peut avoir deux pères ?

— Je n'en ai aucune idée.

Caspar, qui essayait de réparer la télévision, ne put que deviner le petit sourire espiègle esquissé par la vieille dame.

— Allons, un petit effort. La solution n'est pas si difficile à trouver, surtout pour un homme de votre intelligence.

Tout en passant la main derrière l'énorme poste de télévision, il se retourna vers Greta Kaminsky.

Cinq minutes auparavant, cette veuve de banquier, âgée de soixante-neuf ans, avait frappé à sa porte pour lui demander de jeter un œil à sa « boîte à inepties », surnom dont elle affublait la télévision surdimensionnée par rapport à la petite chambre qu'elle occupait au dernier étage de la clinique Teufelsberg. Bien sûr, il avait immédiatement accepté de lui rendre service, malgré l'interdiction formelle du professeur Rassfeld. Le directeur de la clinique refusait que Caspar sorte de sa chambre sans surveillance.

— Malheureusement, Greta, je ne suis pas très doué pour les devinettes, répondit-il en toussant à cause de la poussière accumulée derrière la télévision. Et n'oubliez pas que je suis un homme, donc monotâche.

Il reprit sa position initiale et chercha à tâtons la minuscule prise antenne, normalement située sur le côté. Impossible de décaler le poste du mur, même de quelques millimètres.

— Taratata ! Ne soyez pas si modeste, Caspar ! insista Greta en tapotant le matelas de la main.

Caspar.

Le surnom que lui avait donné le personnel soignant.

Il fallait bien s'adresser à lui d'une façon ou d'une autre, en attendant de connaître sa véritable identité.

— Essayez, au moins ! Vous allez peut-être vous découvrir un talent caché. Qui sait, puisque vous ne vous souvenez de rien.

— C'est faux, gémit-il en continuant à glisser la main entre le poste de télévision et le mur. Je sais encore nouer une cravate, lire et faire du vélo. J'ai juste oublié mon passé.

Votre mémoire factuelle est en grande partie intacte, lui avait expliqué le Dr Sophia Dorn, psychiatre, au début de leur première séance. *Mais tout ce qui vous définit sur le plan émotionnel, donc tout ce qui constitue votre personnalité, a malheureusement disparu.*

Amnésie rétrograde. Perte de mémoire.

Il ne se souvenait ni de son nom, ni de sa situation familiale, ni de sa profession. Il ne savait même pas comment il avait échoué à la clinique Teufelsberg, un luxueux établissement surplombant la banlieue berlinoise. Elle était située sur une colline artificielle érigée avec les gravats de Berlin, après les bombardements de la Seconde Guerre mondiale. Au cours de la guerre froide, l'armée américaine y avait installé son service d'écoutes téléphoniques, et le bâtiment de quatre étages où était soigné Caspar avait fait office de mess pour les agents secrets. Après la chute du Mur, le Pr Samuel Rassfeld, célèbre neuropsychiatre, avait racheté et modernisé l'établissement, afin de créer l'une des meilleures cliniques spécialisées dans le traitement des troubles psychosomatiques. À présent, la bâtisse trônait telle une forteresse au-dessus de la forêt, et n'était accessible que par une voie privée. Voie sur laquelle on avait retrouvé Caspar, dix jours auparavant. Inconscient, recouvert d'une fine couche de neige et en hypothermie.

Ce soir-là, Dirk Bachmann, le gardien de la clinique, avait conduit Rassfeld à un rendez-vous à l'hôpital de Westend. S'il était rentré une heure plus tard, Caspar serait mort de froid au bord de la route. Mais ce dernier se demandait parfois si cela n'eût pas été préférable.

Vaut-il mieux mourir, ou vivre sans connaître sa véritable identité ?

— Ne vous torturez pas ainsi, dit doucement Greta.

Elle semblait avoir lu dans ses plus sombres pensées, tel un médecin, alors qu'elle souffrait elle-même de psychose anxieuse dès qu'elle restait seule trop longtemps.

— La mémoire, c'est comme une belle femme, ajouta-t-elle tandis que Caspar s'évertuait à chercher cette fichue prise antenne. Si vous lui courez après, elle se lassera de vous. Il suffit de porter votre attention sur autre chose pour que cette même femme, piquée au vif, revienne tout naturellement vers vous.

Elle étouffa un petit rire.

— Tout comme notre belle thérapeute, qui est aux petits soins pour vous.

— Qu'est-ce que vous insinuez ? demanda Caspar, surpris.

— Enfin, les vieilles dames ne sont pas les dernières à avoir le coup d'œil ! Je trouve que vous formez un très beau couple, Caaspaarrr.

Caaspaarrr.

La façon qu'avait Greta de faire traîner les voyelles, surtout les A, et de rouler les R, lui rappelait les stars de cinéma d'après-guerre. Depuis que son mari avait trouvé la mort, sept ans auparavant, sur un parcours de golf, terrassé par une crise cardiaque, elle passait tous les Noëls à la clinique. Ainsi, elle ne se retrouvait pas seule et échappait à la dépression typique des fêtes de fin d'année. C'était donc une véritable catastrophe que sa télévision, qu'elle laissait allumée toute la journée pour avoir un semblant de compagnie, soit tombée en panne.

— Moi, si j'avais été plus jeune, je vous aurais invité à un thé dansant, déclara-t-elle dans un petit gloussement.

— Merci beaucoup, répondit Caspar en riant.

— Je suis on ne peut plus sérieuse. À votre âge, quarante ans environ, mon mari avait lui aussi une frange et de belles mains. Et... il partageait ma passion des devinettes !

À la manière d'une institutrice, elle tapa des mains pour signifier la fin de la pause.

— Allons, essayons encore une fois.

Caspar émit un son plaintif tandis que Greta répétait l'énoncé de la devinette.

— Un père et son fils ont un accident de voiture. Le père meurt, le fils survit...

Malgré la fenêtre entrouverte, Caspar se mit à transpirer. La matinée avait vu se succéder des averses de neige et, aux alentours de midi, la température était redescendue en dessous de zéro. Dehors, dans la forêt, il faisait certainement deux degrés de moins qu'en ville. Mais Caspar avait l'esprit occupé ailleurs.

Ah ! Son index frôla un anneau métallique. *Je n'ai plus qu'à brancher le câble là et...*

— Le fils, grièvement blessé, est admis aux urgences. Mais le chirurgien refuse catégoriquement de l'opérer, au prétexte qu'il s'agit de son propre fils.

Caspar se leva, prit place devant l'écran et saisit la télécommande.

— Alors ? interrogea Greta, une pointe de malice dans la voix.

— Et voilà le travail, rétorqua Caspar en allumant la télévision.

La voix sonore d'un présentateur de journal télévisé emplit la pièce. Lorsque l'image apparut, Greta applaudit, gaie comme un pinson.

— Ça remarche, fantastique ! Vous êtes un génie.

Je ne sais même pas qui je suis, pensa Caspar en époussetant son jean.

Alors qu'il s'apprêtait à répondre : « Je retourne dans ma chambre avant que l'infirmière se mette en colère », Greta lui fit signe de se taire.

— *De nouvelles informations nous sont parvenues à propos du criminel surnommé le Briseur d'âmes, qui terrorise les femmes de la région depuis maintenant plusieurs semaines.*

La vieille dame monta le son.

17 h 56

— *Nous venons d'apprendre le décès de sa première victime, Vanessa Strassmann, vingt-six ans, une étudiante en théâtre hospitalisée en soins intensifs à l'hôpital de Westend. Elle avait disparu il y a deux mois et demi, pour être retrouvée la semaine passée dans un motel sordide. Nue, en état de choc, et paralysée.*

Pour mieux restituer l'ampleur de la tragédie, la photo d'une ravissante jeune femme apparut à l'écran, bientôt suivie de deux autres. Là encore, on avait pris soin de choisir des photos particulièrement avantageuses.

— *Tout comme Doreen Brandt, une célèbre avocate, et l'institutrice Katja Adesi, Vanessa Strassmann ne présentait pas le moindre signe de maltraitance physique. Les médecins avaient par la suite confirmé l'absence de viol, de coups et de tortures. En revanche, sur le plan mental, elle n'était plus que l'ombre d'elle-même. Avant son décès, survenu dans la journée, elle ne réagissait plus qu'à des stimuli visuels et sonores extrêmes, demeurant sinon dans un coma vigile.*

Les photos de la victime disparurent pour laisser place à un plan fixe sur un hôpital moderne.

— *Pour l'heure, les médecins n'ont pu déterminer la cause du décès. De plus, on ignore toujours quels sévices les jeunes femmes ont subis. Les morceaux de papier retrouvés dans les mains des victimes constituent peut-être un début de piste, mais la police se refuse à tout commentaire. Seul point positif : aucune autre disparition n'a été signalée. Espérons que cette trêve continuera après les fêtes de fin d'année. L'annonce de l'arrestation du Briseur d'âmes serait notre plus beau cadeau de Noël, n'est-ce pas, Sandra ?*

Avec un sourire des plus professionnels, le présentateur se tourna vers sa collègue, qui enchaîna sur la météo.

— *En effet, Paul. Mais prions surtout pour que les autres cadeaux arrivent à temps sous le sapin. Après les chutes de neige les plus importantes depuis vingt ans, des pluies verglaçantes paralyseront la circulation dans la plupart des grandes villes. Sans oublier des vents très violents qui...*

Des pluies verglaçantes, répéta intérieurement Caspar en contemplant le symbole correspondant sur la carte. Puis, pour la première fois, l'impensable se produisit.

Soudain, le souvenir le percuta avec une telle violence qu'il eut le plus grand mal à le retenir.

— Tu reviens vite, hein ?

— Oui, ne t'inquiète pas.

Il caressa ses cheveux trempés de sueur, qui lui étaient tombés devant les yeux pendant les convulsions.

— Tu ne me laisses pas trop longtemps toute seule, dis ?

— Non.

Bien sûr, il n'entendait pas ce qu'elle disait. La petite avait la langue paralysée depuis déjà plusieurs minutes. Mais la pression que la fillette de onze ans exerçait avec ses doigts sur sa main suffisait à lui transmettre ses suppliques silencieuses.

Peut-être n'était-ce qu'un réflexe, au même titre que le clignement incontrôlé de sa paupière droite. Il préférait ne pas envisager cette hypothèse.

— J'ai tellement peur. Je t'en supplie, aide-moi.

À la vue de ce petit corps fragile qui appelait tout entier au secours, il dut ravaler ses larmes. Pour ce faire, il se concentra sur le grain de beauté qui ornait la joue droite de l'enfant.

— Je vais te sortir de là, chuchota-t-il. Fais-moi confiance.

Puis il l'embrassa sur le front tout en priant pour qu'il ne soit pas trop tard.

— OK ! murmura la fillette sans remuer les lèvres.

— Tu es très courageuse, ma chérie, même trop pour ton âge.

— Je sais.

Elle lui lâcha la main.

— Dépêche-toi, lui ordonna-t-elle, toujours en silence.

— Bien sûr. Je vais te libérer, je te le promets.

— J'ai peur. Tu reviens vite, papa ?

— Oui, ça va s'arranger, mon trésor. Tout redeviendra comme avant. Ne t'inquiète pas, ma chérie, d'accord ? J'ai commis une erreur, mais je vais te sortir de là et…

— Qu'en pensez-vous ?

La voix de Greta tira Caspar de son angoissante rêverie.

Il avala la salive accumulée dans sa bouche et finit par ouvrir les yeux. Il sentit les larmes monter dès que la lumière de la télévision traversa ses pupilles. Manifestement, Greta ne s'était rendu compte de rien.

— Pardon ?

Une odeur de papier brûlé lui chatouilla les narines, comme si cette première bribe de souvenir était en fait un signal de fumée.

De quoi s'agissait-il ? D'un vrai souvenir? D'un rêve ? Encore choqué par les images qui venaient de lui traverser l'esprit, Caspar porta machinalement la main à son torse, à l'endroit où, sous son T-shirt, se trouvaient les brûlures récentes qu'il avait découvertes en prenant sa première douche à la clinique. Il n'en savait pas plus sur leur origine que sur sa véritable identité.

— Voilà qui est intéressant, s'exclama Greta, très excitée. Qu'est-ce qu'il peut bien y avoir écrit dessus ?

Elle baissa le son, et l'odeur de brûlé disparut peu à peu.

— De quoi parlez-vous ?

— De ces morceaux de papier retrouvés sur les victimes du Briseur d'âmes. Qu'est-ce que ça veut dire, à votre avis ?

— Aucune idée, répondit Caspar évasivement.

Il devait à tout prix sortir de cette chambre. Se reprendre. Réfléchir à la signification de ce souvenir et en parler à sa psychiatre.

Est-ce que j'ai une fille ? Est-ce qu'elle m'attend quelque part à l'extérieur ? Est-ce qu'elle est malade ? Seule ?

— Vous feriez mieux d'éteindre la télévision, c'est le genre d'histoire qui pourrait bien vous faire perdre le sommeil.

Il se dirigea lentement vers la porte en s'efforçant de cacher son trouble.

— Allons bon, le Briseur d'âmes ne risque pas de s'en prendre à moi.

Greta rit et posa ses lunettes à grosse monture sur la table de nuit.

— Je ne corresponds pas à ses critères. Enfin, vous avez entendu : ses victimes ont toutes entre vingt et quarante ans, elles sont minces, blondes et célibataires. Tout comme moi il y a quelques décennies.

Elle rit de nouveau.

— Ne vous inquiétez pas, très cher. Ce soir, je m'endormirai devant un documentaire animalier bien tranquille. J'ai vu que *Le Silence des agneaux* passait.

— Mais ce n'est pas un…

Caspar commença sa phrase, puis comprit qu'elle le taquinait.

— Touché.

Il ne put s'empêcher de sourire, malgré son angoisse et son état de fatigue avancé.

— Un point partout, ajouta-t-il en posant la main sur la poignée de la porte.

— Égalité ? Et en quel honneur ? s'écria Greta.

— Vous avez réussi à me faire marcher, mais j'ai trouvé la réponse à votre devinette.

— Vous bluffez.

— Le chirurgien est une femme. Le chirurgien de l'hôpital est la *mère* du garçon, c'est pour cela qu'elle refuse d'opérer son propre fils.

— Incroyable.

Greta pouffa et battit des mains.

— Comment avez-vous trouvé ?

Aucune idée, se dit Caspar, en prenant congé de la vieille dame.

Je n'en ai absolument aucune idée.

Son sourire s'évanouit lorsqu'il referma la porte derrière lui. Il ne faillait pas qu'on le voie ici. Mais, alors qu'il hésitait à rebrousser chemin, il entendit son nom et s'approcha des deux médecins qui sortaient de sa chambre, furieux.

18 h 07

Rassfeld et Sophia étaient bien trop occupés à se disputer pour remarquer sa présence. Quant à Caspar, il ne se trouvait qu'à quelques mètres de là mais avait le plus grand mal à comprendre ce qu'ils se disaient.

— Je pense que c'est prématuré, chuchota Rassfeld d'une voix enrouée par le tabac. Cela risque de traumatiser Caspar.

Le directeur de la clinique s'était arrêté de marcher et jouait nerveusement avec son col de chemise. Tout, dans l'allure du médecin-chef, incarnait le paradoxe. En plein été, il avait peur de prendre froid et arborait une grosse écharpe, ce qui ne l'empêchait pas de se promener en sandales au beau milieu de l'hiver. Il présentait également des ongles manucurés et des cheveux séparés par une raie impeccable, une barbe broussailleuse et des poils inélégants qui jaillissaient de ses oreilles et de son nez. Malgré ses recherches sur les facteurs psychologiques de l'obésité, qui lui avaient valu l'admiration de ses pairs, emballages de hamburgers et boîtes à pizza côtoyaient livres et dossiers de patients dans son bureau. Certes, il avait encore de la marge par rapport à Bachmann, le gardien de la clinique, mais à côté, Sophia passait pour une anorexique.

— Il ne faut surtout pas lui montrer ça ! s'exclama-t-il.

Tout en prononçant ces mots, Rassfeld saisit sa collègue par le bras et l'entraîna loin de la chambre.

— Quoi qu'il arrive. Est-ce que c'est clair ? Je vous l'interdis.

Caspar leur emboîta le pas discrètement.

— Je ne suis pas d'accord avec vous, murmura Sophia en tendant un dossier médical. Il a le droit de voir…

L'espace d'un instant, Caspar crut que le médecin-chef, qui s'était encore arrêté dans le couloir, allait se retourner. Mais Rassfeld entraîna finalement Sophia dans la salle de repos et laissa la porte entrouverte, permettant ainsi à Caspar de les épier.

— Bon, je suis désolé, Sophia, s'excusa le professeur. Je me suis emporté, et les mots ont dépassé ma pensée. Mais il nous est impossible de prévoir les répercussions qu'auront ces informations.

— Elles pourraient déclencher un souvenir.

Sophia s'appuya contre le plan de travail situé à côté de l'évier. Comme d'habitude, elle n'était pas maquillée et ressemblait plus à une étudiante en deuxième année de médecine qu'à une chef de service psychiatrie. Caspar se demandait pourquoi il se sentait attiré par elle, au point de parfois la suivre en cachette. Rien en elle n'était parfait, et il y aurait eu à redire sur chacun des détails de son visage : de trop grands yeux, un teint trop pâle, des oreilles légèrement décollées, et aucun chirurgien esthétique ne se serait vanté de lui avoir refait le nez. Pourtant, il aurait pu passer des heures à la contempler. À chaque séance, il découvrait un nouvel élément qui le fascinait. Par exemple, une mèche de cheveux bouclés qui dessinait un point d'interrogation, sous sa tempe.

— Je vous trouve bien impatiente, Sophia, grommela Rassfeld.

Caspar frissonna de dégoût en voyant le professeur approcher de Sophia. À présent, il lui parlait moins sur le ton de la confidence que sur celui de la séduction.

— Chaque chose en son temps, ajouta-t-il d'une voix douce. Chaque chose en son...

Lorsque Rassfeld effleura de son index poilu le poignet de Sophia, c'en fut trop pour Caspar, qui, sans réfléchir, ouvrit la porte en grand. Puis il recula d'un pas en feignant la surprise.

— Qu'est-ce... Qu'est-ce que vous faites là ? Où étiez-vous passé ? aboya Rassfeld.

— Je voulais juste me servir une tasse de café, répondit Caspar en désignant le thermos posé près de Sophia.

— Je croyais pourtant vous avoir interdit de sortir de votre chambre.

— Hum, c'est vrai, j'ai dû oublier, avoua Caspar en se grattant la tête. Je suis désolé. Ça m'arrive souvent, en ce moment.

— Et vous trouvez ça drôle ? Imaginez que vous quittiez la clinique sans que personne le remarque. Vous avez vu le temps qu'il fait dehors ?

Rassfeld désigna la fenêtre de la cuisine.

— Il y a deux mètres de neige. Bachmann ne sera pas toujours là pour vous sauver la vie.

— C'est ma faute, intervint Sophia, à la grande surprise de Caspar. Je l'ai autorisé à quitter la chambre, monsieur le professeur.

Caspar eut le plus grand mal à ne rien laisser paraître de son étonnement. En vérité, Sophia lui avait fait promettre exactement le contraire. Il devait même demander aux infirmières la permission d'aller aux toilettes.

Rassfeld sortit un mouchoir de sa blouse et s'épongea le front. Il fulminait.

— En admettant que vous disiez vrai, je m'oppose à cette décision.

Sur ces mots, il quitta la salle et se dirigea vers l'ascenseur. À l'évidence, il n'en resterait pas là.

À mesure que Rassfeld s'éloignait, le visage de Sophia se détendait. Elle poussa un soupir de soulagement lorsque son supérieur tourna à l'angle et disparut.

— Venez, dépêchons-nous, dit-elle au bout de quelques instants.

— Pourquoi ? questionna Caspar en la suivant. La séance d'aujourd'hui a déjà eu lieu.

— Je sais, mais vous avez de la visite.

— Ah bon ? De qui s'agit-il ?

— De quelqu'un qui connaît peut-être votre véritable identité.

Caspar s'arrêta, crispé de la tête aux pieds.

— Mais qui ?

— Vous verrez bien.

Le pouls de Caspar s'accéléra.

— Rassfeld est au courant ?

La psychiatre fronça les sourcils et l'observa avec méfiance. Ce regard inquisiteur lui rappela son réveil dans l'unité de soins intensifs. Il avait eu le plus grand mal à se détourner de l'inconnu qui se reflétait dans les yeux de Sophia. Des yeux d'un bleu profond où apparaissaient des reflets ambrés, semblables à des galets au fond de la mer.

Comment vous appelez-vous ? lui avait-elle demandé d'un ton à la fois professionnel et inquiet.

C'était son premier souvenir. Depuis, il ne vivait plus qu'au présent.

— Je croyais que le professeur voulait éviter de me brusquer.

Sophia pencha légèrement la tête sur le côté et le fixa avec intensité.

— Et moi, je crois que vous avez oublié votre café, Caspar, finit-elle par répondre.

Elle essaya de réprimer un sourire. Faute d'y parvenir, elle se retourna et lui ouvrit la porte de sa chambre.

18 h 17

— Alors ?

Le confortable fauteuil en cuir dans lequel le visiteur était assis aurait mieux trouvé sa place dans un manoir anglais que dans une clinique psychiatrique. Tout comme le lit, l'épaisse moquette et les rideaux clairs.

— Vous le reconnaissez ?

Caspar aurait tellement préféré. Il faillit mentir et répondre par l'affirmative, et ce dans l'unique but de rompre sa solitude. Il fouilla désespérément dans sa mémoire à la recherche d'un souvenir commun, tout en observant l'œil droit de son visiteur. À en juger par la cicatrice, le gauche était crevé.

Quant au petit chien à poils frisés, sa réaction ne laissait guère de place au doute. Sa joie était telle qu'il faillit s'étouffer.

— Je n'en sais rien, soupira Caspar.

Il prit entre ses mains la patte que le chien lui avait posée sur le genou.

La petite boule de poils beiges remuait la queue si fort qu'elle peinait à garder l'équilibre sur ses pattes arrière.

— Ça ne vous évoque vraiment rien ?

Sophia, debout devant lui, ses dossiers serrés contre sa poitrine, regardait tour à tour Caspar et le chien. Le premier bouton de sa blouse était ouvert sur une chaîne en argent ornée d'un pendentif en perle.

— Je ne sais vraiment pas, répéta Caspar.

Il détacha à grand-peine son regard du pendentif afin d'éviter tout malentendu, puis souffla d'un air las.

Les médecins le confrontaient quotidiennement à de nouveaux éléments de son passé. Ils veillaient toutefois à ne pas aller trop vite, de sorte que Caspar ne suive pas une mauvaise piste, voire se retrouve dans l'impasse. Il surnommait cette façon de procéder la « thérapie par le puzzle ». On lui tendait des pièces les unes après les autres, mais le fait de ne pas réussir à les assembler le décourageait.

Ils avaient commencé par lui montrer ses vêtements.

Puis un billet de train roulé en boule, Hambourg-Berlin, première classe, un aller-retour pour deux personnes en date du 3 octobre. Le seul document que contenait son portefeuille. Cet élément, tout comme la blessure constatée au niveau de sa tempe droite, semblait indiquer qu'il avait été victime d'une agression.

— Où avez-vous trouvé ce chien ?

— Sur la route qui mène à la clinique. C'est sans doute grâce à lui que vous avez été secouru. Bachmann profitait de l'absence de Rassfeld pour parcourir le parc en Jeep. Si le chien ne lui avait pas barré la route en aboyant, il ne serait pas descendu de voiture et il ne vous aurait pas vu. Il faisait déjà nuit, et vous étiez sur le bas-côté.

Sophia s'agenouilla et caressa le chien, qui, en retour, lécha le badge qu'elle portait sur sa blouse.

— Où a-t-il passé les dix derniers jours ?

À présent, ils caressaient tous deux l'animal. Caspar lui donnait un an, tout au plus.

— Le gardien l'a recueilli, répondit Sophia en riant. Bachmann se fiche que vous vous souveniez ou non : il m'a chargée de vous dire qu'il vous échangerait volontiers M. Ed contre sa femme.

— M. Ed ?

Elle haussa les épaules.

— Comme le cheval qui parle. Bachmann trouve que ce chien a l'air aussi triste que le héros de la série[1]. Mais il le trouve encore plus futé. Vous ne ressentez rien à la vue de M. Ed ?

— Si, bien sûr, il est mignon. Mais peut-être est-ce parce que j'adore les animaux, en règle générale ? Je ne peux rien affirmer.

— Je vois.

Sophia feuilleta le dossier médical de Caspar.

— Et ça ?

Elle lui tendit une photo, mais elle aurait tout aussi bien pu le gifler. Il avait les joues brûlantes et ne ressentait plus rien sur la partie droite de son visage.

— Mais d'où vient cette… ?

Il cligna des yeux et ne put retenir une minuscule larme.

— Vous l'avez… ? Enfin, je veux dire…

Il hésita et renifla. Sophia devina sa question.

— Oui. Bachmann l'a trouvée ce matin en déblayant la neige. Elle sera tombée de votre poche et cela nous aura échappé. Alors ? Vous la reconnaissez ?

---

1. *Monsieur Ed, le cheval qui parle* est une série télévisée comique américaine des années 1960 qui met en scène un cheval doué de la parole. *(N.d.É.)*

Le cliché se mit à trembler entre les mains de Caspar.

— Oui, murmura-t-il sans lever les yeux. Malheureusement.

— Qui est-ce ?

— Je… Je n'en suis pas sûr.

Caspar effleura le grain de beauté sur la joue de la fillette.

— Je ne connais pas son nom.

Il leva la tête et se força à regarder Sophia droit dans les yeux.

— Mais je crois qu'elle m'attend quelque part dehors.

18 h 43

M. Ed s'allongea à plat ventre, la tête entre ses pattes de devant. Au vu de ses oreilles dressées, il écoutait attentivement la conversation.

— Votre fille ? Pourquoi vous ne m'en parlez que maintenant ?

Caspar venait de décrire à Sophia la mystérieuse vision qui était venue le hanter dans la chambre de Greta.

La petite fille. Ses paupières qui battaient. Ses supplications muettes.

— C'est la première fois que ça m'arrive. Et je ne peux pas encore vous dire s'il s'agit vraiment d'un souvenir ou seulement d'un cauchemar.

Tu reviens vite, hein ?

Caspar se frotta les yeux, fatigué.

— Elle paraissait souffrante ?

Non. Pis encore.

— Peut-être qu'elle dormait, tout simplement, répondit-il sans conviction. Ses mouvements étaient impulsifs, incontrôlés, comme quelqu'un en train de rêver. Mais…

— Mais ?

— Elle paraissait tellement légère… J'avais l'impression de devoir la maintenir afin d'éviter qu'elle ne s'envole à la façon d'un ballon de baudruche. Comme si quelqu'un l'avait privée de son âme pour ne laisser qu'une coquille vide. Vous me suivez ?

— Vous aimez cette expression, remarqua Sophia.

— Laquelle ?

— « Vous me suivez ? » Vous l'utilisez souvent lors de nos séances. Vous devez exercer une profession dans laquelle vous expliquez des notions complexes à des profanes. Vous êtes peut-être professeur, expert ou avocat. Mais je ne voulais pas vous interrompre. Vous vous souvenez sur quoi cette petite fille était allongée ?

— Un lit ou une civière. Quelque chose dans ce genre-là.

— Vous pouvez m'en dire plus sur la pièce ?

— Lumineuse, avec deux grandes fenêtres.

— Vous étiez seuls ?

— Je ne sais pas. Je n'ai pas vu d'autres personnes susceptibles de…

Susceptibles de quoi ? De l'avoir torturée ? Violée ? Empoisonnée ?

— Il n'y avait que vous et cette fillette ?

— Oui. Elle était allongée devant moi. Elle avait une respiration irrégulière, les cheveux trempés de sueur et les paupières qui battaient.

— Peut-être à la suite d'une crise d'épilepsie ?

— Peut-être.

Ou d'un empoisonnement, un traumatisme, un acte de torture…

— Et elle vous a parlé, malgré tout ?

— Non, pas directement. Je ne l'entendais pas, mais je lisais dans ses pensées.

— De la télépathie ?

Caspar secoua énergiquement la tête.

— Je sais où vous voulez en venir, mais c'était plus qu'un rêve fantaisiste. J'ai ressenti de l'amour paternel. J'ai pris la main de ma fille et j'ai lu en elle.

J'ai tellement peur. Je t'en supplie, aide-moi.

— Je pense que quelqu'un l'a enfermée puis torturée. Je devais aller chercher de l'aide avant que son état s'aggrave.

— Il y avait des barreaux ?

— Pardon ? demanda Caspar, désarçonné.

— Il y avait des barreaux aux fenêtres ? Vous parliez d'une pièce lumineuse.

Caspar ferma les yeux et essaya de visualiser une nouvelle fois la scène.

J'ai tellement peur. Je t'en supplie, aide-moi.

En y réfléchissant, cette pièce n'avait rien d'un cachot.

— Difficile à dire, rétorqua-t-il en haussant les épaules.

— Eh bien, quelle que soit l'identité de cette fillette, vous devriez arrêter de vous inquiéter pour elle, annonça Sophia avec douceur mais fermeté.

— Pourquoi ?

— Nous avons envoyé sa photo aux personnes qui enquêtent sur vous, et aucune disparition de fillette n'a été signalée.

Sophia ramena sa mèche en forme de point d'interrogation derrière l'oreille, tandis que Caspar souriait tristement.

— Mais qu'est-ce qui nous le prouve ? D'après la police, je ne suis pas porté disparu non plus et pourtant, me voilà. Personne ne peut donc affirmer formellement que ma fille...

Il hésita et chercha le mot juste.

— Que cette fillette ne court aucun danger. Enfin, je veux dire... Je lui ai *promis* de revenir. Mais où ? Telle est la question.

— Très bien. Nous devrions en parler ouvertement, dans ce cas.

— À la presse, c'est ça ?

Elle hocha la tête.

— Oui. Rassfeld montera au créneau, mais tant pis. Il ne voulait même pas que je vous montre cette photo. Mais je pense que le moment est venu.

— D'accord, approuva Caspar sans l'ombre d'une hésitation.

De plus, la façon qu'avait Rassfeld de distiller les informations au compte-gouttes et de l'isoler du monde extérieur lui déplaisait. Caspar n'était pas dupe : pour le directeur de la clinique, il représentait un excellent sujet d'étude car, d'après Sophia, de tels cas d'amnésie totale étaient très rares. C'était d'ailleurs pour cette raison qu'il se trouvait dans cette clinique huppée. Rassfeld l'étudiait comme un cas d'école et tenait donc à ce que Caspar échappe aux influences extérieures. Le professeur avait même empêché la police d'interroger son patient.

— En ce qui me concerne, les journalistes peuvent venir quand bon leur semble, ajouta Caspar.

Pourtant, il savait pertinemment qu'il serait transféré dans un autre hôpital dès la publication de sa photo. En effet, les patients célèbres qui demandaient à être soignés à la clinique Teufelsberg, pour toxicomanie ou dépression, tenaient beaucoup à leur anonymat et à leur tranquillité. Aucune caméra n'était d'ailleurs admise au-delà de l'entrée principale.

— Très bien, je me charge de les contacter. Une dernière chose…

Sophia évita de croiser son regard.

— Oui ?

— Je ne serai plus là, une fois la machine médiatique lancée. Aussi, à partir de demain, vous serez suivi par le Pr Rassfeld.

Caspar réfléchit un instant puis grimaça un sourire forcé.

— Bien sûr, je comprends. Je vous souhaite un joyeux Noël, Sophia.

Elle leva les yeux et fit doucement non la tête.

— Ça n'a rien à voir avec les fêtes de fin d'année. C'est mon dernier jour.

— Ah.
— Je démissionne.
— Oh.
Soudain, il fut incapable d'aligner deux mots. Voilà pourquoi elle allait à l'encontre des instructions du directeur de la clinique : elle ne risquait plus rien. Elle l'abandonnait.
— Vous permettez que je vous en demande la raison ?
— Non, s'il vous plaît.
Sophia posa la main sur la sienne, ce qui ne fit qu'accroître son malaise.
À ce moment-là, il comprit que s'il n'avait pas quitté la clinique plus tôt afin de découvrir sa véritable identité, c'était uniquement pour rester auprès d'elle. Au cours de ces quelques séances, Sophia était devenue ce qui l'empêchait de dériver dans l'océan de sa conscience. Et, à présent, elle voulait mettre les voiles.
— Votre départ a-t-il un rapport quelconque avec le Pr Rassfeld ?
Avec cette question, Caspar délaissait volontairement le contexte thérapeutique pour le terrain privé.
— Non, non.
Sophia rangea la photo de la fillette dans le dossier de Caspar et s'assit à un petit bureau, sous la fenêtre mansardée.
— Eh bien, voilà.
Après avoir remis de l'ordre dans ses notes, la psychiatre referma le dossier avec un léger soupir et se leva. Caspar sentit qu'elle hésitait entre lui serrer la main et le prendre dans ses bras. Tout en jouant nerveusement avec son index droit, elle s'avança vers la table de chevet.
— Mais promettez-moi de continuer à prendre régulièrement votre collyre, même si, à partir de demain, je ne serai plus là pour vérifier, recommanda-t-elle en agitant un petit flacon.
Lorsqu'on avait retrouvé Caspar, il portait des lentilles de contact tellement abîmées qu'elles ressem-

blaient à deux vieux chewing-gums. Un autre indice, en plus de l'hypothermie, indiquant qu'il était allongé là depuis un certain temps.

— Je ne pense pas en avoir encore besoin, protesta-t-il.

— Si, c'est la même chose que pour la pommade : ce n'est pas parce que l'irritation diminue qu'il faut arrêter d'en mettre.

Sophia tapota le matelas, invitant ainsi Caspar à prendre place sur le lit. Il obéit tout en ménageant une distance convenable, mais elle se rapprocha de lui. À son tour de fuir son regard. Il avait repris connaissance plusieurs jours auparavant mais ne s'était pas encore habitué à l'étranger qui se reflétait dans les yeux de Sophia.

— Qu'en dites-vous ? Vous pensez que c'est ma fille, sur la photo ? questionna-t-il, tandis que sa bienfaitrice dévissait le bouchon du collyre. Vous trouvez qu'il y a une ressemblance ?

Elle soupira.

— Difficile à dire, vu son âge.

Elle s'efforçait de ne pas lui ôter son premier souvenir, ni son dernier espoir.

— Je ne sais pas quoi penser. Tout le monde rêverait d'avoir une fille aussi mignonne. Mais l'imaginer en train d'attendre son père suffit à briser mon cœur de mère.

— Vous avez des enfants ?

Il regarda les mains de Sophia à la dérobée mais ne vit aucune alliance. Son seul bijou était cette fine chaîne à son cou.

— Disons que j'ai lamentablement échoué, en ce qui concerne Marie.

La tristesse dont Sophia ne se départait jamais, même au cours des séances de thérapie, n'avait jamais été aussi palpable qu'en cet instant.

— J'ai négligé ma fille au détriment de mon travail. Il n'a donc pas eu le moindre mal à me la prendre.

D'accord, pensa Caspar. *Voilà pourquoi je me sens si proche d'elle. Nous avons un point en commun.*

— Qui vous l'a prise ? demanda-t-il d'une voix douce.

— Mon ex-mari. Il a tout mis en œuvre pour que je ne puisse plus approcher ma fille.

— Comment a-t-il procédé ?

Caspar se mordit les lèvres, mais il était déjà trop tard. Difficile de se montrer plus indiscret, plus pressant. Cette interrogation sembla rappeler à Sophia que Caspar ne devait en aucun cas la questionner sur sa vie privée.

— Disons qu'il emploie des méthodes bien particulières.

Elle essuya une larme d'un revers de manche, puis s'éclaircit la voix.

— Et zut. J'en dis trop, maintenant.

— Vous voulez qu'on en parle ?

— Non, répondit Sophia en sortant la pipette. Les mots n'y changeront rien, seuls les actes comptent. C'est d'ailleurs la raison pour laquelle je démissionne. Je dois me préparer.

— Vous préparer à quoi ?

— Je vais me battre. Une audience décisive aura bientôt lieu au tribunal. Croisez les doigts pour moi.

— Je n'y manquerai pas. Et qui sait ? Vous finirez peut-être par découvrir que je suis avocat spécialisé en droit de la famille, vous me suivez ? Ce serait l'occasion de vous rendre la pareille.

— Oui, qui sait ?

Elle sourit amèrement.

— En attendant, mettez la tête en arrière.

Il s'exécuta. Tandis que Sophia se penchait au-dessus de lui, Caspar se prit à espérer qu'une de ses mèches de cheveux lui chatouillerait le front, comme son parfum discret le faisait déjà avec ses narines.

C'est la première fois que nous sommes aussi proches l'un de l'autre, nota-t-il.

Quant à Sophia, elle le fixait, alors que la première goutte de collyre se formait à l'extrémité de la pipette.

Au même instant, M. Ed flaira le danger. Le chien bondit par-dessus le lit et se mit à aboyer sous la fenêtre. Son instinct l'avait averti, devançant ainsi les ondes sonores. À leur tour, ils entendirent un crissement de pneu, suivi d'un bruit de tôle froissée. L'espace de quelques terribles secondes, Caspar eut l'impression qu'un être vivant venait de se faire découper en deux sur la route.

18h31

Lorsque Sophia et M. Ed sortirent de la chambre en trombe, Caspar hésita tout d'abord à les suivre. Il s'était passé quelque chose dehors. Probablement un accident.

Il s'approcha de la fenêtre, mais sa vision était brouillée. En journée, depuis le dernier étage de la clinique, on jouissait d'une vue magnifique sur la forêt, qui s'étendait jusqu'à un quartier résidentiel huppé. Mais le ciel gris d'un après-midi d'hiver avait maintenant laissé place à l'obscurité et à la neige. Les lumières artificielles n'en paraissaient que plus vives : Caspar aperçut un gyrophare au-delà des sapins aux branches givrées qui bordaient la route sinueuse menant au bâtiment.

Il ouvrit la fenêtre et se pencha au-dehors. Les averses de neige avaient redoublé d'intensité. Il entendit un vrombissement monotone au loin. Puis, quatre étages plus bas, deux hommes ouvrirent la lourde porte d'entrée et sortirent dans le froid.

— Vous avez vu ce qui s'est passé ? demanda le directeur de la clinique.

Rassfeld avait beau se trouver en dehors du faisceau lumineux qui, depuis l'accueil, éclairait l'extérieur, il était aisément reconnaissable à sa voix enrouée par le tabac.

— Non, je prenais ma pause dans la bibliothèque, répondit Bachmann. Enfin, vous le savez, j'ai rapporté le livre de rhétorique que vous m'aviez conseillé.

De rhétorique ? s'étonna Caspar.

D'habitude, le gardien profitait de la moindre occasion pour essayer de dérider les patients en leur racontant des blagues stupides. Mais, à présent, face à Rassfeld, il ressemblait davantage à un petit garçon arrivé en retard à l'école sans mot d'excuse de ses parents.

— Encore ces fichues pluies verglaçantes, grommela le professeur. Il y a des blessés ?

— Difficile à dire. Le véhicule se trouve en travers de la chaussée, donc une partie n'est pas filmée par les caméras de surveillance.

Projetés par une bourrasque de vent, des flocons de neige envahirent la chambre et aveuglèrent Caspar.

— Comment on va faire pour descendre ?

À cet instant, la fenêtre lui claqua bruyamment au nez.

Caspar se retourna et se trouva face à Linus. Le musicien semblait à la fois effrayé, perturbé et curieux, comme s'il venait de se découvrir des dons de télékinésie lui permettant de fermer des fenêtres à distance.

— Ce n'était que le vent, le rassura Caspar. Tu sais ce qui se passe ?

— Gravident, murmura Linus. Bamoiture !

Ce patient permanent de la clinique, non content d'évoluer dans un monde parallèle, s'exprimait dans une langue connue de lui seul.

Il avait passé plusieurs années à absorber, par le nez ou par la bouche, des substances variées, avec une préférence pour les médicaments, l'alcool et la cocaïne. Personne ne savait précisément quelle drogue lui avait asséné le coup de grâce, mais le chanteur avait fait une overdose en coulisses. Depuis, il n'était plus en mesure de construire des phrases avec les mots dans le bon ordre. Il mélangeait même les syllabes.

— Yessalam ! s'exclama-t-il, tout sourire.

Autant Caspar avait réussi à traduire « gravident » par « grave accident », autant cette dernière phrase le laissait perplexe.

Vu le rictus qu'il arborait, Linus semblait se réjouir de cet événement inattendu. Mais il y avait souvent un grand décalage entre l'expression de son visage et son état d'esprit. La dernière fois que Caspar l'avait entendu rire, les médecins l'attachaient à son lit. De cette façon, il ne risquerait plus de s'arracher les cheveux et de les manger lors de son prochain épisode psychotique.

— On va voir ce qui se passe ? proposa Caspar.

Pendant quelques secondes, Linus le dévisagea. On aurait dit qu'il venait d'entendre la pire insulte de sa vie. Puis il éclata de rire et sortit de la chambre en bombant le torse. Caspar haussa les épaules et lui emboîta le pas.

18 h 39

Linus ne l'ayant pas attendu pour prendre l'ascenseur, Caspar décida d'emprunter le vieil escalier de bois qui menait au rez-de-chaussée. Toutes les marches grinçaient. Caspar étant en chaussettes, il avait l'impression de faire le mur.

Ai-je déjà agi de la sorte ? Ou n'étais-je qu'un brave garçon qui rentrait toujours à la maison en temps et en heure ?

Depuis plusieurs jours, dès qu'il se retrouvait seul quelques instants, il fouillait sans relâche le néant de sa mémoire, à la recherche de réponses aux questions les plus triviales. Comment s'appelait sa première peluche ? Avait-il des amis à l'école ou était-il au contraire exclu ? Quelle voiture conduisait-il ? Quel était son livre préféré ? Avait-il une chanson fétiche ? Qui était son premier amour ? Son pire ennemi ? Il n'en avait pas la moindre idée. Il se sentait prisonnier dans une maison abandonnée aux meubles recouverts d'épaisses housses par l'ancien propriétaire, comme autant de points d'interrogation. Hier encore, il voulait les dépoussiérer. Aujourd'hui, il redoutait de découvrir l'atroce vérité.

J'ai peur. Tu reviens vite, papa ?

Le temps que Caspar arrive au rez-de-chaussée, Linus avait disparu. En revanche, il aperçut Yasmin Schiller.

— Oui, oui, j'y vais. Qui se dévouera, sinon ? Je suppose que je n'ai pas le choix, de toute façon.

La jeune infirmière, visiblement énervée, répondait à Rassfeld, qui se trouvait non loin de là, dans la loge de Bachmann.

L'exaspération se lisait sur son visage, dont les deux tiers disparurent derrière une bulle de chewing-gum bleu clair. Elle croisa Caspar sans le saluer.

Ce n'est qu'un petit boulot. Mon truc à moi, c'est la chanson, pas les malades mentaux, lui avait-elle déclaré le deuxième jour, à l'évidence ravie qu'il puisse se rendre seul aux toilettes. Effectivement, elle ressemblait à tout sauf à une infirmière, comme en témoignaient sa frange rouge vif, sa bague en fil de fer au pouce et sa mauvaise humeur perpétuelle. Mais Caspar n'avait pas tardé à comprendre pourquoi Rassfeld la tolérait dans ce milieu élitiste aseptisé, malgré son piercing à la langue et ses tatouages : Yasmin adorait son travail et l'accomplissait à merveille, mais elle ne voulait surtout pas que cela se remarque.

Alors que Caspar se dirigeait vers l'entrée, il sentit ses pieds s'enfoncer dans la moquette moelleuse qui tapissait le hall, à mille lieues du sol en lino et de l'odeur de désinfectant typiques des cliniques traditionnelles. Son effet apaisant sur les nouveaux patients était avéré. Il en allait de même pour la loge du concierge. Dirk Bachmann adorait Noël. Il n'avait pas d'enfant mais célébrait cette fête avec une dévotion toute particulière et sans omettre le moindre détail, comme s'il y avait un prix à gagner pour la meilleure décoration. Juste à côté de la porte d'entrée, son bureau, qui tenait lieu d'accueil, croulait sous les Pères Noël, les angelots, les guirlandes et les santons, si bien qu'on ne distinguait quasiment plus le sapin, coincé entre une table en métal et une armoire à clés.

— Monsieur le professeur ? demanda prudemment Caspar.

Loin de lui l'idée d'effrayer le directeur de la clinique, mais ce dernier sursauta.

— Encore vous ?

Rassfeld rougit, un peu gêné, mais se reprit aussitôt.

— Je croyais avoir été parfaitement clair, tout à l'heure. Vous devriez être au lit.

Tout comme vous, répliqua Caspar en silence. Rassfeld arborait des cernes impressionnants.

— Les autres malades sont surexcités, prétexta-t-il.

En réalité, hormis Greta, Linus et lui, il n'y avait aucun autre patient dans l'établissement durant cette période de fêtes. Et tandis que la vieille dame, ravie d'avoir récupéré une télévision en état de marche, regardait le programme du soir avec le son au maximum, le musicien ne semblait déjà plus très intéressé par les derniers événements. En tout cas, pas de trace de lui au rez-de-chaussée.

— Qu'est-ce qui se passe, dehors ?

Rassfeld hésita, puis désigna l'écran de contrôle. Peut-être croyait-il se débarrasser plus vite de Caspar s'il répondait au moins à une de ses questions.

— Non loin d'ici, une ambulance a quitté la route. Elle a percuté une cabine téléphonique et s'est renversée sur le côté.

Caspar regarda furtivement l'écran. Voilà qui expliquait les lumières aperçues à travers les branches des sapins. Le gyrophare de l'ambulance continuait à fonctionner.

Si cette route est équipée de caméras de surveillance, il doit bien exister un enregistrement de mon arrivée, se dit-il.

Caspar faillit interroger Rassfeld, mais se ravisa. Le moment était mal choisi pour aborder le sujet.

— Puis-je vous aider en quoi que ce soit ? proposa-t-il.

Ce soir-là, le personnel soignant était en sous-effectif. La clinique ne comptant que trois patients, tous les médecins, à l'exception de Sophia, avaient pris leur journée. Le cortège habituel des personnes déprimées par les fêtes de fin d'année n'était attendu que le lendemain, dans l'après-midi. À la dernière minute. Lorsque la perspective de passer une fois de plus Noël seul se révélerait insupportable.

— Non, merci. Pour l'instant, ça va, trancha Rassfeld avec un petit sourire forcé. Nous allons nous en sortir. Le Dr Dorn et M. Bachmann sont descendus avec le chasse-neige.

Comme pour confirmer ses dires, Sophia et le concierge apparurent sur l'écran de surveillance.

— Nous n'avions pas le choix, avec tout ce verglas. Sans le chasse-neige, ils n'auraient jamais pu descendre la pente, et encore moins la remonter.

La voix de Bachmann leur parvint par une radio installée à côté de l'écran.

— Un seul passager, *a priori*.

Rassfeld se saisit d'un talkie-walkie dont le voyant venait de s'allumer.

— Il est blessé ?

— Difficile de se prononcer, répondit Sophia. Le conducteur me paraît sous le choc. Il est assis près de la cabine téléphonique. Un instant.

Caspar ne visualisait plus l'écran de contrôle, car Rassfeld s'était planté devant lui.

— Mon Dieu, une deuxième personne ! L'ambulance transportait un patient.

Caspar se hissa sur la pointe des pieds.

La vitre arrière du véhicule était brisée et, sauf erreur de sa part, une main ensanglantée s'agitait au-dehors.

Rassfeld recula d'un pas, effrayé.

— Acheminez-les tous les deux ici, ordonna-t-il.

— Hum... Je ne sais pas. Est-ce que nous ne devrions pas plutôt...

— Plutôt quoi, Sophia ? Les évacuer par hélicoptère ? Appeler les pompiers ? La ligne fixe est en dérangement depuis l'accident, vous le savez aussi bien que moi.

Et ici, les portables ne captent pas.

Caspar toussa, comme s'il avait avalé de travers à cette idée. La colline était l'une des rares zones de la région où les opérateurs de téléphonie mobile tardaient à s'implanter. Un avantage non négligeable aux yeux de Rassfeld, pour qui l'isolement des patients faisait partie intégrante de la thérapie.

La radio clignota de nouveau et la voix de Sophia résonna.

— Dirk a réussi à ouvrir les portières arrière au pied-de-biche. Je suis avec le patient et je... Oh non... Mon Dieu.

— Quoi ? Qu'est-ce qu'il y a ?

Rassfeld gardait les yeux rivés sur l'écran dans l'espoir de distinguer quelque chose.

— Excusez-moi. Le patient a un couteau planté dans la gorge.

— Il est mort ?

— Non. Bien qu'il ait la trachée perforée, il est conscient et respire normalement. Mais...

— Mais quoi ?

Rassfeld, à bout, fit signe à Caspar de disparaître pour de bon, cette fois-ci.

— Vous voulez savoir de qui il s'agit ? Quand je vous dirai son nom, vous ne me croirez pas.

18 h 56

Sur ordre de Rassfeld, Yasmin avait raccompagné Caspar jusqu'à sa chambre. Son dîner l'attendait déjà, posé sur le bureau. Comme toujours, Sybille Patzwalk, la cuisinière, avait presque autant soigné la présentation que la préparation des plats. Les couverts en argent reposaient au cœur d'une serviette pliée en forme de cygne, le bord de l'assiette était parsemé de persil et une orchidée blanche trônait à côté du verre d'eau. Caspar souleva le petit torchon qui recouvrait la corbeille de pain, et la faim se réveilla brusquement en lui. Il n'avait rien avalé depuis plusieurs heures.

Il n'en était qu'à sa première bouchée lorsqu'au dehors le ronflement puissant d'un moteur semblable à celui d'une tondeuse à gazon couvrit les gargouillis de son ventre. Il reposa son morceau de pain et s'approcha de la fenêtre. À présent, la neige tombait à gros flocons et commençait déjà à s'accumuler sur le rebord. Il ne verrait bientôt plus rien à travers la vitre. D'ailleurs, il avait déjà du mal à distinguer le chasse-neige qui transportait les victimes de l'accident.

Caspar entrouvrit la fenêtre. Le froid le frappa de plein fouet, à tel point qu'il eut l'impression que des larmes gelaient dans ses yeux.

Qu'est-ce que je fais là, au juste? se demanda-t-il.

La buée qui s'échappait de sa bouche lui rappela l'odeur de brûlé qu'il avait cru sentir dans la chambre de Greta, lors de sa vision.

Tu reviens vite, hein?

Il ferma la fenêtre, se planta au beau milieu de la pièce, tourna sur lui-même. Son angoisse venait de monter d'un cran. Et la conviction qui s'imposa à lui à ce moment-là comptait presque plus qu'un souvenir clair et précis: attendre les bras croisés, très peu pour lui. Voilà qui en disait plus sur sa personnalité que la multitude de petits détails accumulée au cours de ces derniers jours. Par exemple, il portait sa montre au poignet droit, salait abondamment ses plats avant même d'avoir goûté et trouvait sa propre écriture illisible.

Le fait que chaque pore de sa peau l'exhorte à quitter cette clinique dès que possible signifiait également qu'il s'était bercé d'illusions. Jusque-là, il avait compté sur un miracle au lieu d'aller de l'avant. En vérité, il se cachait. Pas ici, dans cette clinique, mais là où personne ne le trouverait : en lui-même.

Caspar ouvrit l'armoire. Sur les huit cintres, seuls quatre étaient utilisés, et encore, il avait accroché les vestes séparément des pantalons. Il ne serait donc pas trop chargé lorsqu'il prendrait la poudre d'escampette. Il poussa un long soupir tout en étalant sa maigre garde-robe sur le lit. La plupart de ces vêtements avaient été prêtés par l'hôpital ou achetés en ville par Sophia pour qu'il dispose au moins de quelques rechanges : une demi-douzaine de paires de chaussettes et de caleçons, deux pyjamas, un survêtement, des tongs ainsi qu'un roman historique signé Peter Prange qu'il devait rapporter à la bibliothèque de la clinique.

Ne possédant pas de valise, Caspar fourra le tout dans un sac-poubelle.

Toute ma vie tient là-dedans.

Puis il enfila le costume gris qu'il portait le jour de son arrivée. D'une main, il saisit son grand manteau d'hiver et le passa par-dessus le bras tenant son paquetage de fortune. De l'autre, il ramassa ses grosses bottines à lacets. Il les chausserait une fois arrivé en bas.

Eh bien, voilà.

Caspar préféra ne pas jeter un dernier coup d'œil à cette chambre si confortable, éteignit la lumière et s'engagea dans le couloir désert, avec la ferme intention de ne jamais revenir.

19h06

Il descendit discrètement les escaliers. Une bonne partie du personnel ayant posé sa soirée, il ne risquait pas de croiser grand monde. Mais, arrivé au premier étage, il dut admettre que le moment était mal choisi pour quitter la clinique en cachette. Caspar se pencha par-dessus la balustrade et entendit une voix inconnue, vraisemblablement celle de l'ambulancier. L'aisance avec laquelle il s'exprimait contredisait les premières constatations de Sophia : il ne semblait pas le moins du monde en état de choc.

— Jonathan Bruck, quarante-sept ans, un mètre quatre-vingt-cinq, quatre-vingt-dix kilos environ.

Cette voix de baryton aurait aussi bien pu appartenir à un animateur de télévision, sans ce bruit de fond désagréable qui ressemblait au gargouillis d'une cafetière.

— Il est sans doute sous l'influence d'alcool ou d'une drogue. Le gérant du motel Teufelssee a appelé les secours après que la femme de ménage a trouvé notre homme inconscient dans sa chambre.

Caspar perçut le grincement d'un brancard dont les roues devaient creuser de profonds sillons dans la moquette. Puis il comprit d'où provenait ce gargouillis : de la gorge même du patient.

— Et la trachéotomie ?

— Automutilation. Je croyais qu'il dormait. Ma garde touchait à sa fin, et je comptais l'acheminer rapidement à l'hôpital de Westend. Mais en passant devant l'entrée de votre clinique, j'ai regardé dans le rétroviseur et j'ai halluciné. Ce taré s'est levé, pour ensuite pousser un hurlement et se planter un coup de canif dans la gorge. J'ai freiné, l'ambulance a fait un tête-à-queue et on a percuté un transformateur ou un truc du genre. Vous connaissez la suite.

L'ambulancier relatait l'accident tout en suivant Rassfeld jusqu'à l'ascenseur. Ils se trouvaient à présent juste sous la balustrade, à quelques mètres de Caspar. Quant à Bruck, il respirait avec un étrange bruit de succion, à la manière de quelqu'un aspirant les dernières gouttes d'un verre à la paille.

— Veuillez ne pas traiter le patient de taré, rétorqua Rassfeld vertement.

Caspar crut voir quelqu'un bouger tout près de lui et sursauta.

Mais ce n'était qu'un reflet dans la grande baie vitrée située quelques marches en dessous de lui, sur le palier. Avec les énormes flocons qui tombaient, on ne distinguait presque plus la lumière faiblarde des lampadaires qui éclairaient le parc de la clinique. Un bref instant, Caspar eut la vision d'un essaim blanc se fondant en une masse uniforme, juste devant ses yeux. Puis, une fois concentré sur le reflet, il assista à un sinistre spectacle : deux hommes costauds se tenaient de part et d'autre d'un brancard, où gisait un corps inanimé avec un couteau suisse planté dans la gorge. Au moment où les portes de l'ascenseur s'ouvraient en grinçant, le reflet disparut et une odeur familière frappa Caspar. Une odeur de soufre. De brûlé. De fumée.

Vais-je avoir une nouvelle vision ?

Caspar frissonna et recula machinalement, comme si le souvenir allait surgir de la cabine d'ascenseur et l'attraper à la gorge. Ce faisant, il bouscula celui qui l'avait épié durant tout ce temps, tapi dans l'obscurité.

19 h 10

Linus mâchait un chewing-gum et portait des gants en cuir, mais les flocons de neige sur ses cheveux le trahirent. Sans compter l'odeur de tabac, émanant de la cigarette qu'il avait certainement fumée à la fenêtre. Encore prisonnière de sa chevelure, elle se fit plus forte lorsqu'il secoua vigoureusement la tête.

— C'est bon, je ne te dénoncerai pas, assura Caspar.

Il était strictement interdit de fumer dans la clinique, et l'ironie du sort avait voulu que Linus enfreigne le règlement à l'étage du bâtiment dédié au sport et au bien-être.

Ce ne sont donc pas des prémices. Pas de réminiscence à l'horizon.

— Iens, je chose à trer !

Linus avait les lèvres tremblantes. Il semblait nerveux, bien trop nerveux pour quelqu'un qui venait simplement de fumer en cachette. Il agita les mains, comme s'il cherchait à communiquer en langue des signes. Une idée judicieuse, étant donné ses difficultés à s'exprimer oralement.

— Que se passe-t-il ? demanda Caspar.

Au lieu de répondre, Linus l'entraîna par la main qui tenait le sac-poubelle et ouvrit une porte où figurait l'inscription « Salle de fitness ». Un lieu qui, dans n'importe quel autre hôpital, se serait appelé « Espace de rééducation ».

Caspar, qui n'avait jamais osé s'aventurer jusque-là, fut quelque peu surpris par la modernité des appareils qui se trouvaient dans cette salle décorée uniquement de miroirs. Il distingua des tapis de course, des rameurs ainsi que des bancs de musculation. Alors qu'il se demandait à quoi pouvait bien servir une drôle de machine qui clignotait dans un coin, Linus posa un index sur ses lèvres et éteignit la lumière. Puis il poussa une porte vitrée qui donnait sur une petite issue de secours. Soudain, l'éclairage redoubla d'intensité. Mais ce n'était qu'une illusion d'optique causée par les tourbillons de neige qui reflétaient les voyants des appareils de sport.

Je vois, c'est là que tu as fumé en douce, pensa Caspar.

Alors qu'il s'apprêtait à rebrousser chemin, Linus l'invita à le suivre sur la terrasse enneigée et verglacée.

— Dis donc, mon pote, je ne sais pas si tu as vu, mais...

Caspar désigna ses pieds.

— ... je ne sors pas en chaussettes par un froid pareil.

— Iens, je chose à trer !

La nervosité et l'impatience de Linus allaient grandissant. Il recula, hocha la tête une dernière fois en direction de Caspar et disparut dans l'obscurité.

— Reviens !

Tu vas attraper la mort.

Il frissonna rien qu'à cette idée.

Et maintenant ?

Pas une minute à perdre. Pour l'instant, Rassfeld et le reste du personnel soignant s'affairaient autour du nouveau patient. L'occasion idéale pour filer à l'anglaise. Mais Caspar comprit subitement ce que Linus cherchait à lui exprimer dans sa propre langue.

Iens, je chose à trer ! Viens, j'ai quelque chose à te montrer.

Oh non. Linus risquait d'ameuter le personnel, s'il refusait de le suivre. Exactement le genre d'attention dont il se passerait volontiers.

Il enfila ses bottines et son manteau. Les stores de la terrasse étaient baissés aux deux tiers. Comme Caspar faisait deux têtes de plus que Linus, il dut se baisser pour pouvoir passer. Le vent glacial lui fouetta le visage. Caspar se plia en deux, les bras croisés pour se protéger du froid. Une fenêtre en encorbellement située à sa droite lui offrit un abri contre le vent et la neige, mais pas contre les températures sibériennes. Linus se figea également et lui fit signe de se taire.

— En 'as, chuchota-t-il.

Il désigna le chasse-neige rouge garé sous eux, en grande partie abrité par la terrasse qui dominait l'entrée.

Seul le capot était exposé à la neige. Il était encore tiède, et les flocons fondaient aussitôt tombés.

— Qu'est-ce que tu essaies de me dire ?

Caspar se pencha en avant. Inutile, car il se trouvait exposé au vent et la neige l'aveuglait. Il se frotta les yeux, tout en maudissant son manque de jugeote. Au lieu de s'enfuir au nez et à la barbe de Bachmann, il se retrouvait sur une terrasse verglacée, dans le noir, en compagnie d'un psychotique.

Mais alors qu'il s'apprêtait à rebrousser chemin, le vent tourna, et Caspar l'aperçut.

La tache. Sur la neige. Elle provenait de l'arrière du véhicule, à droite, du côté le plus proche de l'entrée. Avec la lumière qui tombait de la loge, on aurait dit une flaque d'urine. Mais Caspar ne tarda pas comprendre de quoi il s'agissait.

C'est de l'essence.

Soit le réservoir s'était vidé de lui-même, soit on l'y avait aidé.

Mais dans quel but ? Pourquoi saboter le seul véhicule capable de braver la tempête ?

Il voulut demander à Linus s'il avait assisté à ce sabotage, mais le musicien le prit par le bras et l'attira dans l'ombre de la fenêtre en encorbellement. Juste au moment où Bachmann surgit de derrière le chasse-neige et leva la tête.

19 h 18

Caspar décida d'attendre dans sa chambre que le gardien soit rentré et qu'il commence sa ronde. Aujourd'hui, rien ne semblait se dérouler comme prévu, et il se rendait bien compte que sa fuite, s'il s'agissait bien d'une fuite, s'annonçait de plus en plus difficile. Non seulement il se retrouvait coincé là, dépourvu de tout moyen de communication moderne, mais, en plus, le gardien venait de saboter, pour une raison connue de lui seul, le véhicule qu'il aurait pu emprunter pour regagner la civilisation. Tant pis. Il réussirait à s'échapper, quitte à se servir de son sac-poubelle comme d'une luge.

Hors de question qu'il passe une nuit de plus dans cette clinique. Et pas seulement à cause des angoisses atroces qui l'assaillaient à propos de sa fille, qu'il avait peut-être abandonnée. Il pressentait que ce mystérieux patient n'avait pas débarqué seul. Il était accompagné d'une menace aussi diffuse qu'un virus. Elle se propageait, troublait la quiétude de la clinique et semblait même s'être frayé un chemin jusqu'à sa chambre.

Mais qu'est-ce qui se passe ici ?

Caspar ralentissait le pas à mesure qu'il approchait de sa chambre. Quelqu'un avait ouvert la porte et allumé la lumière. Il avait pourtant éteint en partant, quelques minutes auparavant.

Mais qu'est-ce qui se passe ici, nom de Dieu ?

Il entendit deux voix énervées, dont celle de Sophia, qui n'aurait pas pu mieux exprimer le ressenti de Caspar.

— Je peux savoir ce que vous faites ?

Lui non plus ne comprit rien à ce qu'il vit une fois arrivé sur le seuil. Que fabriquait ce type aux chaussures sales debout sur son bureau, une main tendue vers la fenêtre ?

— J'espérais obtenir une barre, répondit le jeune homme en riant.

Caspar reconnut la voix de l'ambulancier, qui jurait avec son apparence physique. Au lieu du type costaud, voire un peu rustre, avec des valises sous les yeux témoignant de nombreuses gardes de nuit qu'il s'était imaginé, il se retrouva face au stéréotype d'un gamin de bonne famille pourri gâté, plus à sa place au volant d'une voiture de sport que d'une ambulance.

— Une barre ?

— Oui, enfin, je ne sais pas comment ça s'appelle, ce truc sur l'écran.

D'un bond, l'ambulancier descendit du bureau et tendit un minuscule téléphone portable à Sophia.

— Je pensais capter sous les toits. Désolé.

Il salua Caspar du regard avant de se tourner vers la psychiatre.

— La porte était ouverte. Je voulais savoir si j'avais du réseau.

Sophia observa d'un air réprobateur le bureau sali par une flaque de neige fondue.

— Aucun téléphone mobile ne fonctionne à l'intérieur de la clinique, quelle que soit la posture acrobatique que vous adoptez.

Sophia semblait tendue de la tête aux pieds, et Caspar comprit aussitôt ce qu'elle pensait de l'ambulancier.

Il toisa à son tour l'individu, adoptant la position assurée d'un boxeur. Il paraissait tout à fait inoffensif, avec son petit gabarit, son visage imberbe et ses cheveux gominés. Caspar l'aurait croisé dans la rue sans même le remarquer. Il fut toutefois choqué par les nombreuses œillades appuyées qu'il jetait à Sophia.

— Si vous voulez bien descendre au rez-de-chaussée, M. Bachmann vous montrera votre chambre, précisa-t-elle.

Le jeune homme sourit.

— Vous tenez donc vraiment à ce que nous passions la nuit ensemble, madame ?

La psychiatre leva discrètement les yeux au ciel.

— Pas vraiment, monsieur Schadeck, mais nous sommes malheureusement coincés ici.

Il lui proposa de l'appeler par son prénom, Tom, mais elle refusa. Au grand soulagement de Caspar.

— Votre unité, ne vous voyant pas rentrer, enverra quelqu'un à votre recherche, je suppose.

— Ça m'étonnerait, répondit Schadeck. J'effectuais mon dernier trajet, et je comptais rentrer directement chez moi en ambulance. On ne m'attend pas à la centrale avant demain midi.

Sophia haussa les épaules.

— Je vois. Eh bien, tant pis. De toute façon, à quoi bon s'aventurer dehors par un temps pareil, surtout en pleine nuit ? Les routes seront bientôt dégagées et salées, certainement à partir de demain matin, une fois les conditions météo plus clémentes. Nous descendrons en ville au lever du soleil.

Nous descendrons en ville, répéta silencieusement Caspar en déposant le sac près de son lit.

À écouter Sophia, la clinique se trouvait en haut d'une falaise vertigineuse surplombant une mer déchaînée.

— Vous êtes sérieuse ? Je vais devoir passer la nuit ici, dans cet... ?

Caspar et Sophia devinèrent que Tom s'apprêtait à dire « dans cet asile de fous », avant de se reprendre.

— Rien ne vous y oblige, vous pouvez toujours essayer de rentrer chez vous, répliqua Sophia. Mais l'habitation la plus proche se trouve à une demi-heure de marche, et j'ai bien peur qu'avec ce vent vous ne soyez obligé de traverser la forêt à quatre pattes. Le tout par moins sept degrés, sans oublier que les températures vont continuer à chuter.

— Et en cas d'urgence ?

— Quel genre d'urgence ?

— Imaginez que l'état de Bruck s'aggrave. Comment prévenir les secours ?

Les interrogations de Schadeck étaient certes légitimes, mais Caspar avait l'impression qu'elles servaient de prétexte à l'ambulancier.

— Ne vous inquiétez pas, nous disposons ici de l'équipement nécessaire pour parer à cette éventualité, conclut Sophia. D'après nos premières constatations, la blessure occasionnée par le couteau est superficielle. Les seules lésions éventuelles se situeront au niveau des cordes vocales. À l'heure où je vous parle, le professeur est en train de soigner la plaie. Ensuite, il administrera au Dr Bruck un traitement pour éviter tout œdème au niveau de la trachée. À son réveil, notre patient aura mal, il ne pourra certainement pas parler, mais il s'en sortira.

Au Dr Bruck ?

— À présent, si vous le voulez bien…

Sophia marqua un signe de tête en direction de la porte, et Tom sourit comme si elle venait de l'inviter à boire un verre.

— Avec plaisir, mais je vais tout de même essayer de rejoindre mon ambulance en chasse-neige.

— Bon courage, ironisa Caspar.

Il faillit évoquer la flaque d'essence que Linus venait de lui montrer, mais se ravisa.

Sophia suivit Tom à quelques pas derrière. Une fois à la hauteur de Caspar, elle lui prit la main.

— Désolée pour le dérangement, chuchota-t-elle.

La tristesse de Caspar s'évanouit l'espace d'un instant, pour réapparaître de plus belle lorsque Tom, une fois arrivé sur le seuil, se retourna.

— Vous permettez que nous partagions la même chambre, docteur ? J'ai peur du noir.

Puis il rit et leva les mains en signe de trêve.

— C'est bon, je plaisantais.

Alors que Caspar s'apprêtait à le moucher, son regard se posa sur la main droite de Schadeck, dont la paume comportait des traces de brûlures. Elles ressemblaient étrangement à celles qu'il présentait lui-même sur le torse, en plus géométriques, presque en forme de croix gammée.

19 h 24

Il était seul depuis quelques secondes lorsque Sophia repassa la tête dans l'embrasure de la porte.

— Cela vaut aussi pour vous !

— Pardon ?

Du bout du pied, il fit glisser son paquetage sous le lit. Trop tard. Sophia entra et observa ses bottines puis son manteau, qu'il avait oublié de ranger dans l'armoire.

— Je compte sur vous pour ne pas faire de bêtises ce soir.

Caspar n'essaya même pas de mentir sur ses intentions.

— Il faut que je parte, Sophia. J'ai déjà passé beaucoup trop de temps ici.

— Partir ? Mais pour aller où ? En pleine tempête, dans cette tenue et sans un sou en poche ?

— Je veux aller voir la police.

Manifestement, Caspar n'avait pas l'habitude d'improviser.

— Nous en avons déjà parlé aujourd'hui. Rassfeld est d'accord pour vous laisser parler à la police et à la presse.

— Oui, mais quand ?

Caspar se leva et gratta l'une des brûlures sous son T-shirt.

— Demain ? Dans deux jours ? Après Noël ? Cette attente n'a que trop duré. Il ne me reste peut-être plus beaucoup de temps.

Sophia secoua la tête si fermement qu'une mèche de cheveux lui retomba sur le front.

— Moi aussi, je trouve que Rassfeld vous fait lanterner. Mais je le rejoins sur un point : si vous sortez de cette clinique sans assistance médicale, vous mettrez votre vie en danger.

— Possible, mais je dois arrêter de ne penser qu'à moi.

— Vous faites allusion à cette fillette ?

Caspar hocha la tête.

— Je suis désolé mais, depuis que j'ai vu sa photo, j'ai l'impression d'étouffer ici. Il faut que je sorte.

— Nous ne savons même pas s'il s'agit effectivement de votre fille. Peut-être qu'elle n'existe pas.

— Certes, mais...

Caspar hésita avant de continuer, de peur de franchir la ligne jaune.

— Demain, après votre départ, je vais me retrouver seul. Je n'ai confiance en personne d'autre.

Sophia l'observa longuement, et un sourire mélancolique se dessina sur son visage.

Le téléphone dans la poche de sa blouse sonna : la ligne interne de la clinique était toujours opérationnelle. Mais elle décida d'ignorer l'appel.

— Je comprends, répondit-elle lorsque la sonnerie cessa. Mais j'ai un service à vous demander, Caspar.

— Quel genre de service ?

Elle désigna la fenêtre mansardée et l'épaisse couche que formait la neige accumulée sur la vitre.

— Dormez ici cette nuit. Elle vous portera conseil, malgré la tempête. Nous en rediscuterons une dernière fois avant mon départ.

— À quoi bon ?

— Demain matin, si vous êtes toujours fermement décidé à partir, je ne vous retiendrai pas.

— Mais... ?

— Je vous communiquerai une information essentielle. Vous ne devez quitter la clinique sous aucun prétexte avant d'en avoir eu connaissance. Encore moins si vous comptez vous rendre au commissariat.

Caspar ouvrit la bouche mais ne put prononcer un mot. Puis il entendit un bourdonnement, comme si un capillaire sanguin venait d'éclater dans l'une de ses oreilles. Il se sentait complètement désemparé. Sophia aurait aussi bien pu lui annoncer qu'il n'avait plus que quelques semaines à vivre.

— Quelle information ? murmura-t-il.

Sophia fit non de la tête et saisit son téléphone, dont la sonnerie énergique avait repris.

— Demain matin, Caspar. Pas maintenant.

Ses oreilles bourdonnaient de plus belle, et il haussa la voix.

— Dites-le-moi maintenant !

— C'est impossible.

— Pourquoi ?

— Parce qu'il me reste un détail à vérifier.

— À propos de quoi ? demanda quelqu'un, posté sur le seuil.

Caspar et Sophia sursautèrent.

Distraits par la sonnerie du téléphone, ils n'avaient pas entendu Rassfeld approcher.

— Qu'est-ce que c'est, ce détail à vérifier ? répéta le directeur de la clinique, méfiant.

Tandis que Caspar avalait le peu de salive qui lui restait, Sophia reprit contenance.

— Il... Euh... Ce patient a réclamé un somnifère, mais je lui ai dit que je préférais d'abord vous consulter.

Rassfeld approuva d'un hochement de tête, visiblement satisfait de cette preuve de soumission, et répliqua d'un ton qui ne souffrait aucune contradiction.

— Bien, mais cela peut vraiment attendre, docteur Dorn.

Il entraîna la psychiatre hors de la chambre.

— Je vous cherche depuis tout à l'heure. Nous avons besoin de vous au bloc.

Rassfeld et Sophia laissèrent Caspar seul avec ses angoisses, mais la mystérieuse promesse de la psychiatre continua à raisonner longtemps dans sa tête.

Je vous communiquerai une information essentielle. Vous ne devez quitter la clinique sous aucun prétexte avant d'en avoir eu connaissance.

Deux heures plus tard, lorsqu'il s'allongea sur le lit, la voix de Sophia n'avait toujours pas diminué d'intensité. Il ferma les yeux et essaya de remettre un peu d'ordre dans ses pensées. Son dossier contenait une information que Rassfeld hésitait à lui transmettre. Laquelle ?

Il me reste un détail à vérifier.

Mais alors qu'il s'apprêtait à se lever pour partir à la recherche de Sophia, il lui fut impossible d'ouvrir les yeux.

Caspar puisa dans ses dernières forces et tenta une dernière fois. Sans succès. Il était déjà passablement éprouvé, et cette journée mouvementée avait eu raison de lui. Il dormait déjà.

**0 h 26, le 24 décembre
Trois heures et douze minutes
avant la Peur**

La fumée était vivante. Un nuage de cellules microscopiques qui envahissait son corps par tous les pores de sa peau pour le détruire de l'intérieur.

Ces mêmes particules s'acharnaient sur ses poumons. Elles se déposaient sur ses bronches après avoir descendu la trachée. Il fut pris d'une quinte de toux.

D'habitude, il se réveillait à cet instant précis, pour se retrouver là où ses premiers souvenirs ne remontaient qu'à dix jours. Mais ce soir-là, il continua à dormir, comme si la voiture en flammes qui le retenait prisonnier avait décidé de ne pas le relâcher.

Du moins, pas avant qu'il regarde la photo posée sur le siège passager. À côté de la bouteille. La chaleur était déjà insoutenable, de sorte que la photo commençait à se gondoler, rendant difficilement reconnaissable le visage qui y figurait.

Caspar agita les jambes. Il ne dormait plus, mais il n'était pas encore réveillé : la pire situation qui soit. Un état dans lequel la conscience, engourdie de sommeil, ne revient que très lentement à la réalité. Il n'avait qu'une envie, accélérer le processus et mettre fin à ce cauchemar.

Il détacha sa ceinture et regarda les flammes. Elles embrasèrent le tableau de bord et commencèrent à lécher sa chemise. La paume brûlée de Tom apparut très brièvement, semblant le pousser à saisir le feu à pleines mains. Cette douleur imaginaire l'arracherait à ce sommeil tourmenté.

Finalement, Caspar fut réveillé par une secousse bien réelle.

Il ouvrit les yeux. La voiture en flammes disparut pour laisser place à Linus. Le musicien était penché sur lui, les yeux écarquillés de terreur. Il se tenait si près de Caspar que ce dernier aurait pu lui lécher le nez.

— Sophiaide.

Il croassa plus qu'il ne parla.

— Oh non, c'est reparti, grogna Caspar en bâillant.

Linus souffrant d'insomnie chronique, il passait ses nuits à arpenter les couloirs de la clinique.

— Sophiuétient.

Le musicien tira Caspar par le bras afin de l'obliger à se lever. La situation semblait d'autant plus absurde que Linus portait juste un pantalon de pyjama à la propreté douteuse qui glissait sur ses hanches toutes maigres.

— Écoute, tu ne pourrais pas...

À son tour, Caspar entendit les coups sourds qui provenaient de l'étage inférieur. Quelqu'un semblait s'amuser à soulever une lourde table pour la laisser retomber sur le parquet. Il consulta sa montre : 00 h 27. Drôle d'heure pour déménager des meubles.

— Qu'est-ce qui se passe ?

Tout en posant cette question, il se demanda ce qui se trouvait à l'étage du dessous.

— Ué... Ué..., articula péniblement Linus.

Linus répéta ce mot plusieurs fois, puis lâcha le bras de Caspar lorsque ce dernier se dégagea à regret de ses draps tout froissés.

— 'iens.

— Oui, j'arrive.

Alors que Caspar cherchait ses chaussons, les coups cessèrent. À présent, on aurait dit que quelqu'un déplaçait un tapis détrempé d'une pièce à l'autre, au prix d'efforts surhumains. Plus une minute à perdre.

Linus dévala l'escalier à grand bruit, tandis que Caspar s'efforçait de rester discret : après tout, ce tapage pouvait peut-être s'expliquer très simplement. Mais avec les événements survenus au cours des dernières heures, il était plus que sceptique. Cette hypothèse lui parut encore moins valable lorsqu'il comprit enfin, une fois sur le palier, ce que Linus lui avait dit en le secouant.

Sophiaide.

Il se mit alors à courir, lui aussi. *Sophia a besoin d'aide.*

Il tourna au coin, toujours dans l'obscurité. Pourquoi la minuterie ne fonctionnait-elle pas ? D'habitude, elle se mettait en marche dès que quelqu'un se trouvait dans le couloir. Là, l'unique source de lumière provenait de la chambre du fond, dont la porte était grande ouverte. Linus se tenait sur le seuil, les mains croisées sur la tête et tremblant comme une feuille.

Puis à l'instant où il sentit le froid mordant envahir le couloir, Caspar finit de déchiffrer le charabia de Linus. *Sophiuétient.*

Sophia. Tuée. Patient.

Il jeta un coup d'œil dans la chambre. Mais oui. Le troisième étage accueillait les patients « difficiles ». L'unité de soins intensifs. Des chambres d'isolement équipées de lits hydrauliques et d'appareils de mesure.

Sophia. À l'aide. Tuée. Patient.

Caspar frissonna à la vue du porte-perfusion situé, tel un serveur muet aux bras ballants, près du lit vide. Il sentit la vapeur produite par sa propre respiration, puis la suite se déroula comme au ralenti. Il avait l'impression d'être un observateur extérieur qui feuilletait avec le plus grand intérêt un album photo. Chaque page comportait une image encore plus terrible que la précédente. Et le temps que son cerveau se rende compte de l'horreur de la situation, il passait déjà à la page suivante.

La fenêtre ouverte. L'homme. Une jambe sur le radiateur, l'autre déjà dehors. Linus, qui joue des coudes pour doubler Caspar. L'homme à la bouche tordue de douleur qui se retourne une dernière fois. Qui désigne son bandage au cou. Qui secoue la tête. Et qui se laisse tomber dans le vide.

Dès que le fuyard disparut dans la neige et l'obscurité, tout s'accéléra. Et, pour la première fois, un souvenir concret fut happé dans les filets que constituait la mémoire défaillante de Caspar. Il connaissait l'homme qui venait de sauter par la fenêtre. Son visage lui était aussi familier que l'odeur de papier brûlé qui envahissait ses narines. Il avait déjà vu Jonathan Bruck à de nombreuses reprises. Et même quelques minutes auparavant, juste avant que Linus le réveille. Nuit après nuit, dans ses cauchemars, il voyait sa photo brûler sur le siège passager.

— Qu'est-ce qui se passe ? demanda-t-il à Linus, penché par la fenêtre.

Le musicien tremblait-il de peur ou de froid ? Difficile à dire.

— Sophuétient.

Toujours la même réponse, mais aucune trace de la psychiatre. Quel était le rapport avec Sophia ? Il ne comprenait pas Linus, et sa propre réaction le laissait tout aussi perplexe. Quand avait-il rencontré cet homme ? Pourquoi Jonathan Bruck s'était-il échappé alors qu'une tempête de neige faisait rage, simplement vêtu d'une chemise d'hôpital ? Et pour quelle raison Linus ressortait-il de la chambre en courant, les yeux écarquillés d'effroi ?

Caspar mit un certain temps à comprendre. En entrant dans la chambre, il n'avait pas entendu le robinet de la salle de bains couler. Le clapotis sourd et irrégulier venait de lui parvenir de derrière la porte.

0 h 34

Caspar se crut d'abord face à une statue qu'un mauvais sculpteur, manifestement fou à lier, avait exposée dans la petite salle d'eau.

Malgré son visage figé en un masque inexpressif, malgré les soubresauts de sa jambe droite, Sophia lui paraissait toujours aussi belle. Ce qui rendit le spectacle de sa souffrance encore plus insoutenable.

— Sophia ? appela Caspar bien trop doucement.

Sa voix cassée fut couverte par le bruit du robinet. La psychiatre ne semblait ni le voir ni sentir l'eau glacée qui commençait à submerger ses bras et ses jambes.

— Qu'est-ce qui vous arrive ?

Caspar avait beau hausser le ton, Sophia ne cligna même pas des yeux. Elle avait le cou complètement tordu et les yeux rivés sur un point imaginaire, situé bien au-delà des carreaux de la salle de bains. Sa chemise de nuit détrempée se soulevait, laissant deviner ses tétons. Dessous, elle ne portait qu'un slip déchiré.

— Vous m'entendez ?

Autant essayer de parler à un cadavre. Il ne voyait aucune trace de sang nulle part, Sophia ne semblait pas blessée, elle respirait toujours, et pourtant, elle semblait morte. Certes, son pied heurtait la paroi de la baignoire à intervalles réguliers, mais cela ne constituait pas une preuve de vie suffisante. Ce geste ressemblait plus aux dernières convulsions de quelqu'un dont le système nerveux central aurait été endommagé lors d'un accident.

Une pensée terrible lui traversa l'esprit lorsqu'il fit le rapprochement entre la fillette de ses souvenirs et cette sinistre mise en scène.

— *Tu reviens vite, hein ?*

— *Oui, ne t'inquiète pas.*

Un seul titre aurait convenu à cette œuvre horrible issue de l'imagination d'un psychopathe : *Emmurée vivante.*

C'était exactement ça. Le corps de Sophia était devenu sa propre prison.

Les cheveux qui avaient effleuré Caspar quelques heures auparavant étaient à présent collés sur la nuque pâle de Sophia, comme des algues blondes. Il tendit la main, avant de se reprendre. Il avait déjà bien assez perdu de temps à se remettre du choc.

— Je vais chercher de l'aide, chuchota-t-il.

Il s'apprêtait à quitter la pièce lorsqu'un frisson de vie succéda à l'apathie de Sophia, mais dans une convulsion encore plus atroce. Des vibrations la parcoururent de la tête aux pieds. Et lorsqu'elle leva le bras droit, Caspar recula machinalement d'un pas. Elle cherchait désespérément à communiquer avec lui.

Il me reste un détail à vérifier.

Il se tourna vers la porte de la salle de bains : rien. Puis son regard se posa sur le bras gauche de Sophia, qui pendait hors de la baignoire dans une position presque lascive. Étant donné la blancheur de ses articulations, Sophia serrait tellement fort le poing que le sang ne circulait plus. Caspar s'approcha doucement.

— Qu'est-ce que vous avez là ?

Sophia fut prise d'une deuxième convulsion et ouvrit la main. Très lentement, trop lentement, presque au ralenti, jusqu'à ce que le mystérieux objet tombe par terre.

Mais avant que Caspar puisse vérifier son effroyable soupçon, quelqu'un l'attrapa par les épaules, le retourna et le plaqua au sol, face contre le carrelage.

0 h 36

— Qu'est-ce que c'est que ce foutoir ? s'écria Rassfeld.

Malgré son champ de vision restreint, Caspar aperçut les sandales du professeur.

— Je ne sais absolument pas ce qu'il lui a fait, haleta le gardien Bachmann, qui pesait de tout son poids sur le dos de Caspar.

Ce dernier essaya de protester, mais il n'avait plus assez d'oxygène dans les poumons.

— Mon Dieu, docteur Dorn ?

Rassfeld claqua des doigts et ferma le robinet. La pièce redevint si calme qu'on entendait les ampoules grésiller au plafond.

— C'est probablement un accident vasculaire cérébral. Yasmin, préparez immédiatement le scanner et procédez à un examen hématologique complet, ordonna Rassfeld d'une voix posée, en vrai professionnel.

Caspar entendit des semelles de crêpe s'éloigner à toute vitesse, puis ressentit une vive douleur entre les omoplates lorsque Bachmann le souleva et le cravata. Il avait l'énorme biceps du gardien en travers de la figure, mais il essaya tout de même désespérément de croiser le regard du directeur de la clinique, agenouillé près de la baignoire, à la place qu'il occupait quelques minutes auparavant. Rassfeld braqua une minuscule lampe de poche dans les yeux de Sophia.

— Pupilles réactives, murmura-t-il. Mais qu'est-ce que…

Rassfeld se tourna vers Caspar, tout en prenant le pouls de Sophia.

— Vous l'avez droguée ?

— Non, répondit Caspar d'une voix étouffée.

Bachmann arrêta de serrer, et Caspar reprit une respiration sifflante mais régulière.

— C'est Bruck.

— Bruck ?

— Son lit est vide, confirma Bachmann.

— Il a sauté par la fenêtre.

Rassfeld plissa les yeux et se redressa. Il dut adresser un signe discret à Bachmann, car ce dernier entraîna Caspar hors de la salle de bains. À ce moment-là, un parfum d'after-shave envahit la chambre.

— Qu'est-ce que vous voulez ?

— Vous aider, pardi !

Le visage de l'arrogant ambulancier Tom Schadeck apparut devant lui.

Visiblement, ce raffut avait ameuté toute la clinique. Quant à Rassfeld, il ne semblait pas contre un coup de main. En entendant un nouveau clapotis, Caspar comprit que les deux hommes sortaient Sophia de la baignoire. Il eut un haut-le-cœur.

— Écoutez, chaque seconde compte, expliqua-t-il à Bachmann.

Le gardien l'avait autorisé à s'asseoir. Vraisemblablement pour avoir les mains libres et amener le fauteuil roulant dans la salle de bains.

— En nous dépêchant un peu, nous réussirons peut-être à le rattraper.

— Qui ça ?

Bachmann se gratta la tête. Contrairement à son corps, une boule d'énergie, l'angoisse se lisait sur son visage.

— Bruck, évidemment !

Malgré les efforts de Bachmann pour fermer la fenêtre, le froid sembla envahir la pièce de plus belle. En effet, un spectacle horrible s'offrait maintenant à eux : la masse détrempée que Rassfeld et l'ambulancier venaient de déposer dans le fauteuil roulant n'avait plus grand-chose d'humain.

— Vite, vite, au sous-sol, cria Rassfeld.

Tom avança, presque détendu, comme s'il poussait un chariot dans un supermarché.

Le médecin-chef lui emboîta le pas. Mais une fois sur le seuil de la porte, il s'immobilisa brusquement.

— Bruck ? demanda-t-il à Caspar, incrédule.

— Oui.

Rassfeld revint dans la pièce et se campa devant Caspar. Des petites gouttes, soit d'eau soit de sueur, perlaient sur son front plissé d'inquiétude.

— Linus vous le confirmera.

Caspar se sentit complètement ridicule en prononçant ces mots. Autant désigner un aveugle comme témoin oculaire.

— Bon, écoutez-moi attentivement, déclara Rassfeld en prenant une grande inspiration. Je n'ai constaté aucune blessure externe, mais le Dr Dorn semble gravement traumatisée, donc j'aimerais éviter des examens inutiles qui me feront perdre du temps. Si vous savez quoi que ce soit, si vous avez vu quoi que ce soit, il faut me le dire, sinon...

— Je n'ai rien vu. En revanche, j'ai trouvé ça.

Il tendit à Rassfeld ce qu'il avait découvert juste avant d'être maîtrisé par Bachmann.

— Je ne sais pas si c'est important, mais Sophia le serrait dans la main.

— Oh, non !

Rassfeld avança d'un pas et s'empara de la feuille avec une expression qui frôlait le dégoût.

Pourtant, elle semblait aussi inoffensive que les boulettes de papier lancées en classe par des élèves turbulents. Le psychiatre la déplia de ses doigts souples mais tremblants.

— « Je porte un faux nom mais je dis vrai », lut-il à mi-voix.

Puis il leva la tête et ferma les yeux. À cet instant, Caspar se rendit compte de la gravité de la situation. La mystérieuse phrase que venait de prononcer Rassfeld lui rappela à la fois la passion de Greta Kaminsky pour les devinettes et la voix du présentateur.

Les morceaux de papier retrouvés dans les mains des victimes constituent peut-être un début de piste, mais la police se refuse à tout commentaire.

— Le Briseur d'âmes.

Rassfeld venait d'exprimer la pensée qui tourmentait Caspar. Le médecin-chef jeta un bref coup d'œil à la fenêtre désormais fermée.

— Vous savez ce qu'il vous reste à faire.

— Le sarcophage, acquiesça Bachmann en hochant lentement la tête.

— Malheureusement, nous n'avons plus le choix.

Le directeur s'épongea de nouveau le front. Cette fois-ci, aucun doute : ce fut bien une trace de sueur qu'il laissa sur sa blouse.

— Il faut l'activer sur-le-champ.

0h41

Caspar se trouvait à présent dans la loge, les yeux rivés sur le bureau du gardien.

Mais cette fois-ci, il était pieds nus et fixait sur l'écran de contrôle une ambulance recouverte de plusieurs centimètres de neige qui, filmée par la caméra infrarouge, paraissait verdâtre.

— Joyeuses fêtes, grommela Bachmann.

Le gardien, concentré, observait un boîtier à fusibles gris encastré dans le mur, jusqu'alors masqué par le gigantesque sapin de Noël.

— Rassfeld vous a demandé d'activer le sarcophage. Qu'est-ce que ça signifie ?

Caspar avait déjà posé cette question à maintes reprises depuis que le directeur lui avait ordonné de rester avec Bachmann. Ce dernier grogna puis, à la grande surprise de Caspar, accepta de lui lâcher quelques explications.

— Seuls trois établissements au monde sont équipés de ce système, dont un seul en Allemagne, le nôtre. Regardez.

Il avait ouvert le boîtier à fusibles en soupirant. À l'intérieur, une rangée d'interrupteurs tous identiques. Lorsque le gardien rentra le ventre, Caspar aperçut une manette verte qui sortait du lot. « GINA » était écrit au feutre noir juste en dessous, sur la surface métallique.

— Il suffit d'actionner cette manette pour que le sarcophage se mette en place. Vingt-quatre volets roulants blindés bloqueront toutes les fenêtres et toutes les portes.

Caspar se souvint des solides volets sous lesquels il avait dû se faufiler afin de pouvoir suivre Linus sur le balcon.

— Gina ? interrogea-t-il.

— Le prénom de ma femme. Quand on se dispute, elle aussi, elle bloque toutes les issues, ajouta Bachmann avec un rire forcé.

— Mais à quoi ça sert ?

— À empêcher les patients dangereux ou suicidaires de s'enfuir. Bien évidemment, c'est la première fois que nous y avons recours. Mais chaque nouvel arrivant signe un document nous autorisant à l'enfermer en cas de problème.

Tout en se demandant si tel était aussi son cas, Caspar s'appuya contre le bureau et ressentit une légère vibration.

— Très bien, mais Bruck a déjà pris la fuite. Rien ne l'empêche de rejoindre la ville la plus proche et de s'en prendre à quelqu'un.

— Ce n'est pas la question.

La bedaine de Bachmann, engoncé dans sa salopette, cacha à nouveau le boîtier à fusibles.

— Ah bon ?

— Le Briseur d'âmes, ça vous dit quelque chose ?

Caspar hocha prudemment la tête.

Je le connais même personnellement. Mieux valait garder cette information pour lui. Du moins, le temps de découvrir pourquoi Bruck apparaissait dans ses rêves.

— Le professeur a été consulté par la police en tant qu'expert psychiatre. Il a examiné les victimes, y compris la jeune femme décédée aujourd'hui. Il est donc le mieux placé pour savoir de quoi le tueur est capable, et c'est pour cela qu'il m'a demandé d'activer le sarcophage. Rassfeld ne cherche pas à l'enfermer, au contraire. Il veut éloigner ce psychopathe de la clinique. De nous !

Caspar se racla la gorge. Tandis qu'il écoutait Bachmann, les vibrations autour de lui semblèrent s'intensifier. Lorsque le gardien s'éloigna du boîtier à fusibles, il constata que la manette verte était abaissée.

— À l'aide !

Un hurlement de femme retentit non loin de là. La jeune infirmière dut lancer un deuxième appel au secours avant que Caspar reconnaisse sa voix. Yasmin traversa le hall d'entrée en courant.

— Quoi ? Que se passe-t-il ? beugla Bachmann, visiblement effrayé.

Dans la pénombre, ils crurent d'abord que Yasmin avait le front en sang, mais ce n'était que sa frange rouge vif.

— Le professeur..., souffla-t-elle, hors d'haleine. Rassfeld est parti.

— Parti ?

— Oui. Comme nous étions à court de protections auditives, Rassfeld m'a envoyée en chercher.

Elle ouvrit la main droite et leur montra deux bouchons d'oreille en mousse jaune destinés à protéger les tympans de Sophia lors de l'IRM.

— À mon retour, il avait disparu.

— Et merde !

Bachmann se dirigea vers son bureau, qui comportait trois tiroirs. Il ouvrit à la hâte celui du milieu et s'empara d'un objet en plastique transparent qui ressemblait à un faux pistolet.

— Et merde, répéta-t-il avant de sortir en courant.

Caspar lui emboîta le pas. En traversant précipitamment le hall, ils eurent l'impression fugace que la lumière était plus forte. En fait, l'obscurité du dehors ne leur parvenait plus, et la lumière des plafonniers se reflétait à présent sur un obstacle qui se déroulait lentement le long des grandes baies vitrées de l'entrée. Et de toutes les autres fenêtres de la clinique Teufelsberg.

Les volets étaient déjà baissés de moitié lorsque Sophia, au sous-sol, se mit à crier.

0 h 43

Ces plaintes étaient insoutenables, non pas à cause de leur volume sonore, mais du silence qui les espaçait.

Bachmann se précipita, suivi de Caspar, dont les pieds nus claquaient sur les marches de pierre menant au premier sous-sol de la clinique.

— Ohé !

Yasmin appela une deuxième fois mais n'obtint qu'un écho en guise de réponse. Devant eux, un couloir étroit. À chaque extrémité, une porte vitrée : les issues de secours. Les volets parcoururent les derniers millimètres.

Leurs lamelles claquèrent, puis pivotèrent une dernière fois, isolant ainsi la clinique du monde extérieur.

— Oh non !

Bachmann désigna des traces de pas sanglantes qui longeaient le couloir par la droite jusqu'à l'avant-dernière porte, où figurait un panneau jaune et noir : « Risque d'irradiation. Accès interdit. »

Le gardien enfonça la porte à coups de botte et se rua dans le local de contrôle où se trouvait la console d'IRM, Caspar sur les talons.

— Où êtes-vous ?

Rassfeld ! Sophia !

Leurs regards paniqués se croisèrent brièvement, tandis qu'ils inspectaient la pièce. Personne. Rien, exceptée la vitre où se reflétaient leurs mines défaites. La vitre !

Lorsque le gardien actionna les interrupteurs, leur reflet disparut pour laisser place à ce qui se trouvait derrière, dans le noir.

Les jambes. Les pieds en sang.

— C'est elle ? demanda Caspar.

Question superflue. Dans le tube de l'IRM, la belle Sophia était prise de convulsions, comme prisonnière d'une ligne à haute tension invisible.

Le gardien devança Caspar et entra dans la salle d'IRM proprement dite. Une fois devant le scanner, les deux hommes durent fournir un effort surhumain pour ne pas détourner le regard du corps fragile attaché au brancard.

En dégageant le corps de Sophia, Bachmann remarqua que l'un de ses bras s'était libéré sous la violence des spasmes. Puis il essaya de défaire le reste des bandes Velcro avec lesquelles Rassfeld avait immobilisé Sophia avant de procéder à l'examen. Mais le pied gauche, une fois libéré, se mit à trembler tellement fort que Caspar crut sentir un courant d'air sur son visage, tandis qu'une odeur métallique envahissait l'atmosphère. Les craintes de Caspar se confirmèrent lorsqu'il baissa les yeux.

— Du sang, là aussi.

— Quoi ?

— Juste là.

Il montra le sol : plusieurs grosses gouttes de sang formaient une trace qui se dirigeait vers la sortie. Deux d'entre elles étaient à moitié effacées. Quelqu'un semblait avoir marché dessus pieds nus.

— Bon, je reste auprès d'elle, annonça Bachmann, qui transpirait abondamment. Trouve-moi Rassfeld, Linus et les autres : Yasmin, l'ambulancier et la cuisinière. Nous avons besoin de tout le...

Il s'arrêta net.

— Quoi ?

— Écoute.

Caspar tendit l'oreille.

Qu'est-ce que c'est que ça ?

Un nouveau bruit couvrait les râles de Sophia.

— Tu crois que c'est le... ?

Avant que Bachmann ait terminé sa question, Caspar se précipita dans le couloir. À mesure qu'il s'approchait de la grande porte en aluminium, les craquements redoublaient d'intensité.

Effectivement. L'ascenseur.

Caspar consulta le panneau lumineux où figuraient les numéros d'étages. Quelqu'un prenait l'ascenseur.

0h47

Sur le palier entre le premier et le deuxième étage, Caspar sentit naître un point de côté, mais il prit sur lui et continua son ascension.

L'ascenseur avait beau progresser à un rythme très lent, il arriverait avant Caspar, si celui-ci ne se dépêchait pas. Il serra les dents et entreprit de gravir les marches deux à deux.

Ding.

Finalement, il atteint le deuxième étage juste au moment où retentit la cloche de l'ascenseur.

Victoire. Mais la joie d'avoir remporté cette course, même d'un cheveu, laissa rapidement place à l'angoisse. Car au moment où les portes s'ouvrirent, Caspar se rendit compte qu'il s'apprêtait à affronter le Briseur d'âmes sans aucune arme pour se défendre.

Après un dernier soubresaut, l'ascenseur s'ouvrit lentement sur le grand miroir, au fond de la cabine. Caspar faillit prendre ses jambes à son cou, mais il rassembla ses forces et se protégea par avance le visage à l'aide de son bras. C'est alors qu'il aperçut...

— Qu'est-ce que tu fais là ?

Le vide !

Il se retourna si brusquement que n'importe lequel de ses interlocuteurs aurait instinctivement reculé d'un pas. Tom Schadeck, lui, ne bougea pas d'un pouce et le toisa sans ciller.

— Allez, crache le morceau. Qu'est-ce que tu fais là ?

L'ambulancier avait troqué le peignoir qu'il portait en entrant dans la chambre de Bruck contre le jean blanc et le col roulé qu'il avait à son arrivée. Il s'était même soigneusement recoiffé avec du gel.

— Permets-moi de te retourner la question, rétorqua Caspar avec aplomb. C'est toi qui viens de prendre l'ascenseur ?

— Hein ?

L'ambulancier regarda par-dessus l'épaule de Caspar, en direction de la cabine vide.

— Je veux dire, est-ce que...

Plus Caspar cherchait une formule appropriée, plus il se sentait ridicule. Sans parler de son allure : pieds nus, mal rasé, vêtu d'un pantalon de pyjama vert clair et d'un T-shirt délavé. La caricature parfaite du patient à qui l'on aurait oublié de donner son traitement du soir.

— Peu importe, je t'expliquerai plus tard. Il faut d'abord retrouver Rassfeld.

— Rassfeld ?

— Oui, il a disparu.

Caspar frissonna. Lorsque son regard se posa sur ses pieds complètement engourdis, il comprit son erreur. S'il avait froid, ce n'était pas à cause de sa tenue, mais parce qu'un courant d'air glacé s'insinuait autour de ses chevilles.

— Qu'est-ce qu'on fait, maintenant ?

Caspar se contenta de baisser les yeux, intrigué par les taches de sang qui parsemaient le sol.

— Dis donc, je te parle, espèce de taré.

Caspar laissa Tom en plan devant l'ascenseur pour suivre les traces couleur rouille.

Il tourna au coin après quelques mètres. La voix de l'ambulancier s'éloignait mais le froid devenait plus vif. Puis il entendit un claquement qui, cette fois, n'avait rien de métallique. Et il le vit.

Le volet ne bloquait pas intégralement l'issue de secours située au fond du couloir. Telle une mouche affolée se cognant toujours contre la même vitre, le volet multipliait les tentatives pour arriver jusqu'en bas. En vain, puisqu'une baguette métallique bloquait les deux derniers centimètres. Quant à la porte vitrée, elle était brisée.

Caspar se retourna pour appeler Tom. Inutile, car ce dernier se trouvait déjà derrière lui, à l'instar de Bachmann, qui les avait probablement rejoints par l'escalier. Caspar voulut demander des nouvelles de Sophia, mais le gardien ne lui en laissa pas le temps.

— Vous avez trouvé Rassfeld ?

— Non, mais regardez.

Caspar montra la baguette métallique qui bloquait le volet extérieur.

— Il a dû casser la vitre avec ça.

— Et se blesser en marchant sur les éclats de verre.

Schadeck s'agenouilla et effleura l'une des nombreuses gouttes de sang qui se trouvaient également à cet endroit.

— Merde.

L'ambulancier venait de résumer ce que ses compagnons pensaient tout bas. Une seule conclusion s'imposait, d'après la forme et le parcours des traces de sang. Après avoir sauté par la fenêtre, le Briseur d'âmes avait atterri sur la terrasse située un étage plus bas. Puis il avait brisé la vitre de cette issue et bloqué le volet à l'aide d'une baguette métallique placée à la verticale.

Après s'être faufilé par l'ouverture, il avait laissé le volet descendre jusqu'à deux centimètres du sol et l'avait coincé avec le morceau de métal, désormais à l'horizontale.

— Ça veut dire que... ?

— Oui, acquiesça Caspar, interrompant Bachmann.

— Alors il faut désactiver le sarcophage immédiatement ! s'exclama Schadeck.

Il avait essayé de tordre le volet en se servant de la baguette à la manière d'un levier, sans succès.

— Non, trancha le gardien.

— Comment ça, non ? Tu ne comprends rien ou quoi ? Les traces de sang s'éloignent de la fenêtre. Le

Briseur d'âmes n'est pas enfermé à l'extérieur, mais à l'intérieur.

Ici. Avec nous.

— Non, répéta Bachmann, résigné. C'est impossible. Je ne peux pas faire remonter les volets comme ça, en claquant des doigts.

1 h 12
Deux heures et vingt-six minutes avant la Peur

Lorsque les flocons, projetés par la tempête, venaient se déposer contre les fenêtres barricadées de la clinique Teufelsberg, ils avaient déjà parcouru un long chemin, et Caspar le savait. Les cristaux se formaient tout là-haut, par moins cinquante degrés, à partir de molécules d'eau qui s'assemblaient comme des grains de poussière. Leur taille microscopique, un dixième de millimètre, leur permettait de se soustraire à la chaleur de la friction provoquée par la chute, ce qui expliquait pourquoi ils ne fondaient pas. À trois mille mètres d'altitude, en entrant dans une atmosphère où la température atteignait les moins quinze degrés, ils obtenaient cette forme d'étoile si caractéristique lorsque la vapeur d'eau s'accumulait autour du noyau de condensation. Caspar n'ignorait pas également que, faisant fi de la turbulence, chaque étoile était composée de six branches identiques. Et pourtant, depuis la nuit des temps, chaque cristal de neige était différent. Un miracle de la nature auquel Aristote s'était intéressé. Caspar se souvenait de ces détails sans grande importance, alors que le mystère demeurait entier autour de sa véritable identité. Comment était-il arrivé dans cette clinique ? Où avait-il rencontré l'homme qui avait essayé de tuer Sophia ? Et qui avait-il abandonné, en dépit de sa promesse ? Caspar sentit son cœur se serrer dans sa poitrine.

À l'image de cet hôpital barricadé, un sarcophage l'empêchait lui aussi de s'échapper de sa prison intérieure et de partir à la recherche de sa fille, dont il ignorait toujours le prénom.

— Vous, je ne sais pas, mais...

Caspar essaya de se concentrer sur les paroles de Bachmann, qui affichait une décontraction de façade.

— Moi, la dernière fois que j'ai veillé aussi tard un 24 décembre, c'était quand gamin, je trépignais d'impatience à l'idée de jouer avec mon nouveau circuit de voiture.

Le gardien cherchait visiblement à détendre l'atmosphère. Peine perdue. Personne ne rit, bien au contraire. Il avait quatre paires d'yeux rivés sur lui. Tandis que Schadeck l'observait avec dédain, la cuisinière semblait au bord de la crise de nerfs. Quant à Yasmin, elle avait cessé de feindre l'indifférence et se grattait nerveusement les poignets.

— Quand tu auras fini de raconter n'importe quoi, tu nous diras quoi faire, maugréa-t-elle.

— Du calme, Yasmin. Nous sommes en sécurité dans la bibliothèque.

Bachmann sortit des lunettes sans monture de sa salopette et les posa sur son gros nez. Sans doute pour se donner une apparence d'intellectuel et renforcer ainsi son statut de gestionnaire de crise. À vrai dire, ses lunettes semblaient avant tout incongrues. Elles ne suffisaient pas non plus à camoufler l'angoisse et la nervosité de leur propriétaire. Afin d'empêcher ses mains de trembler, le gardien serra encore plus fort les poignées en plastique du fauteuil roulant de Sophia, qu'il avança de quelques centimètres. La psychiatre était toujours immobile, totalement inerte.

— L'accès à la bibliothèque est bloqué par une lourde porte en chêne. Impossible de l'enfoncer, donc pas de panique.

— Pas de panique.

Yasmin imita Bachmann avant de ricaner.

— Le Dr Dorn se trouve dans un coma vigile, Rassfeld a disparu et j'ai dû enfermer les patients dans leur chambre pour les protéger du psychopathe qui rôde dans la clinique en laissant des traces de sang derrière lui. Dites que je dramatise si ça vous chante mais, s'il n'y a pas lieu de s'inquiéter, pourquoi sommes-nous barricadés ici ?

Tel un rayon invisible, le regard furieux de Yasmin balaya les personnes qui l'entouraient. La pièce dans laquelle ils étaient rassemblés, située au rez-de-chaussée, tenait lieu de salle à manger. Les patients valides y prenaient leurs repas. Cependant, avec ses étagères chargées qui grimpaient jusqu'au plafond, elle ressemblait plus au fumoir d'un club de gentlemen, d'où son surnom de bibliothèque. On pouvait confortablement s'installer dans un canapé bien rembourré, dans des fauteuils en cuir bordeaux ou sur des chaises à haut dossier couleur crème. Le choix des patients se portait souvent sur les fauteuils à oreilles placés devant la cheminée. Mais, pour l'instant, ils restaient tous plantés devant une table en chêne massif suffisamment longue pour accueillir Jésus et ses apôtres.

— Un psychopathe ? Quel psychopathe ? demanda la cuisinière.

Sybille Patzwalk ne dormant jamais sans somnifère, elle ne savait rien des derniers événements. Personne n'avait encore daigné lui expliquer pourquoi on l'avait tirée du lit et enfermée dans la bibliothèque en chemise de nuit et sans maquillage. Et une nouvelle fois, sa question demeura sans réponse.

— Je ne comprends toujours pas, intervint Schadeck en arpentant la pièce d'un pas lourd. Pourquoi ne pas désactiver le sarcophage et aller chercher de l'aide, tout simplement ?

Par beau temps, on ouvrait les portes-fenêtres qui donnaient sur le jardin, masqué cette nuit-là par les lamelles gris souris des volets roulants.

Bachmann toussota, tout en tapotant machinalement la poche de sa salopette, là où il avait rangé le pistolet à air comprimé qu'il avait pris dans sa loge. Il l'avait chargé avec des munitions de 9 mm, lesquelles ne pouvaient pas causer de blessures mortelles, à moins d'être tirées à bout portant.

— Je ne connais pas le code.

— Qu'est-ce que tu racontes ? Je croyais qu'il te suffisait d'actionner une manette !

Caspar nota que ce Tom tutoyait tout le monde.

— Ce n'est pas tout à fait faux. Il faut pouvoir barricader toutes les issues très rapidement, au cas où un patient suicidaire essaierait de prendre la fuite, par exemple. Mais la procédure inverse est plus complexe. Le patient ne doit pas pouvoir récidiver avant que nous l'ayons calmé. Nous avons donc besoin d'un code pour désactiver le sarcophage.

— Et tu ne le connais pas ? Mais c'est contraire aux règles élémentaires de sécurité ! Que se passe-t-il en cas d'incendie ?

Schadeck fixait le gardien d'un air ébahi.

— Tout est prévu. Les plannings de garde sont organisés de façon à ce que deux médecins connaissant la combinaison se trouvent toujours sur place. Seulement, ce soir...

Bachmann toussota encore.

— L'un a disparu et l'autre est dans l'incapacité totale de communiquer.

Caspar se tourna vers Sophia, dont la tête était légèrement penchée sur le côté. Elle semblait plongée dans un sommeil paisible et éternel.

— Et même en admettant qu'elle se réveille, à quoi ça nous avancerait d'avoir le code ? ajouta Bachmann. Dehors, c'est la tempête du siècle.

— En d'autres termes, nous sommes coincés ici ? risqua Yasmin.

— Seulement pour six heures, jusqu'à l'arrivée des médecins de garde demain matin. Quand ils s'apercevront que la situation est anormale, ils appelleront les secours.

— Mauvais plan, objecta Schadeck en secouant énergiquement la tête. Nous ferions mieux de sortir et de maîtriser ce dingue. N'oubliez pas que votre chef est entre ses griffes.

— Sans oublier Linus, ajouta Yasmin.

— Linus ?

En entendant le prénom du musicien, Caspar eut la vague impression qu'une pièce du puzzle lui échappait.

— Oui. Sa chambre était vide quand j'ai voulu l'y enfermer. Tout le contraire de Greta : elle dormait déjà comme une bienheureuse.

Yasmin fusilla Caspar du regard. Une façon de lui rappeler qu'elle désapprouvait totalement sa présence ici. Il avait refusé de rester seul dans sa chambre, et Bachmann l'avait finalement autorisé à se joindre au groupe. Sûrement pour qu'un deuxième homme tienne tête à Schadeck, ce qui lui permettrait de conserver la direction des opérations.

— Très bien, donc Rassfeld et Linus ont disparu, résuma le gardien. Mais si nous partons à leur recherche, le Briseur d'âmes risque de s'en prendre à nous.

— Le Briseur d'âmes ? répéta la cuisinière dans un souffle.

Sybille Patzwalk frissonna et croisa les bras sur la poitrine imposante que laissait deviner sa chemise de nuit. Caspar sentait qu'elle se faisait violence pour ne pas détourner le regard du fauteuil roulant où gisait Sophia.

— Ça veut dire que... ?

— Oui, hélas.

Bachmann rentra la tête dans les épaules et émit un profond soupir. Puis il ramassa un journal au hasard sur la table basse. Il n'eut pas à le feuilleter bien longtemps.

— Tenez : trois femmes, toutes jeunes, belles et pleines de vie.

Comme Sophia, pensa Caspar, lorsqu'il se pencha pour voir les photos des victimes.

— Elles ont été enlevées et relâchées quelques jours plus tard au milieu de nulle part. Sans blessures apparentes, mais anéanties psychologiquement. Personne ne sait ce qu'il leur fait subir, quelles tortures mentales il leur inflige. Regardez plutôt.

Il pointa du doigt une photo en noir et blanc sous laquelle figurait la légende : « Vanessa Strassmann. » La première victime, décédée aujourd'hui.

— Apathique, comme le Dr Dorn.

— Et ce serait Bruck, le coupable ? Impossible.

Tous les regards se tournèrent vers Schadeck, appuyé contre la table, les jambes croisées. Si cette situation l'angoissait, il n'en laissait rien paraître. Ses lèvres fines dessinaient même un léger rictus.

Bachmann se racla nerveusement la gorge.

— Et pourquoi pas ?

— Bruck baignait dans une mare de vodka, quand je suis arrivé au motel. C'est un alcoolo, un marginal que le gérant voulait expulser avant les fêtes. On a tendance à nous prendre pour une déchetterie, à cette période de l'année, déclara Schadeck en ricanant.

— Ça ne colle pas, riposta Bachmann avec vigueur. Le Pr Rassfeld l'a désigné comme étant le Dr Jonathan Bruck, et il m'a semblé que le Dr Dorn le connaissait aussi.

— Il a la classe, le confrère, ironisa Schadeck.

— Je vous l'accorde, c'est à n'y rien comprendre. Que fabriquait Bruck dans ce motel, complètement ivre ? Pourquoi s'est-il planté un couteau dans la gorge ? Pourquoi est-il revenu ici alors qu'il venait de s'enfuir ?

À l'aide de son index, le gardien dessina un point d'interrogation imaginaire.

— Je n'en ai pas la moindre idée, mais une chose est sûre : le Dr Dorn est la quatrième victime du Briseur d'âmes.

Caspar savait que Bachmann conclurait maintenant en produisant une preuve irréfutable.

— On a retrouvé un message sur ces trois femmes, reprit-il en plongeant la main dans la poche de sa salopette. Un message comme celui-ci.

Le gardien tendit le morceau de papier à Schadeck.

— « Je porte un faux nom mais je dis vrai », lut l'ambulancier à voix haute.

— C'est une devinette.

— Elle est tombée de la main de Sophia quand je l'ai trouvée dans la baignoire, ajouta Caspar.

— Oh, mon Dieu ! gémit Sybille d'une voix brisée.

Elle avait dû regarder la même émission que Caspar et Greta. Elle essuya les larmes qui roulaient sur ses joues couperosées et, à la grande surprise de Caspar, s'agenouilla devant le fauteuil roulant de Sophia.

— Pauvre petite.

Elle ravala un sanglot et prit la main de la psychiatre.

— Il a fallu que ça tombe sur elle. Pourquoi ? Pourquoi ?

— Qu'est-ce qu'il attend de nous, au juste ? demanda Yasmin.

— De nous ? Rien, murmura Caspar.

Ses compagnons se tournèrent brusquement vers lui. Il désigna le journal, toujours étalé sur la table, et s'éclaircit la voix.

— D'après cet article, les victimes ne réagissent plus qu'à des stimuli très intenses. Le reste du temps, elles ne manifestent aucune réaction, elles sont murées dans le silence. Pour le Dr Dorn, c'est différent. Elle a été prise de convulsions, nous l'avons même entendue crier et Rassfeld a constaté que ses pupilles étaient réactives, contrairement aux autres victimes.

— Le Briseur d'âmes n'aurait donc rien à voir là-dedans ? Ce serait un accident ?

Sybille essayait de reprendre espoir.

— Non, cela signifie seulement qu'il n'a pas pu aller au bout, car Linus l'a dérangé. Je pense qu'il cherche à se débarrasser de nous pour se retrouver seul avec Sophia. C'est pour ça qu'il est revenu : pour achever ce qu'il a commencé.

Caspar fut lui-même surpris du calme dont il faisait preuve en exposant cette terrible théorie. S'il avait vu juste, si ses compagnons et lui faillaient à leur mission, à savoir protéger Sophia du psychopathe, Caspar perdrait bien plus que le code de la prison dans laquelle ils s'étaient volontairement enfermés. Il ne saurait jamais ce que la psychiatre avait découvert sur sa véritable identité. Et sur sa fille.

Il me reste un détail à vérifier.

Brusquement, comme pour corroborer les propos de Caspar, Sophia fut agitée par des spasmes si violents que son fauteuil roulant grinça de façon sinistre. Puis un événement encore plus choquant survint : elle ouvrit la bouche et se mit à parler.

1 h 22

Nopor. Un seul mot. Aussi bref qu'incompréhensible. Elle aurait aussi bien pu prononcer *mopor* ou *ropor.* Caspar ne comprenait pas, et ses compagnons d'infortune se regardaient, tout aussi interloqués. Caspar se pencha vers Sophia et lui effleura la joue. Elle répondit à ce geste prudent en appuyant le menton contre la paume de Caspar, puis entrouvrit ses lèvres desséchées, légèrement gercées au niveau des incisives.

— Docteur Dorn ?

Pour la première fois, elle sembla réagir à la voix de Caspar. Mais il préféra ne pas se réjouir trop vite. Chez les patients comateux, la moindre réaction constituait une étape supplémentaire sur le chemin de la guérison. Mais il ne s'agissait peut-être que d'un soubresaut, d'un dernier souffle de vie.

— Vous m'entendez ? demanda-t-il doucement.

Sophia gardait les paupières fermées, mais il distinguait tout de même ses globes oculaires qui allaient et venaient de gauche à droite, tels des papillons de nuit pris au piège sous un abat-jour. Bachmann s'approcha, inquiet.

— Elle a froid, constata Caspar.

Quelqu'un, vraisemblablement Yasmin, était allé chercher la blouse de Sophia et la lui avait passée par-dessus sa fine chemise de nuit, mais cela ne l'empêchait pas de trembler. Le gardien hocha la tête sans piper mot et retourna à sa place initiale.

— Tu as compris ce qu'elle a dit ? souffla Schadeck à l'oreille de Caspar.

Ce dernier n'avait même pas vu l'ambulancier s'accroupir à ses côtés.

— Non, c'était...

Il sursauta et faillit perdre l'équilibre. Sophia avait soudain ouvert les yeux et tourné la tête vers lui, telle une cliente dans un bar qui, après avoir longuement contemplé son verre, se décide à entamer la conversation avec son voisin de comptoir.

Qu'est-ce qu'elle essaie de me dire ?

Caspar fronça les sourcils et observa Sophia qui, pour la première fois depuis l'incident survenu dans la chambre de Bruck, parvenait à fixer un point. Et ce point, c'était lui. Le regard de la psychiatre était à présent intense.

— Sophia ? répéta-t-il doucement.

Tom agita la main entre leurs deux visages.

— Ssss... nnnhn... sssstopoorr..., articula la psychiatre d'une voix rauque.

L'espace d'un instant, Caspar eut l'étrange impression que les mots incompréhensibles prononcés par Sophia s'évaporaient devant lui comme un nuage de fumée exhalant une odeur de bouleau. Puis il aperçut des flammes se refléter dans les pupilles de Sophia. Bachmann avait allumé un feu.

— Bonne idée.

Caspar se redressa, remercia le gardien d'un signe de tête et avança le fauteuil roulant devant la cheminée. Yasmin se saisit d'une couverture marron et en recouvrit soigneusement les épaules de Sophia, tout en fredonnant une mélodie triste que Caspar reconnut immédiatement. Il n'aurait pas pu l'attribuer à un groupe précis, mais il connaissait les paroles par cœur.

Yesterday I got so old
I felt like I could die
Yesterday I got so old
It made me want to cry

Cette chanson sembla apaiser Sophia, qui referma les yeux.

— J'espère qu'elle ne souffre pas, dit Yasmin avant de continuer à chanter.

Go on go on
Just walk away
Go on go on
Your choice is made

La scène était des plus surréalistes, entre l'infirmière qui chantonnait, le feu qui crépitait dans l'âtre, la cheminée décorée de branches de sapin et de boules de Noël vert foncé et, juste devant, la femme en fauteuil roulant emmitouflée dans une couverture. Cette quiétude, aussi soudaine qu'apparente, ne fit que renforcer l'angoisse de Caspar.

Il effleura du bout des doigts les lèvres desséchées de Sophia.

— Elle est déshydratée, remarqua-t-il.

— Nous n'avons pas de quoi boire ici, répondit la cuisinière d'une voix plus assurée.

Sybille avait provisoirement ravalé ses larmes et paraissait désormais plus maîtresse d'elle-même. Mais peut-être était-elle simplement déconnectée, comme une personne traumatisée après un accident.

— Ça ne servirait à rien, de toute façon, affirma Yasmin. Elle n'est plus en mesure de déglutir. Il lui faudrait une perfusion.

— Vous avez raison, appuya Tom. Le mieux, ce serait une solution électrolytique en intraveineuse.

— J'hésite, intervint Bachmann en se massant le crâne, soucieux. Est-ce vraiment nécessaire ?

— Aucune idée. Difficile d'établir un diagnostic tant que nous ignorons ce que Bruck lui a fait, déclara Caspar en posant la main sur le front de Sophia. En tout cas, avec une perfusion de sérum physiologique, le risque est minime. Il faut juste prévoir de la cortisone en cas de choc toxique.

— Non, ça me paraît trop dangereux.

Bachmann passa les index derrière les verres de ses lunettes et se frotta les yeux.

— Pour l'instant, mieux vaut rester ici et attendre.

— N'importe quoi, objecta Schadeck. Hors de question que je me terre ici, je ne suis pas une lopette, moi !

Caspar vit le gardien tressaillir, piqué au vif. Mais Tom avait peut-être vu juste. Les lunettes de Bachmann, ses efforts pour essayer de s'exprimer correctement, ses sous-entendus sur les difficultés que rencontrait son couple, tout semblait indiquer que cet homme était mal dans sa peau. Peut-être vivait-il dans le déni.

Schadeck s'avança vers Bachmann.

— Écoute-moi bien. Je vais te raconter ce que j'ai appris grâce à mon père. Il était boxeur professionnel.

— J'ai une vague idée de ce qui va suivre.

— Rester ici et attendre... Mon père n'a jamais perdu un seul combat, et tu sais pourquoi ?

— Non, mais vous croyez vraiment que c'est le moment de nous raconter votre vie ?

— Parce qu'il ne se battait jamais contre plus fort que lui, répondit Schadeck, ignorant la remarque. La plupart du temps, il s'en prenait à ma mère.

Tom sourit, s'amusant de ménager le suspense.

— Un jour, quand j'avais douze ans, il est allé trop loin. La purée n'était pas assez salée pour lui, donc il l'a balancée à travers la pièce avant de fracasser la tête de ma mère.

Schadeck appuya son propos avec un mouvement de levier.

— En entendant le craquement, j'ai bien cru que ma mère était morte. Il y avait de la purée partout dans la cuisine. J'étais à deux mètres de là, près de l'évier, mais j'en ai quand même reçu dans les cheveux.

Le rictus insolent de Schadeck avait disparu.

— Mais maman a fini par se relever. Le sang gouttait de son nez sur le plat de purée. Impossible de dire qui, de l'assiette ou de sa mâchoire, avait le plus souffert. Mon père a éclaté de rire. Il a dit qu'elle avait poussé le bouchon un peu loin et que maintenant, avec tout ce sang, la purée était trop salée. Quant à moi, j'ai dû chercher l'adresse d'un hôpital où nous n'avions encore jamais mis les pieds.

Schadeck balaya l'assistance du regard.

— Vous savez, les médecins ont tendance à poser des questions un peu débiles, quand une femme mariée a deux « accidents » rapprochés.

— OK, c'est vraiment terrible, tout ça, mais je ne vois pas le rapport, lâcha Bachmann.

— Ce soir-là, je me suis juré de ne plus jamais subir. En comptant ma mère, nous étions à quatre contre un. Vous comprenez ?

— Qu'est-ce que vous avez fait ? questionna doucement Sybille.

— Chacun a droit à ses petits secrets, répondit Schadeck avec un sourire moqueur, les yeux posés sur Caspar.

— En voilà une belle histoire, reprit Bachmann, mais je persiste à croire qu'on devrait attendre jusqu'à demain matin...

Tout à coup, tous levèrent la tête en direction du plafond. Le gardien hésita avant de poursuivre.

— ... quand la garde du matin... Bon Dieu, mais qu'est-ce que c'est que ça ?

Caspar entendait lui aussi les sons étranges qui provenaient du plafond, plus précisément d'un petit boîtier en plastique semblable à un détecteur de fumée. Des espèces de gargouillis mêlés à des sifflements s'en échappaient, encore plus difficilement identifiables que les mots prononcés par Sophia. On aurait dit que quelqu'un imitait une machine à café en train de rendre l'âme.

— Il vient d'où, ce bruit ? demanda Schadeck.

— Des haut-parleurs. Il y en a un dans chaque salle commune, l'informa Bachmann.

— Dieu du ciel, est-ce que c'est le... ?

En réponse à la cuisinière, Caspar hocha la tête. Bien sûr que oui. C'était exactement le genre de bruit que produirait quelqu'un ayant les cordes vocales endommagées.

— Le Briseur d'âmes nous parle ! s'époumona Yasmin.

— Chut ! Vous allez la fermer, oui ?

Schadeck leur intima l'ordre de se taire en agitant nerveusement la main, puis monta sur une chaise et tendit l'oreille.

— J'entends un truc en arrière-plan.

Oh non, moi aussi, se dit Caspar. Il eut soudain la nausée. Dans la panique, il avait oublié quelqu'un. Quelqu'un dont les hurlements de douleur résonnaient à travers toute la clinique. Lorsqu'il s'était retrouvé face à lui quelques heures auparavant, il ne l'avait pas reconnu. Mais maintenant que ses aboiements lui parvenaient de loin, déformés par l'enceinte, il en était certain. Sauf que le jour où Caspar les avait entendus pour la première fois, ils ne provenaient pas d'un haut-parleur mais d'une voiture cabossée, abandonnée non loin d'un marché aux puces. Il ferma les yeux, et le chien gémit de plus belle.

C'était l'été. Le soleil cognait si fort contre la surface de l'épave gris argent que Caspar dut mettre la main en visière pour se protéger les yeux. Toutes les roues ayant été volées, la carcasse rouillée de la limousine reposait sur ses jantes. Pas un centimètre de la carrosserie n'avait été épargné. Les phares, le pare-brise, la lunette arrière, les vitres latérales... Même le coffre y était passé, comme si quelqu'un avait jeté un réfrigérateur dessus. Caspar perçut des voix étrangères au loin, le rire d'une jeune femme, ainsi que les klaxons insistants des camions de livraison. Deux enfants qui jouaient dans le caniveau prirent la fuite en le voyant approcher. Il inspecta la grosse corde qui reliait le capot arrière au pare-chocs pour maintenir le coffre fermé. Il la brûla à l'aide de son briquet, la porte s'ouvrit brusquement et là, il vit la mort en face. Quatre chiens. Ou plutôt, quatre chiots. Déshydratés, morts de soif, brûlés de l'intérieur. La température extérieure s'élevait à une trentaine de degrés. À l'intérieur du coffre, il devait faire au moins le double. Tous avaient connu une mort lente et terrible. Tous, sauf un, celui à l'œil gauche crevé.

Celui que tout le monde ici appelait M. Ed. Celui qui, en cet instant, gémissait aussi fort que lors de sa libération fortuite.

1h31

L'obscurité avait un effet révélateur, presque cathartique, et éveillait les sens de Caspar. Le Briseur d'âmes avait détruit toutes les sources de lumière dans cette partie du rez-de-chaussée.

— Restez à gauche, chuchota Schadeck.

L'ambulancier, qui avait insisté pour l'accompagner jusqu'à la réserve de médicaments, se tenait juste derrière lui. Les gémissements de M. Ed cessèrent un court instant.

— C'est vrai, ce que Yazzie m'a raconté ? Tu as un trou noir ?

Ils avançaient à tâtons en gardant la main gauche sur le mur afin de ne pas se perdre dans les ténèbres. Caspar ne savait pas ce qui l'étonnait le plus : que Tom profite de cette expédition périlleuse pour faire un brin de causette, ou qu'il appelle déjà par un petit nom cette infirmière un peu trop bavarde.

— Tu me diras, un trou noir, c'est de circonstance, ajouta Schadeck avec un petit rire. Bon, espérons que notre psychopathe n'a pas de jumelles de vision nocturne, ou notre plan génial va tomber à l'eau.

Nous allons juste chercher de quoi soigner le Dr Dorn, récupérer M. Ed et couper ces fichus haut-parleurs, avait expliqué Caspar au gardien.

Bachmann les avait laissés partir, furieux, non sans les avertir du danger qu'ils couraient.

L'un des deux micros reliés aux enceintes se trouve dans le bureau de Rassfeld, qui lui-même donne directement sur la réserve de médicaments. Vous avez donc cinquante pour cent de chance de vous retrouver face à Bruck.

Caspar continua à marcher à pas de loup et évita de justesse une fontaine à eau. Si sa mémoire ne lui faisait pas défaut, elle se trouvait non loin de leur objectif. À deux portes de là.

Plus ils s'éloignaient du haut-parleur situé dans le hall, moins les gémissements leur parvenaient.

Mais Caspar visualisait de plus en plus précisément un animal en train d'étouffer dans un coffre de voiture surchauffé.

— Regarde, dit Tom en lui posant la main sur l'épaule.

— Quoi ?

— Là, sous ton nez.

Ça va, je ne suis donc pas le seul à le voir.

Caspar avait d'abord cru à une hallucination, comme une tache qui apparaît lorsque l'on cligne très fort des yeux dans l'obscurité. Pourtant, c'était bien réel : sous la porte du bureau de Rassfeld, un minuscule point rouge apparaissait à intervalles réguliers. Quelqu'un semblait s'être allongé par terre pour activer une télécommande à LED.

— Ce n'était pas là avant, si ? demanda Tom.

Caspar hocha la tête. À cause du stress, il oublia que Schadeck ne le voyait pas.

— Qu'est-ce qu'on fait, maintenant ?

La réponse de l'ambulancier ne le surprit guère.

— À ton avis ? On entre.

1 h 33

Aucune télécommande. Aucune lampe de poche. L'espace d'un instant, Caspar crut que la lumière rouge correspondait au voyant d'un détonateur et qu'une bombe était posée sur le bureau, prête à exploser. Puis il identifia l'objet en question. Un objet inoffensif.

— Quel enfoiré ! s'exclama Schadeck.

L'ambulancier, prenant là un risque inconsidéré, appuya sur l'interrupteur situé à côté de la porte. Les yeux de Caspar s'habituèrent rapidement à la forte lumière qui éclaira le bureau du professeur. Un véritable capharnaüm. Mais à part des montagnes de dossiers médicaux, des piles de livres à l'équilibre instable, une boîte à pizza vide et deux étagères pleines à craquer, rien à signaler. Ils étaient les deux seules personnes présentes dans la pièce. Aucune trace de Rassfeld ni du Briseur d'âmes.

— Il joue avec nous.

Schadeck s'était emparé du dictaphone posé tout près du micro. Un voyant LED scintillait à chaque nouvelle diffusion du terrible enregistrement.

— Tiens, reprit-il en lançant l'appareil à Caspar. Il a enregistré les hurlements du chien pendant qu'il le torturait. Quelle horreur.

Caspar examina le dictaphone, à peine plus gros qu'un téléphone portable. Puis il appuya sur un bouton un peu plus usé que les autres, et les cris de douleur cessèrent enfin. Pris d'un vertige, il se rattrapa au bureau et laissa tomber le dictaphone. Schadeck le dévisagea.

— Qu'est-ce qui t'arrive ?

— Je...

Caspar hésita. Ne sachant quoi répondre, il choisit finalement de dire la vérité.

— Je ne sais pas.

Il ne connaissait pas ce bureau, il n'y avait jamais mis les pieds, et pourtant, il avait une impression de déjà-vu. Comme dans toutes les grandes pièces de la bâtisse, on y trouvait une cheminée. Des diplômes et des photos de famille étaient accrochés au mur. Ils semblaient à la fois inconnus et familiers à Caspar, qui avança d'un pas, inspira profondément et...

Cela arriva sans crier gare. Un garde-barrière biochimique aiguilla sa mémoire vers la voie de garage, et la locomotive de ses souvenirs déboula à toute allure. Bien trop rapidement pour les rails immobiles que suivait son cerveau. Et Caspar comprit immédiatement que ses propres pensées risquaient de lui échapper. Mais la locomotive finit par ralentir. Une épaisse fumée qui sentait le papier brûlé s'éleva de la cheminée et fit sauter les verrous de la mémoire à long terme de Caspar, jusqu'à ce qu'une image apparaisse. Un bureau ! Une table à laquelle il se voyait assis. Il tenait dans sa main un dictaphone semblable à celui que Tom venait de lui lancer.

— Votre fille est prête. Nous pouvons commencer.

Une voix de femme lui parvint par un interphone. Il se leva, remit en place la chaise contre le bureau et jeta un dernier regard sur la photo du dossier qu'il s'apprêtait à refermer. Le portrait d'une fillette aux cheveux blonds et bouclés. Sa fille ?

— Nous avons tout préparé, monsieur…

— Allô ? Il y a quelqu'un ?

— Hein ? Quoi ? Euh… oui, bredouilla Caspar.

La voix de femme se tut.

Tom l'observait avec méfiance.

— Tu retrouves la mémoire ?

— Non, je… Je suis juste un peu nerveux.

Tant que Caspar lui-même ne comprenait pas la signification de ces souvenirs qui remontaient par bribes à la surface, mieux valait n'en parler à personne. Encore moins à quelqu'un qui faisait preuve d'une certaine hostilité à son égard.

— Tu me caches quelque chose ? insista Schadeck.

— Non.

— Si.

Caspar, préférant éviter un nouveau conflit, se dirigea vers la réserve de médicaments attenante au bureau. La porte était verrouillée, mais Bachmann leur avait donné la clé.

Lorsque Caspar pénétra dans cette pièce aveugle, la lumière s'alluma automatiquement. Indécis, il parcourut des yeux les armoires vitrées où étaient stockés les médicaments, alignés sur des étagères en métal.

— Ah, voilà ce qu'il nous faut.

Schadeck, qui lui avait emboîté le pas, ouvrit une vitrine réfrigérée et en sortit deux poches de perfusion, qu'il agita comme un shaker. Puis il essaya de reprendre le fil de la conversation.

— Je parie que nous travaillons dans la même branche.

— Pourquoi ?

— Perfusion, déshydratation, cortisone…, énuméra l'ambulancier tout en cherchant des aiguilles et des sparadraps. Je ne fais que répéter les mots que tu as toi-même prononcés. Donc soit tu es hypocondriaque, soit tu travailles dans un environnement médical. En tout cas, tu t'es très bien débrouillé.

— Quand ça ?

— Je t'ai vu lui prendre le pouls. Je suis sûr que tu as déjà posé un cathéter.

Schadeck glissa plusieurs canules de perfusion dans sa poche et se tourna vers Caspar.

— Sache que je t'ai à l'œil. Je suis au courant pour l'enregistrement de vidéosurveillance.

— Quel enregistrement ?

— Tu rôdais près de la voie d'accès en attendant que ce gros bébé de Bachmann conduise le vieux en ville pour entrer dans l'enceinte de la clinique avec ton chien. Ce qui, d'après moi, prouve que tu n'es pas arrivé ici par hasard. Tu avais un but précis.

— Ah bon ? Et tu l'as su par Yazzie, je présume ?

Caspar aurait voulu se montrer plus indifférent, mais il était bien trop tendu pour jouer la comédie. Le pire dans tout ça, c'était qu'il ne pouvait ni confirmer ni infirmer les dires de Schadeck.

— Oui, et elle-même le tient de Bachmann.

— Super, tes sources.

Caspar regarda machinalement son poignet, mais il ne portait pas de montre.

— Bon, assez perdu de temps. Mettons-nous en route, il nous reste encore tout le chemin inverse à parcourir. Tu as certainement compris pourquoi le Briseur d'âmes a placé le dictaphone ici, à notre attention.

— Pour nous attirer hors de notre cachette.

Comme pour appuyer cette théorie, une porte claqua au niveau de la bibliothèque, et la cuisinière se mit à pousser des cris perçants.

1 h 37

Caspar et Schadeck se précipitèrent dans le long tunnel que formait le couloir. Après être passés devant le hall d'entrée, toujours plongé dans le noir, ils aperçurent un faible rai de lumière qui leur permit de s'orienter. Un repère qui n'aurait pas dû exister, puisque la porte de la bibliothèque était censée rester fermée.

— Attention, chuchota Caspar.

Ils approchaient de l'endroit où le couloir dessinait un coude vers la droite, en direction de la bibliothèque. En direction de la lumière.

Quelle mouche a piqué Bachmann ? Pourquoi a-t-il ouvert la porte ?

Sybille Patzwalk s'était tue, ce qui, d'après Caspar, n'était pas bon signe. Pour crier, il fallait de l'oxygène. Et pour ressentir la douleur, il fallait que le cerveau soit irrigué. Caspar en vint à espérer entendre au moins un râle. Ils tournèrent à l'angle, puis il comprit sa méprise. La porte était fermée. La lumière ne provenait pas de la bibliothèque, mais d'un réduit situé juste en face.

— C'est un piège, murmura Schadeck.

L'objet allongé aux reflets argentés qu'il sortit de sa poche scintilla dans la lumière blême. Il s'était certainement muni du coupe-papier posé sur le bureau de Rassfeld, tandis que Caspar se concentrait sur ses mystérieux souvenirs. Puis l'ambulancier s'allongea par terre et se mit à ramper avec agilité, tel un soldat rompu au combat. Pour compléter le tableau, il aurait dû serrer le coupe-papier entre les dents.

C'est de la folie.

Tandis que Tom poursuivait ses contorsions, Caspar actionna la poignée de la porte de la bibliothèque.

— Ouvrez !

Le gardien réagit sur-le-champ. Il les avait probablement guettés, l'oreille collée contre la porte.

— Vous êtes seuls ?

— Oui. Non. Enfin, je n'en sais rien, avoua Caspar.

Il gardait les yeux rivés sur le réduit, d'où provenait un léger bruissement, comme si des rats couraient sur des sacs en plastique. Il se souvint alors que la cuisine se trouvait à ce niveau.

— Laissez-moi entrer.

— Où est Sybille ?

La voix de Bachmann lui parvenait étouffée derrière la lourde porte en chêne massif.

— Aucune idée, mais il faut que vous...

Caspar fit volte-face. Le bruit avait changé et gagnait en intensité. À présent, quelqu'un semblait traîner un sac-poubelle rempli à ras bord sur un sol pavé.

Tom hésita, s'immobilisa à seulement un mètre du réduit, puis leva la tête, la tourna de façon à ce que son oreille droite soit parallèle au sol et replia l'un des genoux. Mais alors qu'il s'apprêtait à reprendre sa progression pour mieux voir dans le local, les ténèbres les enveloppèrent.

L'ampoule du réduit venait d'être brisée, et le rez-de-chaussée se retrouva plongé dans le noir jusque dans ses moindres recoins.

Le néant. Caspar ne pouvait plus se fier qu'à son ouïe. Le bruissement se dirigeait tout droit vers lui. Et uniquement le bruissement, ce qui lui renvoya une image terrible, celle d'un sac-poubelle se déplaçant par la seule force des asticots qui l'avaient infesté.

Il voulut crier mais se rendit compte qu'il était déjà en train de hurler. Ses poumons lui faisaient aussi mal que ses orteils, avec lesquels il tapait désespérément contre la porte pour que Bachmann leur ouvre enfin. Pour qu'il les laisse entrer. Pour qu'il les libère des ténèbres, de l'obscurité qui semblait de plus en plus profonde à mesure que le bruissement approchait, accompagné d'un sifflement étouffé. Caspar espérait que Schadeck oserait affronter le Briseur d'âmes. Il priait pour que ces gargouillis proviennent du larynx de Bruck, broyé par l'ambulancier. Mais ce duel pouvait également prendre une tout autre tournure. Dans ce cas, Caspar serait…

Qu'est-ce qui se passe ? Pourquoi Bachmann n'ouvre pas ?

Un goût ferreux lui envahit la bouche. Il n'avait pas mal, alors qu'il venait de se mordre la langue, tout comme il ne sentait plus le laiton de la poignée, qu'il secouait frénétiquement.

— Qu'est-ce que vous nous voulez ?

Caspar prononça ces mots bien plus doucement que prévu, puis les événements se précipitèrent.

Tout d'abord, un éclair lui brûla une mèche de cheveux et lui frôla la tempe. Caspar bondit de côté et bascula dans le vide, alors qu'il pensait se cogner la tête contre la porte. Une fois dans la lumière, il entraperçut un tissu en coton vert pâle.

La chemise d'hôpital. Bruck !

Finalement, quelqu'un le tira violemment en arrière. Il distingua une paire de bottes, puis quelqu'un lui marcha une première fois dans le creux de l'estomac, une deuxième fois sur le bras.

Quelques instants plus tard, en découvrant les contusions de Caspar, Schadeck lui présenta ses excuses pour l'avoir piétiné alors qu'il regagnait la bibliothèque, paniqué. Quant à Caspar, il ne ressentait pas la souffrance, bien trop soulagé que Bachmann ait fini par leur ouvrir. Il ressentit même une certaine euphorie à l'idée d'avoir frôlé la mort. Mais ce sentiment disparut dès que le gardien, après avoir refermé la porte derrière eux à double tour, se mit à pleurer sans plus pouvoir s'arrêter.

Aujourd'hui, 12 h 34
Bien plus tard, de nombreuses années après la Peur

La météo avait annoncé des chutes de neige dans l'après-midi. Pour l'instant, le vent se contentait de balayer un sac en plastique et quelques feuilles mortes.

L'hiver a des vertus purificatrices, constata le professeur en son for intérieur.

D'une main, il s'appuya contre le cadre de la porte-fenêtre qui donnait sur le parc. Du moins, sur ce qu'il en restait après tout ce temps. Les pelouses, autrefois si bien entretenues, avaient à présent laissé place à un terrain vague.

Le froid dépouille de ses feuilles l'arbre de vérité, dévoilant ainsi ce qui se cache dessous.

Il posa la main sur la vitre et observa les quelques arbres chétifs. Hormis un saule pleureur qui paraissait invincible, ils étaient soit morts, soit malades, soit la proie des champignons. La tempête avait brisé un bouleau en deux, mais personne n'avait pris la peine de le débiter en bûches. Et pour cause : la cheminée ne servait plus depuis des années.

Pas depuis que…

— Professeur?

Il sursauta et se retourna.

— Oui?

L'espace d'un instant, il avait complètement oublié les deux étudiants assis derrière lui. Patrick Hayden referma son exemplaire du dossier médical et se leva. Il désigna d'abord les étagères vides qui s'étalaient le long d'un mur à la propreté douteuse, puis les chaises recouvertes d'épaisses housses et empilées les unes sur les autres, devant la cheminée.

— Nous sommes dans la bibliothèque, c'est ça?

— Pardon?

— Caspar, Schadeck, le Briseur d'âmes… Ils se sont retranchés dans cette pièce. Tous ces événements se sont déroulés ici même!

Cette phrase ne sonnait ni comme une question, ni comme une constatation, mais plutôt comme une accusation.

— Le petit génie débarque, soupira Lydia avant que le professeur ait le temps de répondre.

— Le décor est planté dès le départ: une villa déserte située sur la colline Teufelsberg.

— Ah oui?

L'étudiant sortit un papier chiffonné de la poche arrière de son jean.

— Ce n'est pourtant pas spécifié dans la convocation.

Il agita la feuille imprimée des deux côtés: le recto ne comportait qu'une carte.

— L'université ne m'a envoyé qu'un vague itinéraire. Il n'est nulle part fait mention d'un nom de rue ou d'une colline Teufelsberg. Et je n'ai pas non plus le souvenir d'avoir vu de panneau à l'entrée.

Le professeur reprit sa place derrière la table en chêne et chaussa ses lunettes.

— Vous ne vivez pas à Berlin?

— Non, rétorqua Patrick, furieux.

— Effectivement, vous pouviez difficilement deviner. La route qui monte jusqu'ici est une voie privée, et les plans de la ville ne précisent pas toujours le nom exact de cette colline.

— Super.

Patrick applaudit et saisit son sac à dos, qu'il avait posé sur la chaise voisine.

— Vous commencez par nous faire lire un texte forcément issu d'un cerveau malade, puis il s'avère que nous sommes assis à l'endroit même où tous ces gens se sont cachés en attendant que leur dernière heure soit arrivée.

— Et tu comptes faire quoi, maintenant? demanda Lydia, bien plus nerveuse qu'au début de l'expérience.

— Je sors fumer une cigarette.

Patrick cala son sac entre ses genoux, le temps d'enfiler une doudoune bleu clair.

— À mon retour, je veux que vous me disiez de quoi il retourne exactement.

— Je regrette, mais c'est impossible, objecta le professeur gentiment mais fermement.

— Pourquoi? L'interdiction de fumer s'applique aussi au parc?

Le professeur sourit avec indulgence.

— Non, mais à ce stade de l'étude, vous ne devez quitter la pièce sous aucun prétexte.

— Ah bon? s'exclamèrent Lydia et Patrick, presque d'une même voix.

— Du moins, pas avant d'avoir lu l'intégralité du dossier.

— Vous ne pouvez tout de même pas nous séquestrer ici!

— Vous n'y avez peut-être pas prêté attention, mais ce point est abordé dans la décharge que vous avez signée. De toute façon, même si vous abandonniez maintenant, l'expérience ne serait pas terminée pour autant. Elle ne peut pas prendre fin sans mon accord.

— Comment ça? Je ne comprends pas, insista Patrick en reposant son sac à dos.

Le professeur sourit une nouvelle fois.

— Cela fait partie intégrante de l'expérience. Pour qu'elle soit concluante, vous devez lire d'une traite, sans faire de pause et ce, jusqu'à la dernière ligne. Ce que je vais vous demander de faire, à présent, mais avec un peu plus de concentration, je vous prie.

— Comment pouvez-vous juger de ma concentration? Vous venez de passer plus de deux heures à regarder par la fenêtre.

Patrick semblait désormais gagné par le malaise de Lydia.

— Je le vois à votre réaction. Si vous aviez lu attentivement depuis le début, vous ne voudriez surtout pas vous arrêter. La vérité...

Le professeur agita le dossier original du Briseur d'âmes.

— La vérité est contenue dans chaque phrase, à chaque page. Elle vous aura échappé.

— N'importe quoi.

— À vous de la découvrir.

Le professeur attrapa la bouteille qu'il avait posée sur la table, versa de l'eau dans un verre et le tendit à Patrick, tout en l'interrogeant du regard.

— Très bien, nous allons continuer, conclut Lydia en tirant son ami par la manche. Toi aussi, tu veux connaître le fin mot de l'histoire, non?

Patrick hésita, se passa la main dans les cheveux et hésita à repousser Lydia. Mais celle-ci ne lâcha pas prise et le regarda droit dans les yeux. Plusieurs secondes s'écoulèrent dans un silence total.

— Oh, et puis zut, finit par capituler Patrick.

Il se dirigea vers la porte en traînant des pieds, ses lacets toujours défaits. Puis il s'arrêta, prit la bouteille d'eau et retourna s'asseoir à sa place.

— De toute façon, je ne suis pas à une heure près.

Lydia esquissa un petit sourire forcé.

Hélas, les personnes autrefois retranchées dans cette bibliothèque n'étaient pas du même avis, se dit le professeur.

Un brouillard de tristesse lui voila les yeux.

Il baissa le regard afin de dissimuler son trouble. Il en venait presque à souhaiter que Patrick enfile sa veste et quitte cette villa avec sa petite amie. Mais il se reprit, inspira profondément et déclara d'une voix posée :

— Très bien. Après cette pause imprévue, je vous prie de bien vouloir continuer l'expérience sans plus vous arrêter.

Il toussota, ce qui ne suffit pas à faire disparaître la boule qu'il avait dans la gorge. Au contraire, il sentit son angoisse monter d'un cran en voyant Lydia et son petit ami rouvrir le dossier et reprendre leur lecture là où ils l'avaient arrêtée, page 89.

1 h 41
Cent sept minutes avant la Peur

Page 89 du dossier médical n° 131071/VL

— C'est ma faute, prononça Bachmann d'une voix étonnamment distincte.

Le temps que Caspar se relève et époussette son pantalon de pyjama, le gardien avait séché ses larmes.

— Mais qu'est-ce qui se passe, bon sang ? pressa Schadeck.

Ce dernier, debout près de la table, tenait une sorte de petit sac.

Bachmann ôta ses lunettes et s'éclaircit la gorge, qu'il avait manifestement sèche.

— Elle a voulu, enfin... Elle a voulu passer vite fait au garde-manger.

Tom et Caspar échangèrent un regard stupéfait. Inutile que Bachmann prononce son nom, ils avaient parfaitement compris de qui il parlait. Ils avaient entendu la cuisinière crier, et Sybille Patzwalk n'était plus dans la pièce.

— Mais pour aller chercher quoi ? demanda Caspar.

— Ça, répondit Schadeck en vidant le contenu du petit sac. Voilà pourquoi la grosse a risqué sa vie.

Lorsque des boîtes de raviolis ainsi que d'autres conserves roulèrent sur la table, Caspar n'en crut pas ses yeux. Il était totalement perdu.

— Et toi, d'où tu sors ça ?

Schadeck grogna et frappa du poing sur la table.

— On s'en fout, nom de Dieu ! Ce dingue a cassé l'ampoule et traîné Sybille hors du garde-manger. En luttant, elle se sera cramponnée au sac. Enfin, qu'est-ce que j'en sais, moi ? J'ai attrapé notre homme par les pieds, mais ils...

Il montra ses paumes ensanglantées à ses compagnons.

— ... ils glissaient tellement que j'ai lâché prise, puis ce sac m'est tombé sur la tête. Je me suis rué dessus, pensant qu'il s'agissait de l'étui de son arme. Mais peu importe. J'aimerais plutôt savoir pourquoi la cuisinière s'est aventurée seule hors de la bibliothèque.

Tom s'approcha de Bachmann et roula les épaules d'un air menaçant.

— À nous deux, le concierge.

Schadeck présentait une tache humide sur son pantalon, au niveau de l'entrejambe. Caspar crut d'abord que l'ambulancier, pris de panique, s'était uriné dessus, puis il se rappela les deux poches de perfusion. Tom les avait attachées avant de regagner précipitamment la bibliothèque. Il avait dû en écraser une en rampant.

— Elle a recommencé à parler en votre absence, répondit Bachmann d'une voix mal assurée.

Il se tourna vers Sophia, toujours dans son fauteuil roulant.

— Topor, un truc comme ça. Enfin, vous voyez. Sybille a cru que le Dr Dorn réclamait à manger.

Caspar opina. Sophia souffrait certainement de lésions cérébrales, mais il restait convaincu que ce mot avait un sens. En attendant de découvrir lequel, il se concentra sur le récit de Bachmann.

— Bien évidemment, j'ai voulu la dissuader de sortir. Mais à force de me répéter que le garde-manger se trouvait juste en face et qu'il y avait un sac à provisions tout prêt, elle a fini par me convaincre.

— Je n'y crois pas, soupira Schadeck en levant les bras au ciel. Tu as laissé une pauvre femme sans défense se jeter dans la gueule du loup, et tout ça pour quelques boîtes de conserve ?

— Du calme, tempéra Caspar avant d'être interrompu par Bachmann.

— Pas sans défense. J'avais prêté mon pistolet à Sybille au cas où.

— Quoi ?

Caspar était lui aussi en colère. Du bout de ses doigts moites, il toucha l'endroit de son crâne où il avait quelques cheveux roussis.

— Bon Dieu, tu es encore plus débile que les patients de cette clinique ! hurla Tom.

L'ambulancier semblait prêt à bondir sur la table. Il avait même une veine du cou qui palpitait.

— Donc maintenant, ce fou furieux est armé !

— Ce n'est qu'un pistolet à air comprimé.

— Taisez-vous !

D'un cri, Caspar interrompit la polémique.

— D'accord, Tom, l'heure est grave, mais on ne peut plus revenir en arrière, reprit-il plus doucement, les yeux rivés sur l'ambulancier. En plus, nous avons laissé la réserve de médicaments ouverte. Il y trouvera certainement une arme.

— C'est vrai, il y a même un pistolet paralysant, murmura Bachmann.

— Et tu ne pouvais pas nous le dire avant ?

Schadeck donna un coup de pied dans le présentoir à journaux, dont plusieurs feuilles s'éparpillèrent sur le parquet.

— Qu'est-ce qu'on fait maintenant ?

— Occupons-nous de Sophia. Nous nous sommes absentés pour ça, après tout.

Caspar demanda à Schadeck de détacher la poche encore intacte de sa ceinture. L'ambulancier s'exécuta à contrecœur.

— Tiens, tu vas avoir besoin de ça.

Il sortit un cathéter et une seringue de la poche de son pantalon, puis les jeta sur la table.

Caspar s'en empara et se dirigea vers la cheminée. Yasmin était assise en tailleur devant Sophia et lui caressait la main.

Il remarqua alors qu'une guirlande électrique était accrochée au-dessus du manteau de la cheminée avec du ruban adhésif. Il en détacha deux morceaux et demanda à Yasmin d'éloigner légèrement le fauteuil roulant du feu. Puis il retroussa la manche de Sophia, sans que celle-ci manifeste la moindre réaction.

— Nous devrions porter secours à Sybille.

Cette phrase de Yasmin pouvait être interprétée aussi bien comme une question que comme un ordre. Caspar tapota le bras de Sophia, à la recherche d'une veine.

— Nous réussirons peut-être à la libérer.

— J'ai bien peur qu'il ne soit trop tard, lâcha Schadeck un peu plus aimablement.

Il ne manquait plus qu'un « Yazzie » à la fin de la phrase.

Caspar fixa l'aiguille sur la seringue et, sans hésiter plus longtemps, l'enfonça dans le bras de Sophia.

J'ai déjà fait ça avant.

— Avant que la lumière s'éteigne, j'ai pu jeter un coup d'œil dans le garde-manger, continua Schadeck. Ce n'était pas beau à voir, je crois qu'il lui a brisé la nuque.

— Sybille est morte ? gémit Yasmin en reculant d'un pas.

— Non, je ne pense pas, répondit Caspar sans lever les yeux.

Il avait retiré l'aiguille et relié la canule au goutte-à-goutte. Toujours aucune réaction de Sophia.

— Mais pourquoi tuer la cuisinière et déplacer le corps ? Pourquoi ne pas laisser Linus, Rassfeld et Sybille là où ils sont ?

Yasmin tendit un mouchoir en papier à Caspar, qui le plia et le scotcha par-dessus le cathéter.

— Mais merde, qu'est-ce que j'en sais, moi ? éructa l'ambulancier, redevenu agressif. Peut-être qu'il collectionne les cadavres à ses heures perdues !

— Non, à mon avis, c'est un joueur. D'où les énigmes qu'il laisse derrière lui. D'où le dictaphone. Il s'amuse avec nous, et à la clé, il y a la vie de Sophia.

— Dans ce cas, donnons-la-lui.

Schadeck leva la main.

— Oh, ça va, je plaisante.

Tom affichait un sourire étonnamment sincère où perçait tout de même une pointe de tristesse. Caspar fut également très surpris lorsqu'il lui proposa de tenir la poche de perfusion, dont les premières gouttes coulaient dans les veines de Sophia.

— Merci.

Caspar prit place à l'une des extrémités de la table.

— Très bien, résumons : nous ignorons le mobile du Briseur d'âmes, nous ne savons pas non plus comment il procède pour plonger ses victimes dans un état comateux, ni pourquoi il s'en est pris à Sophia. Les disparitions successives de Rassfeld, Linus, Sybille et M. Ed soulèvent plusieurs interrogations. Où les emmène-t-il ? Sont-ils vivants ou morts ?

Bachmann tenta d'interrompre Caspar, en vain.

— Nous n'avons pas les réponses à ces questions, mais nous ne risquerons pas notre vie pour les obtenir. À partir de maintenant, je vous propose de rester tous ensemble aux côtés de Sophia.

En prononçant ses mots, il lui sembla qu'une flèche lui transperçait violemment le cœur, une douleur provoquée par un terrible doute : et si c'était lui et non Sophia, la véritable cible du psychopathe ? Et si ce dernier avait voulu empêcher Sophia de révéler à Caspar ce qu'elle savait sur sa fille et lui ?

Il fit de son mieux pour n'en rien laisser paraître et continua à exposer son raisonnement.

— Il faut absolument que le Dr Dorn tienne le coup jusqu'à l'arrivée des secours, tout comme nous. De plus, elle seule peut nous permettre de sortir de la clinique, puisqu'elle connaît le code.

Le code de mon identité.

— Et elle essaie visiblement de nous communiquer une information.

Il me reste un détail à vérifier.

— Nous parviendrons peut-être à décrypter ce qu'elle dit avant que...

Au lieu de terminer sa phrase, Caspar baissa les yeux et se demanda pourquoi il se mettait à transpirer. Pourtant, il ne portait qu'un pantalon de pyjama et un T-shirt.

Puis il porta la main à son front pour voir s'il avait de la fièvre, mais il savait qu'il n'avait pas pris froid. Cette bouffée de chaleur était due à un seul et unique mot. Il l'avait entendu quelques minutes auparavant, et il n'en saisissait le sens que maintenant.

— Vous vous sentez mal ? demanda le gardien.

— Je... Euh... Vous pouvez répéter ?

Son regard se posa d'abord sur Schadeck, puis sur Bachmann et sur l'étagère située derrière le fauteuil roulant de Sophia.

— Je vous ai demandé si vous vous sentiez mal.

— Non, non, non, avant. Qu'a dit le Dr Dorn en notre absence ?

— Toujours le même mot. Enfin, en admettant que ce soit un mot.

Non. Ce n'était pas le même.

— Répétez-le, je vous en prie.

— Topor. Mais qu'est-ce que...

— Juste ciel.

À cet instant, Caspar ne savait pas qui il craignait le plus, du Briseur d›âmes ou de lui-même. Il avait soudain compris ce que Sophia essayait de leur transmettre.

1 h 49

L'échelle de la bibliothèque grinça sous le poids de Caspar. Elle n'avait pas dû beaucoup servir au cours des dernières années, les livres alignés sur l'étagère supérieure ne semblant remplir qu'une fonction purement décorative. Caspar n'aurait jamais pensé à monter fouiller dans les ouvrages de médecine, si Bachmann ne lui avait pas indiqué que Rassfeld y avait placé certains de ses livres de référence.

— En quoi ça va nous avancer ? demanda Schadeck.

Il se tenait à côté de Yasmin et essayait de coincer un tisonnier derrière l'appuie-tête du fauteuil roulant afin d'y accrocher la perfusion.

— Moi-même, je ne le sais pas vraiment, avoua Caspar sans se retourner.

Sur la plus haute étagère, il choisit l'avant-dernier volume d'un vieux dictionnaire médical et le feuilleta jusqu'à la lettre P. Quelques secondes plus tard, il trouva la définition qu'il cherchait.

— Nous y voilà.

— Vous pouvez préciser ?

— Le Dr Dorn est psychiatre et elle a établi son propre diagnostic.

— C'est-à-dire ?

Bachmann le dévisageait, perplexe, tandis que Schadeck se concentrait toujours sur son porte-perfusion de fortune.

Caspar se retourna en tenant le livre à bout de bras et lut à haute voix.

« Paralysie du sommeil : trouble du sommeil qui se caractérise par le fait que le sujet reste bloqué entre sommeil et éveil. Il ne peut en sortir que grâce à un stimulus puissant, bien souvent négatif : douleur, secousse brutale, cri, etc. »

Caspar leva la tête et récita la dernière phrase du paragraphe sans regarder dans le dictionnaire.

— Ce trouble est également connu sous le nom de torpeur, du latin *torpor*, ou de léthargie.

— De léthargie ? répéta Bachmann, incrédule. Donc il suffit de la réveiller ?

Schadeck ricana, mais Caspar acquiesça. Puis il se pencha dangereusement sur sa droite afin de saisir un second ouvrage, de la taille d'un atlas.

Le titre, *Neuropsychologie, deuxième édition*, figurait en caractères noirs sur fond orange. Comme il était impossible de l'ouvrir sans tomber de l'échelle, Caspar redescendit et le posa sur la table, près des boîtes de conserve. Après avoir brièvement consulté l'index, il ouvrit le livre page 502 et désigna le dernier paragraphe.

« La paralysie du sommeil se manifeste lors de la transition entre le sommeil et l'éveil. D'habitude très brève, elle peut néanmoins durer une vingtaine de minutes. Presque une personne sur deux a déjà connu au moins un épisode de paralysie du sommeil. »

— Mais oui, je connais, ça m'est déjà arrivé ! s'exclama Yasmin. Une fois, j'ai rêvé qu'un inconnu se trouvait dans ma chambre. Je savais qu'il disparaîtrait dès que je serais réveillée, mais pas moyen d'ouvrir les yeux. Je ne pouvais plus bouger, alors j'ai fini par me réveiller en criant.

— Tes cris ont mis fin à cet épisode de paralysie du sommeil, ajouta Caspar.

— Vous vous foutez de moi ou quoi ? intervint Schadeck, le regard posé sur Sophia.

Faute d'avoir réussi à accrocher la perfusion au tisonnier, il avait poussé le fauteuil roulant de la psychiatre jusqu'à la table. Il rendit la poche de sérum physiologique à Caspar.

— Vingt minutes ? En ce qui concerne notre patiente, elles sont écoulées depuis belle lurette.

— Vous avez raison, et cela nous indique ce que le Briseur d'âmes fait subir à ses victimes.

— Hein ?

— Il les plonge dans un état léthargique. Comment ? Je n'en ai pas la moindre idée. Mais toujours est-il que Bruck, grâce à une méthode qu'il a lui-même mise au point, maintient ses victimes dans la phase de paralysie qui sépare le sommeil, donc le cauchemar, de l'éveil. Sophia est en quelque sorte prisonnière d'une vision d'horreur continue. Voilà ce qu'elle essaie de nous dire depuis tout à l'heure.

Tom fronça les sourcils, recoiffa ses cheveux gominés et claqua la langue avec dédain.

— OK, Sherlock Holmes. À présent, si tu veux bien éclairer ma lanterne…

Caspar se raidit dans l'attente d'une question à laquelle, il le savait déjà, il n'était pas en mesure de répondre.

Pas encore.

— D'où tu sors tout ça ? Tu maîtrises parfaitement les gestes de premiers secours, tu mets notre belle psychiatre sous perfusion et tu récites par cœur un passage tiré d'un ouvrage de référence en psychiatrie.

— Aucune idée, je suis peut-être médecin, pharmacien ou psychologue. Tu l'as dit toi-même, nous pourrions travailler dans le même secteur. Ou alors, j'ai été particulièrement attentif lors d'une formation de secourisme, tout simplement. J'aimerais pouvoir te répondre.

— C'est ça, continue à te cacher derrière ton amnésie. Moi, je ne marche pas.

Tom se tourna vers Bachmann.

— Depuis quand est-il été interné ici ?

Le gardien se gratta la tête, signe d'une intense réflexion.

— Une dizaine de jours, je crois.

— Et quand exactement le Briseur d'âmes a-t-il cessé de nuire ?

— Tu sous-entends quoi, au juste ?

Caspar referma violemment le livre et bondit de sa chaise.

— C'est *toi* qui as amené ce psychopathe ici, c'est *toi* qui as fait en sorte que nous ne puissions pas appeler les secours, puisque c'est *toi* qui as détruit la cabine téléphonique en la percutant avec ton ambulance.

Caspar accompagnait chaque « toi » d'un geste furieux, tel un arbitre comptant jusqu'à dix devant un boxeur à terre. Mais sa tirade ne sembla pas atteindre Schadeck, qui encaissa sans sourciller. Quant à Bachmann, il préféra mettre fin aux hostilités et s'interposa, le souffle court.

— Holà, holà, holà, ce genre de dispute ne nous mènera nulle part. Nous devons nous serrer les coudes et nous faire mutuellement confiance.

Confiance ? Caspar repensa au réservoir d'essence percé et à Bachmann, qui avait surgi de derrière le chasse-neige.

Je ne peux pas leur faire confiance. Je ne connais personne dans cette pièce, y compris moi-même.

Il se rassit, les bras autour de ses genoux tremblants, et observa le journal que Bachmann avait laissé traîner sur la table.

Tandis que Schadeck et le gardien discutaient vivement derrière lui, les lignes de l'article se mirent à danser devant ses yeux. Soudain, une fatigue intense l'envahit, au point qu'il ne pouvait plus écouter, parler ou lire. Son cerveau devait rétrograder de toute urgence, si possible jusqu'à atteindre le point mort, et marquer une courte pause avant de reprendre ce voyage au cœur de la folie.

Mais après avoir fait le vide dans son esprit, Caspar commit une grave erreur : il ferma les yeux. À force de fixer la photo publiée dans le journal, le visage de l'institutrice Katja Adesi, la deuxième victime, était à présent comme imprimé sur sa rétine. Cette fois-ci, il entendit les rails grincer avant que la fumée âcre de la locomotive lui nargue à nouveau les narines. Et lorsqu'il rouvrit les yeux, le train du souvenir entra en gare.

— Elle a toujours été calme. Trop calme, même. J'ai commencé à me faire du souci justement parce que je n'avais pas de réelle raison de m'inquiéter, si vous voyez ce que je veux dire.

— Tout à fait.

Il déclina une nouvelle tasse de thé.

— Tenez, regardez.

La jeune femme ouvrit un album posé sur la table basse, à la page qu'elle avait marquée.

— Tous les enfants sourient sauf elle, elle ne regarde même pas l'objectif.

Elle lui tendit l'almanach pour qu'il voie mieux, mais cela n'était pas nécessaire.

Il connaissait la petite fille blonde qui portait un appareil dentaire. Il gardait précieusement une photo d'elle dans son portefeuille. Une photo d'identité sur laquelle elle ne souriait pas non plus.

À la vue de sa fille, le chagrin l'envahit, si bien qu'il dut fermer les yeux.

— Tout va bien ? demanda-t-elle, les lèvres tremblantes.

Il ne répondit pas et fixa de nouveau la photo de classe où figurait également la jeune femme. Elle se tenait légèrement sur le côté, portant un jean étroit et des bottines. Au-dessus de sa tête, un petit astérisque. Il baissa les yeux, en trouva un deuxième et lut l'inscription en petits caractères.

« Katja Adesi, institutrice des CM2 B, Waldgrundschule, Berlin. »

— Il y a un problème ?

— Non, c'est juste que…

En cherchant un mouchoir dans la poche de son pantalon, Caspar retrouva le billet de train froissé qu'il avait acheté le matin même à Hambourg. Les questions se bousculaient. Quand l'avez-vous remarqué pour la première fois ? Combien de dessins bizarres comme celui-ci a-t-elle faits ? C'est arrivé souvent ? Vous avez remarqué d'autres détails anormaux ?

Katja Adesi se leva.

— Vous devriez partir, soupira-t-elle en le regardant presque avec pitié. J'en ai déjà trop dit et mon but n'est pas de dénoncer qui que ce soit, vous comprenez ? J'ai peut-être mal interprété. Je suis désolée.

Il n'eut même pas la force de bouger la langue et de prononcer ne fût-ce qu'une seule de ses interrogations.

— Vous voyez ce que je veux dire ?

Le sourire de la jeune femme avait disparu.

— Allô ? Il y a quelqu'un ?

Les traits réguliers de l'institutrice se brouillèrent et sa voix changea du tout au tout, provoquant un sursaut de dégoût chez Caspar.

1 h 58

— Hé, le taré, je te cause.

En ouvrant les yeux, Caspar se retrouva catapulté dans le monde réel. Un monde où Schadeck était posté devant lui, le visage menaçant.

— C'était quoi, cette fois ? Tu es la réincarnation de Jules César, à moins que tu ne te sois souvenu de ton passé de star hollywoodienne ?

— Fiche-lui la paix, Tom.

À la grande surprise de Caspar, Yasmin avait pris son parti avant même qu'il n'ait eu le temps de riposter.

— Tu crois qu'il simule ? Caspar a perdu connaissance, c'est l'un de nos patients !

Elle recula d'un pas tout en jouant nerveusement avec sa bague. Puis elle reprit son rôle d'infirmière et replaça Sophia devant la cheminée.

Caspar lui emboîta le pas, tandis que Tom le fusillait du regard.

— Comment va-t-elle ? chuchota-t-il.

— Pas très bien, voyez par vous-même.

En effet. Caspar se demanda combien de temps avait duré son absence pour que l'état de Sophia ait empiré à ce point.

Elle respirait à la façon d'une asthmatique et toussait à intervalles réguliers. À chaque râle, la poche de perfusion, enfin accrochée au tisonnier, vacillait dangereusement. Ses mains étaient également glacées et son pouls, bien trop faible.

— Le feu ne va pas tarder à s'éteindre, constata Caspar.

Sur ce, Tom se leva et s'approcha, le sac de provisions à la main. Il en sortit une flasque et versa l'alcool dans la cheminée, avant de rajouter une bûche.

— Tiens. Toi aussi, tu as besoin de te réchauffer, dit-il à Caspar en désignant ses pieds nus.

Il lui proposa la flasque, qui contenait encore quelques gouttes.

— Non merci, je ne bois pas.

Pourquoi Caspar avait-il soudain l'impression d'être au bord du gouffre ? Un désespoir sans doute provoqué par l'état de Sophia.

— Eh bien, tu devrais, rétorqua Schadeck en fouillant dans le sac. La garde du matin ne commence que dans cinq heures.

Il sortit une deuxième mignonnette de vin.

— Qui sait, ce petit remontant rendra peut-être l'attente plus supportable.

Cinq heures ?

C'était bien trop long. Les minutes s'égrenaient lentement, tandis que le piège fatal de la léthargie se refermait sur la psychiatre. Certes, Vanessa Strassmann n'était décédée que deux semaines après son enlèvement, mais où en était Sophia ? Quand basculerait-elle de l'autre côté, dans la prison qu'était devenu son corps, emportant avec elle les informations qu'elle détenait sur la fille de Caspar ?

— Hé, mais qu'est-ce que c'est que ça ?

Lorsque Schadeck laissa tomber le sac, Caspar leva la tête et devina, pour la première fois, de la peur dans le regard de son interlocuteur. À contrecœur, il lâcha la main de Sophia et se redressa.

— Je peux voir ?

Schadeck lui tendit un petit papier.

— Sûrement notre charmant ami qui nous passe le bonjour, murmura l'ambulancier, comme s'il parlait tout seul.

— Vous avez trouvé ça où ? demanda Bachmann, tendu.

— Là, dans le sac, au beau milieu des provisions, Bruck a dû y glisser le papier juste après l'agression de la cuisinière.

Caspar hocha la tête.

Ça tient debout. Bruck continue à procéder selon le même mode opératoire : une victime, une énigme.

Les doigts de Caspar tremblaient. La feuille était pliée en deux. Le choix du papier n'était pas non plus anodin. Il avait écrit cette devinette sur une ordonnance vraisemblablement subtilisée dans le bureau de Sophia. Et son écriture, illisible et en majuscules, en disait long sur son état mental.

— Il y a marqué quoi ? s'impatienta le gardien.

— Je préfère ne pas le savoir.

Yasmin se boucha les oreilles et leur tourna le dos. Caspar déplia le papier et déchiffra les mystérieuses lignes à haute voix :

FINISHED FILES ARE THE RESULT
OF YEARS OF SCIENTIFIC STUDY COMBINED
WITH THE EXPERIENCE OF YEARS

— Hein ? grogna Schadeck.

— Qu'est-ce que ça peut bien vouloir dire ? renchérit Bachmann d'une voix chevrotante.

Caspar leva les yeux, retira un cil logé dans le coin de son œil et poussa un profond soupir.

— Je n'en ai pas la moindre idée, reconnut-il en toute franchise. Mais je sais qui pourrait nous mettre sur la voie.

2 h 07

Caspar avait insisté pour qu'ils ne se séparent pas. Heureusement, l'ascenseur étant assez spacieux pour accueillir un lit d'hôpital, ils entrèrent en formant un troupeau mobile autour de Sophia, tels des animaux sauvages voulant échapper à leurs prédateurs.

— Qu'y a-t-il à cet étage ? interrogea Caspar en désignant le bouton « -2 ».

— Le laboratoire de Rassfeld, une cachette idéale pour Bruck.

— Pourquoi ?

Caspar appuya finalement sur le « 4 ».

— On ne peut pas y accéder, à moins d'avoir une clé spéciale, et seul Rassfeld la possède. Vous voyez ?

Les portes de l'ascenseur se refermèrent. Pour confirmer ses propos, Bachmann appuya sur le bouton du bas, mais celui-ci ne clignota que brièvement.

— Je ne veux ni monter ni descendre, râla Yasmin lorsque l'ascenseur entama lentement son ascension. Tout à l'heure, vous disiez qu'il valait mieux ne plus quitter la bibliothèque.

Caspar souffla.

— J'ai dit qu'il fallait rester groupés, nuance.

Heureusement, ses compagnons ne bronchèrent pas. Depuis la disparition de Sybille, Bachmann avait délégué ses responsabilités, non sans un certain soulagement. Quant à Tom, il préférait nettement agir plutôt que d'attendre les bras croisés.

— Vous connaissez le poème sur l'indécision ?

Perplexe, l'infirmière chassa la frange qui lui tombait devant les yeux.

— On devrait ?

— Écoutez.

Oui ?
Non ?
Oui ?
Non ?
Oui ?
Non ?
Oui ?

Il marqua une courte pause et conclut :

— Trop tard.

Yasmin le fixa, bouche bée. Il aurait aussi bien pu lui cracher dessus.

— Je m'explique : si nous restons dans la bibliothèque à regarder l'état de Sophia se dégrader, le Briseur d'âmes aura tout le temps de se procurer une arme. Je ne parle pas de couteaux, d'anesthésiques ou de scalpels, mais de désinfectants chlorés, donc inflammables, de flacons de formol et d'alcool à 90°. Bref, il trouvera sans problème de quoi fabriquer un cocktail Molotov. Et à ce moment-là, qu'est-ce que nous ferons ? Ce n'est pas une porte en chêne de vingt millimètres d'épaisseur qui l'arrêtera. Nous nous retrouverons à errer dans une clinique barricadée et enfumée.

Ils passèrent le troisième étage.

— Bruck manigance peut-être tout autre chose, mais en résumé, il a un plan, contrairement à nous. Donc soit nous le mettons hors d'état de nuire, soit nous nous dépêchons de trouver une cachette encore plus sûre que la bibliothèque.

Par exemple, la salle d'IRM, avait proposé Bachmann avant qu'ils ne s'engagent tous dans le couloir. Elle disposait de portes coupe-feu et d'un système de ventilation autonome.

— Oui, oui, c'est bon, j'ai compris, concéda Yasmin, à bout de nerfs. Mais je persiste à croire que…

L'ascenseur s'arrêta et ouvrit ses portes, coupant court aux objections de l'infirmière.

Quatrième étage.

Ici, la minuterie fonctionnait parfaitement, contrairement à celle du rez-de-chaussée. Le couloir s'éclaira lorsque la première personne sortit de l'ascenseur.

— Bon, rappelez-vous : nous allons la chercher en vitesse et nous redescendons immédiatement, ordonna Caspar.

— Merde, murmura Schadeck, qui le devançait de quelques pas.

— Qu'y a-t-il ? demanda Bachmann.

Mais il comprit en même temps que Caspar.

La porte.

— Oh non.

La porte de la chambre de Greta Kaminsky était grande ouverte.

2 h 10

— Elle est morte ?

— Je l'ignore.

La lumière blafarde du couloir se reflétait contre le plafond mansardé d'une blancheur immaculée, conférant à la vieille dame un teint cireux. Elle était allongée sur son lit, immobile, tel un gisant dans une église. De là où il se trouvait, Caspar ne pouvait pas distinguer si sa poitrine se soulevait ou non sous la couverture

Il avança prudemment, tout en se demandant pourquoi les autres parlaient à voix basse. Si Bruck s'en était pris à Greta, pourquoi hésiter davantage à entrer dans la chambre ?

Là. Qu'est-ce que c'était ?

— Je crois qu'elle..., chuchota Yasmin.

Caspar ne put saisir la fin de la phrase, mais il en devina le sens. Aucun doute, Greta Kaminsky venait d'ouvrir les yeux.

— Qu'est-ce qui se passe ? demanda-t-elle en allumant sa lampe de chevet.

Elle s'exprimait d'une voix calme, posée, sans le moindre soupçon de fatigue. Et si elle était surprise de trouver, au beau milieu de la nuit, une partie du personnel soignant ainsi qu'un patient à son chevet, elle n'en laissa rien paraître.

— La situation est grave, l'informa Caspar.

Comment résumer les terribles événements survenus alors qu'elle dormait à poings fermés ?

— Habillez-vous, vous devez venir avec vous.

— Pourquoi donc ?

— Je vous expliquerai quand...

— Taratata, jeune homme. Je vous apprécie, Caspar, vous avez réparé ma télévision, mais ce n'est pas autant que je vous suivrai je ne sais où à 2 heures du matin. Encore moins avec une horde d'inconnus à mes trousses, ajouta-t-elle en adressant un regard glacial à Tom. Veuillez vous présenter, monsieur.

— Tom Schadeck, ambulancier. J'ai acheminé un blessé ici, hier soir. Le Briseur d'âmes.

— Qui ça ?

Schadeck s'écarta pour laisser passer Yasmin. L'infirmière poussa le fauteuil roulant jusqu'au lit afin que Greta puisse constater par elle-même l'état de Sophia.

— Dieu du ciel ! cria Greta, les deux mains sur la bouche. Ce n'est donc pas une plaisanterie ? Cette mise en scène ne fait pas partie de ma thérapie ?

— Hélas, non.

Caspar lui raconta la fuite de Jonathan Bruck, l'épisode de la salle de bains et l'activation du sarcophage.

Après l'avoir informée de la disparition de Rassfeld, Linus, Sybille et M. Ed, il exposa en quelques mots la théorie de la léthargie élaborée par le groupe.

— Et vous m'avez laissée seule ici durant tout ce temps ?

Greta s'extirpa de son lit avec une agilité étonnante pour son âge et enfila des chaussons roses à pompons.

— Vous étiez enfermée.

Mais alors pourquoi avait-il trouvé la porte grande ouverte ? Si le psychopathe s'était donné tout ce mal pour crocheter la serrure, à quoi bon épargner Greta ? La réponse lui parvint sans tarder.

— La porte n'était pas fermée à clé, je ne suis pas passée hier soir, avoua Yasmin d'une petite voix honteuse.

— Quoi ? s'exclamèrent en chœur Bachmann et Caspar.

— J'avais trop peur. Oh, ça va, pas la peine de me regarder comme ça, lança-t-elle à l'attention de Bachmann. Toi non plus, tu n'es pas irréprochable. Bref, quand j'étais dans la chambre de Linus, quelqu'un s'est mis à tambouriner contre le volet. Cette personne se trouvait dehors, sur la terrasse.

— Tu n'aurais pas pu nous le dire avant ? gronda Caspar.

— J'ai failli avoir une attaque ! Ensuite, je suis redescendue directement sans passer par la chambre de Greta.

Voilà pourquoi Yasmin tenait tellement à rester dans la bibliothèque.

— Bon, le moment est mal choisi pour vous chamailler, tempéra Schadeck.

Une façon de prendre Yazzie sous son aile.

Quant à Greta, elle enfila un peignoir en soie et se campa devant eux, les poings sur les hanches.

— Très bien. Si vous pensiez que j'étais enfermée dans ma chambre, donc en lieu sûr, pourquoi êtes-vous montés me chercher ?

Caspar lui remit les papiers retrouvés dans la main de Sophia et dans le sac de Sybille.

— Nous avons besoin de votre aide.

Greta se dirigea vers sa table de nuit et chaussa ses vieilles lunettes.

— « Je porte un faux nom mais je dis vrai ? »

— C'est l'énigme que nous avons trouvée sur Sophia, et nous pensons que la solution peut la tirer de sa léthargie.

— Pauvre petite, soupira Greta en regardant Sophia. J'adore les devinettes, c'est vrai, mais là, je donne ma langue au chat.

Schadeck applaudit, narquois.

— Super, encore vingt minutes de perdues. Allons nous planquer au sous-sol avant que...

— En revanche, cette autre est vieille comme le monde, l'interrompit Greta.

Elle agita le papier comme pour dire au revoir à quelqu'un avec un mouchoir, sur le quai d'une gare.

— Ah oui ?

— Oui, je vais vous la résoudre les doigts dans le nez, pour reprendre l'expression de mon neveu. Je pense même l'avoir lue dans l'un de mes vieux recueils de devinettes...

— Quelle est la solution ?

FINISHED FILES ARE THE RESULT
OF YEARS OF SCIENTIFIC STUDY COMBINED
WITH THE EXPERIENCE OF YEARS

À présent, Caspar connaissait la phrase par cœur.

— La maîtrise de l'anglais n'est pas nécessaire pour résoudre cette énigme.

— Dites-nous, alors, pressa Bachmann.

— Il faut compter les F.

— Les F ?

— Oui, la lettre F. Combien de fois apparaît-elle ?

— Trois fois, répondit Schadeck, blasé.

Il reprit la feuille et répéta la phrase.

FINISHED FILES ARE THE RESULT
OF YEARS OF SCIENTIFIC STUDY COMBINED
WITH THE EXPERIENCE OF YEARS

Il passa ensuite le papier à Bachmann et Caspar.

— J'en compte quatre, conclut ce dernier.

Il rendit le papier à Greta, après que Yasmin l'eut repoussé avec un geste de dégoût.

— Vous faites donc partie du bas du panier, comme dix pour cent des personnes qui ont passé ce test de QI. La plèbe...

Elle jeta un regard méprisant à Tom par-dessus ses lunettes.

— ... enfin, le commun des mortels en compte trois. Rares sont ceux qui répondent quatre comme vous, Caspar. En réalité, il y en a six.

— Six ? N'importe quoi, rétorqua Schadeck en ricanant. Ou alors ils sont bien cachés.

Greta lui redonna le papier en jubilant.

— Comme tant d'autres avant vous, vous avez survolé les « of ».

Lorsque Caspar regarda par-dessus l'épaule de Schadeck, les six F lui sautèrent effectivement aux yeux.

FINISHED **F**ILES ARE THE RESULT
O**F** YEARS O**F** SCIENTI**F**IC STUDY COMBINED
WITH THE EXPERIENCE O**F** YEARS

— Incroyable, reconnut Tom.

— Mais vrai. Le cerveau humain fonctionne en associant des images et des mots. Pour le mot « of », rien ne lui vient donc on le survole. Et pourtant, le F est bien là, sous nos yeux.

Caspar continuait à secouer la tête, perplexe. Les propos de Greta s'appliquaient aussi bien à la devinette qu'à ses propres souvenirs.

— Six F ?

Tom, qui avait décidément bien du mal à l'admettre, recompta une dernière fois.

— Bon, d'accord. Et nous sommes censés en conclure quoi, au juste ?

— Eh bien, je n'ai certes compté que trois F, mais je pense connaître la réponse à cette question-ci.

Bachmann sortit son gros trousseau et parcourut les petites étiquettes en plastique accrochées à chacune des clés.

— Tenez, dit-il en leur tendant une clé ornée d'une étiquette verte. Elle ouvre la salle 6F.

— 6F ? répéta Yasmin, incrédule. Je n'en ai jamais entendu parler, et la clinique ne comporte que quatre étages. Elle se trouve où, cette salle ?

— En fait, c'est une petite blague entre Rassfeld et moi. 6F signifie « six feet », « six pieds ». Aussi incroyable que cela puisse paraître, le professeur a de l'humour. Six pieds sous terre, au sous-sol.

Bachmann remarqua l'incompréhension qui se lisait sur le visage de ses compagnons.

— Cette clé ouvre la porte de la salle d'autopsie.

2 h 16

La salle d'autopsie, aussi accueillante qu'un abattoir désaffecté, n'était utilisée que très rarement par Rassfeld et ses étudiants. Pourtant, pinces, spatules et écarteurs semblaient sculptés à même les murs. « L'âme blessée de la pièce. » Caspar se souvenait encore de cette phrase lue jadis dans un magazine de vulgarisation scientifique. Il conservait donc en mémoire des notions inutiles de feng shui, mais aucune indication précise concernant sa véritable identité.

Il avait l'impression d'être schizophrène, comme un écolier ignorant l'adresse de ses parents mais, pour une raison inconnue, capable de disserter sans fin sur l'énergie négative. D'aucuns sont convaincus qu'un événement traumatisant ne marque pas seulement le psychisme des personnes concernées, mais aussi les objets qui les entourent, telle une empreinte invisible du malaise que l'on sent en arrivant aux urgences d'un hôpital ou sur une scène de crime. Appelée « aura » par les ésotériques, « atmosphère » par les pragmatiques, elle provoque angoisse, frisson ou peur, selon la sensibilité de chacun. C'est ce que tous ressentirent en arrivant dans ce sous-sol sordide. Sophia se mit à respirer plus vite, par saccades, tout en continuant à regarder dans le vide.

— S'il y a bien un endroit où je ne veux pas atterrir une fois morte, c'est celui-ci, murmura Yasmin.

L'infirmière poussa le fauteuil roulant jusqu'au lavabo situé à l'extrémité de la table de dissection. Dans la pénombre, avec un peu d'imagination, entre les dalles grises, les murs carrelés de blanc et le plan de travail en aluminium brossé, on se serait presque cru dans une cuisine spécialement conçue pour un excentrique amateur d'anticipation. Mais ce qui ressemblait à une hotte était en réalité un scialytique. Quant aux tiroirs réfrigérés, ils ne contenaient pas de la nourriture, mais des morceaux de cadavres.

Lorsque Bachmann alluma les plafonniers, cette atmosphère sinistre ne s'en trouva que renforcée.

— On cherche quoi, au juste ? demanda Schadeck.

— L'indice suivant.

Caspar inspecta le sol à la recherche de gouttes de sang, mais le Briseur d'âmes ne semblait avoir laissé aucune trace ici.

— Quel est l'intérêt d'avoir une morgue dans une clinique psychiatrique privée ?

— Une histoire de procédure, il me semble. Tout établissement médical doit pouvoir faire face à un éventuel décès de patient, répondit Bachmann en se grattant le crâne, pensif. Mais nous n'avons jamais été confrontés à ce cas de figure.

Jusqu'à aujourd'hui, pensa Caspar.

— Mais je vois neuf tiroirs réfrigérés. Il n'y a pas autant de chambres, si ?

— Rassfeld est un ponte de la virtopsie.

Bachmann ne cacha pas sa satisfaction devant la perplexité de Schadeck.

— Pour autopsier un corps, il faut soit une injonction du tribunal, soit l'autorisation de la famille, poursuivit le gardien. Mais nombreuses sont les personnes à vouloir préserver l'intégrité physique de leurs proches : les médecins ont donc de plus en plus souvent recours à la virtopsie, l'autopsie virtuelle. Cependant, cet examen peut prendre plusieurs heures, voire toute une nuit, les appareils IRM lambda n'étant pas conçus pour fonctionner aussi longtemps. C'est aussi à cause des nuisances sonores que l'on préfère confier ce genre d'examen à un établissement privé. Rassfeld a très vite compris que la virtopsie pouvait lui rapporter un sacré pactole. Parfois, tous les compartiments sont occupés.

Bam.

Caspar sursauta et se retourna. Greta Kaminsky était en train d'ouvrir l'un des tiroirs.

— Nom de Dieu, mais qu'est-ce que vous faites ? s'exclama l'ambulancier, que le bruit avait manifestement terrifié.

— À ton avis, mon garçon ?

Le tiroir était vide.

— Vous restez là les bras ballants à chuchoter comme dans une cathédrale, et par pitié, n'allez pas invoquer le respect des morts. Je sais pertinemment que vous avez la trouille. Mais si Bruck a caché un troisième indice, il est forcément dans l'un de ces trucs, non ?

Bam. Elle avait refermé le premier compartiment et en ouvrait un deuxième.

— Et moi qui croyais que vous aviez des crises d'angoisse.

Schadeck ricana et se tourna vers les autres, les sourcils levés.

— En tout cas, moi, je veux bien suivre le même traitement, renchérit Bachmann.

Imitant Yasmin, Caspar ne put réprimer un sourire. Ils plaisantaient, semblables aux membres d'une même famille qui se racontent des histoires drôles après un enterrement, pour rendre leur chagrin plus supportable en affichant une gaieté forcée.

Bam.

— Toujours rien.

Alors que Greta venait de vérifier un troisième compartiment, tous bondirent de concert, cette fois à cause d'un bruit provenant du mur opposé. Caspar fut le premier à se ressaisir et désigna un coffre en plastique carré qui, au premier abord, ressemblait à un congélateur.

— Qu'est-ce que c'est ?

— Encore un réfrigérateur, confirma Bachmann.

— J'ai cru comprendre, oui. Je vous parle du bruit.

Caspar longea lentement la table d'autopsie.

— Sûrement le liquide de refroidissement.

Le gardien s'efforçait de garder une voix détendue.

— Je sais, on dirait un moteur de tondeuse à gazon. Ce réfrigérateur-là date un peu. Je pensais même qu'il était hors service. Rassfeld ne s'en sert plus.

— Ah.

Schadeck l'avait suivi, poussé par la curiosité.

— Alors pourquoi est-il branché ?

Caspar souleva le couvercle et se couvrit instinctivement la bouche. Trop tard. L'odeur pestilentielle s'était déjà frayé un chemin jusqu'à son cerveau.

Il toussa et se mit à pleurer, non pas à cause de l'âcreté des vapeurs, mais de l'insoutenable spectacle qui s'offrait à lui.

— Alors ? demanda l'ambulancier.

Tom approcha d'un pas en se bouchant le nez.

— Mais qu'est-ce que c'est que ce truc ?

L'horreur dans sa voix fit parfaitement écho à celle que ressentait Caspar.

Le coffre n'étant pas éclairé de l'intérieur, Caspar ne pouvait voir si le cadavre vidé de son sang avait été disséqué. Alors que Yasmin et Bachmann approchaient, il n'avait qu'une certitude : le chien était à moitié scalpé.

2 h 18

— M. Ed, gémit Yasmin.

Caspar venait de faire le même constat. Mais la vue de l'animal martyrisé le laissa de marbre et la honte l'envahit.

Ce n'était peut-être qu'un chien errant ? Je ne le connaissais peut-être même pas ?

Il tentait de se donner bonne conscience. Ce manque de réaction avait sans doute pour explication le fait qu'il s'était attendu à bien pire.

Non, ce n'est pas ça.

— Vous voulez qu'on le sorte de là ? proposa Bachmann, indécis.

Ça ne colle pas.

— Je rêve, ou ce taré l'a amputé ?

Faisant fi de la puanteur, Yasmin gardait les yeux rivés sur la dépouille du chien. Elle se penchait même de plus en plus dans le bac, si bien que Caspar dut lui céder sa place. Il l'en remercia en silence.

— Oui, M. Ed a la peau retournée à partir de l'oreille droite et les pattes sectionnées. Mon Dieu, quel est le pervers qui a fait ça ?

— Rassfeld, répondit Bachmann.

Il sortit un os en forme de cuillère, tandis que l'infirmière l'observait, horrifiée.

— Tenez, regardez.

Yasmin et Tom fixaient le gardien de leurs yeux écarquillés.

— C'est le bassin du chien. Rassfeld l'a scié de ses propres mains, mais n'y voyez rien de pervers parce que…

Caspar hocha la tête. Il commençait à comprendre pourquoi la vue de cette charogne ne l'avait nullement choqué. Parce que…

— … ce n'est pas M. Ed. Comme je vous l'expliquais tout à l'heure, Rassfeld descend travailler ici de temps en temps avec ses étudiants. Il s'agit d'un objet d'étude.

Bachmann reposa l'os dans le réfrigérateur et ferma le couvercle.

— Ce chien s'est fait écraser par une voiture et le vétérinaire a mis son cadavre à notre disposition.

— Et comment tu sais tout ça, toi ?

— Vire-moi ces cheveux rouges de devant tes yeux et observe plus attentivement, Yasmin. M. Ed était un bâtard, et ce que tu as sous le nez, c'est un labrador. Cette odeur, c'est le formol. On laisse l'animal macérer dedans pour qu'il se vide de son sang et autres fluides corporels. Mais même en admettant que le Briseur d'âmes soit un taxidermiste chevronné, il n'a pas eu le temps de faire tout ça.

— Mais, mais…, bégaya Yasmin. Mais qu'est-ce qu'il cherche à nous dire ?

— Rien. Tu ne comprends donc pas que son but, c'est de nous…

— Tuer, chevrota Greta d'une voix étrange.

Ils se retournèrent, mais toute question se révéla inutile. Le neuvième tiroir, à présent ouvert, indiquait que la vieille dame ne s'était pas contentée d'attendre les bras croisés tandis que les autres perdaient un temps précieux à examiner la dépouille du chien.

— C'est... C'est bien lui, hein ? demanda Greta.

La peur semblait l'avoir à présent gagnée, elle aussi. Son front, légèrement verdâtre sous la lumière impitoyable des néons, était creusé de profondes rides. Caspar crut qu'elle allait vomir. Mais en s'approchant, il comprit qu'elle tiendrait le coup. Pour lui, en revanche, rien n'était moins sûr. Il ravala le peu que son estomac contenait et qui commençait à remonter. Puis il se pencha afin de mieux observer le visage qui dépassait du tiroir.

Oui, c'est lui.

Certes, de son vivant, Rassfeld n'avait pas été gâté par la nature. Mais la mort avait fait de lui un monstre.

2 h 20

Il semblait agoniser, comme s'il avait attendu l'ouverture du tiroir avant de rendre son dernier soupir, la tête penchée en arrière.

Rassfeld criait. Pas avec sa bouche, qui laissait entrevoir une langue violacée, mais avec ses yeux éteints et exorbités. Les voix des autres, étouffées par ce cri d'autant plus assourdissant qu'il était muet, ne parvenaient plus jusqu'à Caspar. Il avait déjà bien du mal à voir clair dans ses propres pensées.

Le visage boursouflé, le teint cireux et bleuâtre, les traces de strangulation : le directeur de la clinique avait été tué peu de temps après sa disparition. Les lividités cadavériques apparaissaient toujours là où le sang s'était accumulé et immobilisé. En l'occurrence, pas sur le visage de Rassfeld, mais dans son dos et sur son postérieur recouverts du peignoir qu'il avait enfilé à la hâte, alerté par le vacarme dans la chambre de Bruck.

Du bout des doigts, Caspar ferma les yeux du directeur. Un geste qui n'avait rien de pieux : il voulait vérifier l'état de rigidité du cadavre.

Comment je sais tout ça ? Comment je sais que les lividités apparaissent au bout de trente minutes ? Comment je sais que la rigidité ne survient qu'après une ou deux heures et qu'elle touche en premier les yeux ?

Il n'en avait pas la moindre idée. Mais tandis que Yasmin, hystérique, donnait un coup de pied dans une armoire à instruments et que Schadeck se prenait la tête entre les mains, Caspar se rendit à l'évidence : il était en partie soulagé d'assister à cet horrible spectacle. Cela retardait le moment où il se retrouverait face à un monstre peut-être encore plus sanguinaire : lui-même.

Ça va s'arranger, mon trésor. Tout redeviendra comme avant. Ne t'inquiète pas, ma chérie, d'accord ? J'ai commis une erreur, mais je vais te sortir de là et...

Son ventre gargouilla : une vision qui s'annonçait ou son véritable moi qui réclamait bruyamment la parole ?

— Vous permettez ?

D'après le ton que Bachmann employait, il avait déjà posé la question plusieurs fois.

Caspar s'écarta et essaya de se concentrer sur ce que disaient les autres. En vain. Plus il contemplait le cadavre de Rassfeld, plus il sombrait dans la confusion.

Peut-être ne suis-je qu'un messager ? Un cheval de Troie dont les pulsions meurtrières attendent l'occasion idéale pour s'exprimer ?

D'un côté, cette amnésie inexplicable qui l'avait mené aux portes de cette clinique enneigée. De l'autre, le visage du Briseur d'âmes qui venait hanter ses rêves. Soit deux paramètres dans une équation à trois inconnues qu'il ne parvenait pas à résoudre, car ses pensées se tournaient sans relâche vers sa fille.

Qu'est-ce que j'ai fait ?

— Il est mort étouffé.

La voix de Schadeck percuta Caspar de plein fouet.

Il acquiesça. L'ambulancier avait raison. Le corps de Rassfeld reposait dans un lieu bien trop frais pour que les boursouflures sur son visage soient symptomatiques d'un début de putréfaction. Tout portait à croire que le professeur avait perdu connaissance avant d'être enfermé dans ce tiroir hermétique.

Caspar s'apprêtait à évaluer une nouvelle fois la rigidité cadavérique lorsqu'il perçut un grincement derrière lui. Il se retourna très lentement, persuadé d'être pris au piège. Le bruit ressemblait à la respiration de leur prédateur. Pourtant, ce n'était pas Bruck qui leur avait discrètement emboîté le pas, mais Sophia, prise de spasmes dans son fauteuil roulant.

— Oh, merde, constata Yasmin en reculant d'un pas.

— Qu'est-ce qui lui arrive ? demanda Greta.

La vieille dame, bien plus alerte que les autres, s'approcha de Sophia et lui essuya la bouche avec un mouchoir.

— Elle a dû avaler de travers.

Caspar mentait. Il se récitait une définition du dictionnaire médical qu'il connaissait par cœur et ce, pour une raison inexplicable.

Râles d'agonie : terme englobant les troubles respiratoires annonciateurs d'une mort imminente et la perte de la déglutition. Durant en moyenne cinquante-sept heures, ils sont source de stress pour les autres patients. On place donc souvent les mourants en chambre individuelle.

Je suis forcément médecin.

Ce n'était pas la première fois que cette pensée lui traversait l'esprit. Mais pourquoi cela le mettait-il mal à l'aise au point de lui donner la chair de poule ?

En quoi ce serait grave ?

Voilà qui expliquerait pourquoi il disposait d'un tel savoir, pourquoi il s'était souvenu du dictaphone dans le bureau de Rassfeld. Il s'était certainement servi d'un appareil semblable pour effectuer un rapport sur l'un de ses patients.

Et c'était aussi la raison pour laquelle il connaissait des termes tels que « rigidité cadavérique », « coma vigile » et « syndrome d'enfermement ».

En quoi ce serait grave ?

— Je crois qu'elle veut rentrer en contact avec nous.

Caspar était-il sincère ou essayait-il de trouver un prétexte pour s'arracher à ce flot de réflexions ?

À présent, il se tenait lui aussi à côté du fauteuil roulant. Quant à Bachmann et Schadeck, ils étaient restés auprès du cadavre de Rassfeld. Caspar leur jeta un bref coup d'œil.

Le gardien, le visage grimaçant de dégoût et le front trempé de sueur, retourna le cadavre afin que Tom puisse en vérifier le dos.

Il cherche une nouvelle énigme.

Caspar détourna le regard des deux hommes, mais le spectacle qui s'offrait à lui était tout aussi terrible. Sophia se mit à claquer des dents, une bulle de salive au coin des lèvres.

— Topooorrr, bredouilla-t-elle, les yeux révulsés.

Elle roulait les R presque autant que Greta.

— Ma pauvre enfant, murmura la vieille dame au bord des larmes. Ma pauvre, ma pauvre enfant.

— Vous avez trouvé quelque chose ? demanda Caspar sans se retourner.

Il avait l'impression d'étouffer.

— Une devinette, par exemple ?

— Par exemple.

— Eh bien, la réponse est non. Il n'a rien dans les mains, et son pyjama ainsi que son peignoir sont dépourvus de poches. Rien non plus dans les plis de ses vêtements.

— Je vois.

Caspar recula de deux pas, les yeux toujours rivés sur les lèvres de Sophia. La langue de la psychiatre bougeait de façon incontrôlée. Et l'idée avait beau le révulser, il devait poser la question qui le taraudait.

— Vous avez vérifié dans sa bouche ?

2h22

Le groupe avait d'abord hésité quant au choix de la personne à qui confier cette désagréable tâche. Puis Caspar avait fini par enfiler des gants en latex sur ses doigts gourds afin de desserrer les mâchoires du mort. Tout était allé très vite. Le papier plié en deux était posé sur la langue, à la manière d'une hostie. Lorsque Caspar s'en saisit, un filet de bave l'accompagna.

Il le porta sur la table de dissection, dans la lumière blafarde du scialytique. En posant les yeux sur ses doigts certes protégés par le latex, mais souillés de salive, il se souvint qu'il ne portait toujours pas de chaussures. Mais, curieusement, il n'avait pas froid : ses pieds nus s'étaient peut-être habitués au contact des dalles de pierre.

— Que dit ce papier ? lui demanda Greta en l'encourageant d'un signe de tête.

Elle semblait penser que, Caspar s'étant dévoué, le privilège de lire le message en premier lui revenait.

Il déplia la feuille de papier, qui provenait cette fois encore d'un bloc d'ordonnances.

« On y entre par une porte, on en sort par trois issues. »

— Comment ?

Caspar répéta.

— Je ne comprends pas, avoua Greta.

— Je ne vois pas du tout.

— Alors battons en retraite, et plus vite que ça !

Schadeck tapa dans les mains et désigna la sortie.

— Mais je sais que…

Tom interrompit Greta sans ménagement.

— Vous connaissez la réponse ?

— Non, pas encore, mais si vous arrêtiez de me couper la parole, j'arriverais peut-être à réfléchir, riposta Greta. Vous permettez que je m'exprime ?

— Je vous en prie, nous avons tout notre temps.

Pour toute réponse, Greta le gratifia d'un sourire mielleux et se tourna vers Caspar.

— Mon cher, sachez que ce style d'énigme m'est familier. Une fois qu'on en a résolu une, les autres paraissent relativement faciles. Ici, par exemple, le tout est de comprendre la métaphore.

— C'est-à-dire ? trépigna Schadeck.

— Certains mots ont un double sens, continua Greta sans daigner le regarder. Il suffit de trouver lequel.

Bachmann s'éclaircit la voix et approcha.

— Je ne comprends pas bien, madame Kaminsky.

— Voici un exemple. La seule autre devinette du même genre que je connaisse est celle-ci : « On ne m'achète que pour me jeter aussitôt. »

— Dites-moi que je rêve, maugréa Tom.

Mais Greta poursuivit son raisonnement, imperturbable.

— « Jeter » peut être interprété de différentes façons. On pense spontanément au fait de jeter dans une poubelle, et c'est le verbe « acheter » qui nous induit en erreur.

— Pourtant, un sac-poubelle, ça marche, intervint Yasmin.

— Pas du tout. On achète un sac-poubelle pour y mettre des déchets, pas pour le jeter directement.

— Je comprends, donc on peut oublier le préservatif et le mouchoir. Quelle est la solution ? demanda Caspar.

— L'ambiguïté porte sur « jeter », répondit Greta avec un petit sourire malicieux. Essayez de penser à des objets qui n'existent que pour être jetés.

— Un frisbee.

— Bingo. Ou un ballon. Vous voyez, il y a plusieurs solutions possibles. On ne les achète que pour les jeter aussitôt.

— Et vous l'avez entendue où, cette devinette ?

Tom poussa Caspar sur le côté et se posta à quelques centimètres de Greta. La vieille dame ne put l'ignorer plus longtemps.

— Cela ne vous regarde pas.

— Je ne vous connais pas, chère madame. Vous n'êtes là que parce qu'il l'a bien voulu.

Caspar resta impassible lorsque Schadeck le montra du doigt et remarqua une nouvelle fois la cicatrice en forme de croix au creux de sa main.

— Notre ami amnésique, ou du moins qui prétend l'être, fait son apparition pile au moment où le Briseur d'âmes prend une petite pause. Et maintenant, vous débarquez, vous vous rangez du côté de notre fameux inconnu et vous résolvez une énigme après l'autre. C'est fabuleux.

— Je vous trouve bien insolent, rétorqua Greta.

— Et moi, je trouve que nous méritons une explication, car notre vie est en jeu. Alors, grâce à qui connaissez-vous cette énigme ?

— Grâce au Pr Rassfeld.

— Mais bien sûr, j'aurais dû y penser. Comme c'est pratique, on peut difficilement lui demander confirmation.

Bachmann toussota et s'exprima avec aplomb, contrairement à son habitude.

— Du calme, Tom. Mme Kaminsky vient se faire soigner ici depuis des années, il n'y a aucune raison de la soupçonner de quoi que ce soit. En tout cas, moi, je la crois.

— Ah oui ?

Une veine palpitait dans le cou de Tom, comme chaque fois qu'il perdait le contrôle.

— Oui. Rassfeld est allé examiner les premières victimes du tueur à l'hôpital de Westend. Il s'est très certainement penché sur ces devinettes, lui aussi, ils s'y sont peut-être mis à deux pour les résoudre.

— Mais bien sûr. Et pourquoi pas un type qui ne pourrait se débarrasser de son hoquet qu'en tuant des gens, tant que vous y êtes ? Allez vous faire voir.

Tom prit Yasmin par le bras afin de compter au moins une alliée, alors que le reste du groupe semblait se liguer contre lui. Mais l'infirmière le repoussa et s'adressa à Greta.

— Vous pouvez donc résoudre l'autre énigme, celle de Rassfeld ?

Elle avisa furtivement le tiroir qui contenait le cadavre de son supérieur. Caspar l'avait déjà refermé.

— C'est fait.

— Ah bon ?

Yasmin écarquilla les yeux, tandis que Greta savourait son triomphe.

— Évidemment. Comme je vous le disais, une fois qu'on a compris le système des métaphores, les autres devinettes paraissent beaucoup moins difficiles.

Caspar se dirigea vers la table de dissection et reprit le papier trouvé dans la bouche de Rassfeld.

— « On y entre par une porte, on en sort par trois issues. »

— Un labyrinthe ? Un terrier ? proposa Bachmann.

— Oh, purée.

Schadeck se tira une balle imaginaire dans la tête.

— Impossible, répliqua Greta. Comment voulez-vous emprunter simultanément trois issues différentes ?

— Alors quelle est la solution ?

Caspar commençait également à perdre patience. Il était presque 2 h 30 du matin, les fondations de la clinique tremblaient sous les assauts du blizzard, et une tempête encore plus terrible faisait rage à l'intérieur, provoquée par un psychopathe qui plongeait ses victimes dans le coma, les tuait ou les enlevait. Le moment était donc particulièrement mal choisi pour se livrer à ce genre de jeu dans la salle d'autopsie.

— C'est pourtant simple.

Greta balaya l'assistance du regard en prenant soin toutefois d'éviter Tom.

— Un T-shirt.

— Un T-shirt ?

— Mais oui. Vous auriez fini par trouver par vous-mêmes, n'est-ce pas ?

Lorsque Caspar comprit, il sentit le froid l'envahir. L'adrénaline qui bouillonnait dans son sang l'en avait jusque-là protégé.

Évidemment. On l'enfile par le bas, puis on passe la tête et les bras dans trois trous différents.

Le plus grand silence régnait à présent dans la pièce et Tom le fixait avec méfiance.

— Qu'est-ce qui vous arrive ? demanda Caspar.

Il examina les autres, en particulier leur buste : les blouses de Greta et Yasmin, le col roulé de Schadeck, la salopette de Bachmann... Il était le seul en T-shirt.

2 h 26

— Enlève-moi ça.

— Ça ne va pas, non ?

— Je suis sérieux, retire ce foutu T-shirt. Grouille !

— Vous avez perdu la tête ?

Bachmann vola au secours de Caspar, mais Schadeck ne se découragea pas pour autant.

— Ce genre de coïncidence, très peu pour moi. Ce dingue en sait plus que nous, il est peut-être même de mèche avec le tueur.

Yasmin frissonna, mais personne ne lui prêta attention.

— Dans ce cas, pourquoi Bruck se servirait-il de devinettes pour discréditer son complice ? objecta Greta, indignée, en pointant du doigt la feuille de papier posée sur la table d'examen.

— D'ailleurs, cela voudrait dire que vous êtes également impliqué, puisque vous avez...

En voyant un poing passer juste sous son nez, Bachmann recula machinalement d'un pas. Mais ce n'était pas lui que Schadeck visait.

Tom se rua sur Caspar et parvint à l'attraper par le col de son T-shirt. Il entendit les fibres bon marché se déchirer. Un bruit qui, paradoxalement, ne jurait nullement avec celui qui résonnait dans ses oreilles. Le train du souvenir, de retour, envahit ses narines d'une épaisse fumée.

— Bon Dieu, mais qu'est-ce que c'est que ça ? s'écria Schadeck, horrifié.

Caspar se sentit basculer en arrière et tomber dans le vide. Sa langue étant paralysée, il ne put expliquer l'origine des brûlures que l'ambulancier venait de découvrir sur son torse. Impossible d'échapper à cette nouvelle déferlante de souvenirs.

— Votre fille est prête. Nous pouvons commencer.

Assis à son bureau, il entendit une femme lui parler dans un interphone.

— Nous avons tout préparé, docteur Haberland.

Il reposa le dictaphone.

Haberland ? Serait-ce mon nom ?

Toujours plongé dans son flash-back en trois dimensions, il se leva lentement, traversa son bureau dont les murs étaient recouverts par de nombreux diplômes et ouvrit une porte d'un blanc immaculé.

Comme sous l'influence d'un projectionniste qui aurait appuyé sur la touche « avance rapide », le film de ses souvenirs défila alors en plans saccadés : la fillette à l'appareil dentaire, son sourire, ses boucles blondes... puis des convulsions dignes d'un exorcisme. Des mains puissantes essayaient de la plaquer sur la table d'examen. Ses mains à lui.

Caspar entendit un claquement suivi d'une brûlure sur son visage et se retrouva plongé dans le noir. Le train de ses souvenirs était soit dans un tunnel, soit en rase campagne au beau milieu de la nuit, soit dans une forêt, car il ne distingua plus rien pendant un bon moment. Jusqu'à ce qu'il ressente une violente secousse, comme si la locomotive venait de dérailler.

Son corps était malmené. Il perçut un deuxième claquement, cette fois plus bruyant, puis son environnement changea du tout au tout en l'espace d'une seconde. Comme dans le rêve interrompu par l'arrivée de Linus, quelques heures auparavant.

Il n'était plus assis dans un train, mais dans une voiture. Dans sa voiture. Des trombes d'eau s'abattaient sur le pare-brise. Vite, très vite. Encore plus vite que les arbres qui défilaient sur le côté.

Pourquoi je roule à toute allure par un temps pareil ?

Même avec les essuie-glaces en vitesse maximale, la visibilité était extrêmement mauvaise.

Je pleure ! Pourquoi je pleure ? Et qu'est-ce que je cherche sur le siège passager, au lieu de me concentrer sur la route ?

Il saisit un dossier et l'ouvrit au milieu, là où se trouvaient les photos. Il y en avait deux. La plus grande, où figurait Jonathan Bruck, tomba près d'une bouteille de whisky à moitié vide.

Aucune importance. Ce qui comptait, c'était la photo d'identité.

Mais que fait la photo de ma fille dans ce dossier ? Pourquoi je la fixe des yeux ? Pourquoi je ne regarde pas plutôt la route, la chaussée détrempée, que je ne vois presque plus à travers mes larmes ?

Les deux airbags se déclenchèrent et la ceinture le retint en arrière. En revanche, le système de sécurité ne put rien contre les flammes qui embrasèrent le tableau de bord. Caspar essaya de bouger les jambes, de se retourner, mais, en proie à une vive douleur, il ne put que refermer la main sur la photo de sa fille. Il était… paralysé. Ou coincé.

Nom de Dieu, me voilà pris au piège. Je n'arrive pas à sortir. Je dois… Allez, on se réveille… Je dois…

2 h 31

— Allez, on se réveille !

Un nouveau claquement, une nouvelle brûlure sur sa joue gauche.

— Arrêtez, pas si fort, protesta une voix au-dessus de lui.

— Mais puisque je vous dis qu'il simule ! s'écria Tom.

Caspar ouvrit les yeux et crut voir une voiture aux phares allumés lui foncer dessus. Deux mains puissantes l'empoignèrent par les bras. Il comprit alors que ce qu'il prenait pour des phares était en réalité un scialytique. Ses compagnons l'avaient allongé sur la table d'examen : il avait dû perdre connaissance. Il toussa et sentit le goût du sang dans sa bouche.

— Tout va bien ? demanda Bachmann, visiblement inquiet.

Le visage poupon de Schadeck était également penché sur lui.

— De quoi tu t'es souvenu ? renchérit sans ménagement l'ambulancier.

— J'ai eu un accident.

— Oui, vous vous êtes cogné en tombant, expliqua le gardien.

— Ce n'est pas ce que je voulais dire.

Caspar secoua lentement la tête, ce qui ne fit que renforcer la douleur lancinante. Il s'appuya sur son coude et se redressa.

— C'est arrivé il y a un certain temps.

— Que s'est-il passé exactement ?

Il hésita à taire une partie de la vérité, tout comme il n'avait jamais mentionné à ses camarades l'apparition du Briseur d'âmes dans l'un de ses souvenirs.

— J'ai dévié de ma trajectoire à cause de la pluie, finit-il par lâcher. Ma voiture a pris feu et j'ai failli y rester, d'où ces cicatrices.

— C'est tout ?

Non, ce n'est pas tout.

— N'importe quoi.

Caspar comprenait aisément l'incrédulité de Tom.

— Mais pourquoi inventerait-il une histoire pareille ? intervint Greta.

Épuisée, elle se cramponnait aux poignées du fauteuil roulant.

— Pour détourner notre attention de l'autre fou et de ses énigmes à la noix.

Schadeck pointa un index menaçant sur Caspar.

— C'est quand même bizarre, non ? La solution de la dernière devinette nous conduit tout droit à son T-shirt, dont monsieur se sert pour camoufler ses horribles cicatrices. Tu es passé au micro-ondes ?

— Je peux aussi me tromper, admit Greta d'une voix faible. « Pull-over » fonctionne aussi, et d'ailleurs, vous en portez un.

— Oui, mais moi, je n'ai pas de brûlures, rétorqua Tom. Il a très bien pu se mutiler pour nous faire croire à un banal accident.

— Ce n'était pas un banal accident. Je conduisais en état d'ivresse.

Caspar rassembla ses dernières forces et s'assit sur la table.

— À d'autres. Tu as refusé de prendre une gorgée de ma bouteille, tout à l'heure, sous prétexte que tu ne buvais pas, argumenta Schadeck, sarcastique.

— J'avais une bonne raison de me réfugier dans l'alcool, à l'époque.

— À savoir ?

Caspar soupira.

— Je ne peux l'affirmer avec certitude, mais un certain nombre d'éléments tendent à prouver que je suis médecin. J'ai eu comme patiente une petite fille, peut-être *ma* fille. En tout cas, je devais la soigner, et il y a de fortes chances pour que j'aie commis une erreur.

— Une erreur médicale sur votre propre fille ?

— C'est fort possible. Je pense que oui.

Lorsqu'il essaya de chasser de son esprit l'image des tremblements que subissait la fillette, le souvenir de Katja Adesi rejaillit violemment à la surface. L'institutrice de sa fille, la deuxième victime.

— Juste après cet incident, j'ai noyé mon chagrin dans une demi-bouteille de whisky, puis j'ai pris le volant et j'ai percuté un arbre.

Caspar souleva ce qui restait de son T-shirt et effleura la plus grande de ses cicatrices, qui s'étendait du torse au nombril.

Il baissa les yeux. Dans la lumière des néons, sa peau meurtrie et imberbe ressemblait à une coulée de lave rose.

Soudain, son angoisse disparut pour laisser place à un sentiment encore plus intense : le chagrin. Il connaissait la réelle signification de ces cicatrices. À elles seules, elles prouvaient qu'il avait commis une erreur irréparable et qu'il ne pourrait jamais honorer sa promesse.

Je reviens vite. Ça va s'arranger, mon trésor. Tout redeviendra comme avant.

— Je ne suis pas sûr... Je pense... Je crois..., l'imita Tom. Si, comme tu le prétends, tu n'as rien à voir avec tout ça, comment le Briseur d'âmes est-il au courant pour tes cicatrices ?

— Bon, j'en ai assez entendu, fulmina Caspar en bondissant de la table, les poings serrés. Pourquoi tu tiens absolument à me faire porter le chapeau ? Tu étais où, quand Rassfeld a disparu ? Et qui a découvert comme par magie le deuxième papier dans le sac à provisions ? Hein ? Tu vois, c'est facile d'inverser les rôles.

— Arrêtez de vous disputer ! ordonna Greta.

— Très bien. Supposons que tu n'y sois pour rien, reprit plus calmement Schadeck. Qu'est-ce qu'il cherche à nous dire ?

— Je n'en ai aucune idée.

— Je sais peut-être, moi.

— Toi ?

Tous se retournèrent vers Yasmin, surpris par l'intervention de la jeune femme.

— Tu peux préciser ?

— Eh bien, je...

Nerveuse, elle s'éclaircit la voix et recommença à jouer avec sa bague.

— Enfin, ça m'a traversé l'esprit quand j'étais assise devant la cheminée avec Sophia.

— Qu'est-ce qui t'a traversé l'esprit ?

Schadeck, le plus proche de l'infirmière, lui dégagea le front.

— J'ai pensé au feu. Tu l'as dit toi-même, le sarcophage ne devrait pas être activé à cause des risques d'incendie.

— Oui, et... ?

— Bruck se sert peut-être de ces énigmes pour nous indiquer la marche à suivre. On dirait un jeu de piste malsain où ces brûlures tiendraient lieu de flèches.

— Des flèches qui nous indiqueraient la sortie ? demanda Caspar.

— Oui, enfin, je veux dire...

Yasmin hésita une dernière fois avant d'exposer sa théorie.

— Pourquoi ne pas déclencher un incendie ? Les volets se lèveront certainement dès le déclenchement des détecteurs de fumée.

Alors que Caspar s'apprêtait à approuver cette idée, Bachmann intervint.

— Et dans le cas contraire ? Non, non, non, c'est beaucoup trop dangereux. Je ne maîtrise pas assez bien le système, nous n'y avons jamais eu recours auparavant.

— Il a raison, approuva Tom. Si nous échouons, nous finirons brûlés vifs.

— Pas forcément.

Caspar attendit quelques instants, jusqu'à ce qu'il ait capté toute l'attention du groupe, puis exposa son plan.

2 h 36

Évidemment, c'était une erreur. Ils n'auraient jamais dû se détourner de leur objectif initial. Même Caspar sentait que son stratagème risquait d'avoir des conséquences fatales.

Mais c'était leur dernière chance.

Seule Greta sembla approuver sa proposition. La vieille dame insista même pour l'accompagner dans la salle d'IRM : il refusa tout net, car elle était le maillon le plus faible de la chaîne, après Sophia. Chacun devrait veiller à sa propre sécurité, une fois l'incendie déclenché. Il ne pouvait guère se permettre de prendre sous son aile une veuve de soixante-dix-neuf ans à la hanche fragile. Finalement, Bachmann se dévoua, mais à contrecœur. Après une discussion aussi brève qu'intense, le reste du groupe remonta s'enfermer dans la bibliothèque.

— Je suis en train de commettre la pire erreur depuis le jour de mon mariage, grommela le gardien.

Il saisit tout de même le bidon en plastique de Clinix Clean, un détergent à base d'alcool et d'ammoniaque, que Caspar avait déniché dans l'un des placards du local de contrôle. D'après l'étiquette, le produit était inflammable.

— Pourquoi ça tournerait mal ? Vous disiez que cette salle était équipée de portes coupe-feu et d'un système de ventilation autonome.

Caspar désigna du menton la vitre séparant l'unité de contrôle de la salle d'examen, comme dans un studio d'enregistrement.

— C'est même vous qui avez proposé la salle d'IRM.

— Pour nous y cacher, pas pour y déclencher un incendie.

Caspar s'empara d'un second bidon et referma le placard. Il espérait que Bachmann ne remarquerait pas l'assurance feinte de sa voix.

— Avec un peu de chance, les volets se lèveront aussitôt les détecteurs de fumée déclenchés, et les autres pourront fuir directement par le parc.

Caspar savait très bien que ce plan élaboré en toute hâte comportait des lacunes. Par exemple, comment faire descendre Sophia au pied de la colline sans que les roues de son fauteuil se bloquent dans la neige ? Mais, dans l'urgence, il considérait les problèmes les uns après les autres et espérait avoir une idée de génie, une fois ses compagnons et lui libérés de cette prison qu'était devenue la clinique.

— Au pire, le sarcophage restera activé, poursuivit Caspar en désignant un extincteur. Néanmoins, les portes coupe-feu empêcheront l'incendie de se propager au reste de la clinique. Vous avez un briquet ?

— Non. Des allumettes, ça vous va ?

Bachmann tapota la poche située sur le devant de sa salopette.

— Très bien, nous allons...

Caspar s'arrêta net et leva la tête.

— Qu'y a-t-il ? demanda Bachmann.

— Vous entendez ?

— Quoi donc ?

— Ce bruit, là.

Le gardien s'apprêtait à répondre par la négative lorsqu'il se figea lui aussi. Le bourdonnement, à peine audible depuis le premier sous-sol de la clinique, était pourtant là, perceptible, grave. Caspar se dit qu'il aurait fourni un fond sonore idéal au souvenir de son dernier trajet en voiture.

— On dirait un moteur d'hélicoptère, murmura le gardien.

Caspar sentit son pouls s'accélérer et une lueur d'espérance renaître en lui, pour la première fois depuis longtemps.

Linus a peut-être réussi à trouver de l'aide ? Ce n'est pas impossible, après tout.

Yasmin l'a affirmé elle-même : elle a bien vu quelqu'un sur la terrasse.

Bachmann fronça les sourcils, se dirigea vers le mur où se trouvait l'extincteur et y colla l'oreille droite.

Mais oui. Comme Linus a suivi Bruck, le sarcophage l'a enfermé dehors. Il a donc pris la fuite et prévenu la police.

L'espoir de Caspar grandit à mesure que le bruit s'intensifiait. Pour s'évanouir dès que le gardien se retourna vers lui.

— C'est la tempête, constata Bachmann à regret. Le vent souffle contre les volets, et, rappelez-vous, il y en a un qui est maintenu entrouvert au troisième étage. Le blizzard s'engouffre par là et exerce une pression négative dans la villa, j'imagine.

Pression négative ?

Caspar devenait-il paranoïaque ou son compagnon lui fournissait-il une explication un peu trop scientifique pour un simple gardien ?

Cependant, Bachmann pouvait être difficilement réduit à son poste de concierge. D'après ses propres dires, l'homme de confiance de Rassfeld continuait à se former en lisant des ouvrages de rhétorique. *Mais tout de même.* Sans oublier le sabotage du chasse-neige, qui avait éveillé les soupçons de Caspar quelques heures auparavant. C'était peut-être le moment de confronter Bachmann.

— Qu'est-ce qui s'est passé avec le chasse-neige ? s'enquit Caspar en saisissant un épais bloc-notes posé sur le bureau attenant à la console, devant la vitre.

— Hein ?

— Après que vous avez acheminé Schadeck et Bruck ici. Linus m'a montré le réservoir d'essence, quelqu'un l'a percé.

— Ah bon ?

Devant la perplexité de Bachmann, Caspar regretta immédiatement d'avoir abordé le sujet. Quel genre de réponse espérait-il obtenir ? Un aveu ? *Oui, je suis désolé, je voulais que personne ne quitte la clinique ?*

— Cherchez plutôt du côté de Schadeck. Il ne m'inspire aucune confiance, ce type.

— Je sais, oui, approuva Caspar en saisissant trois livres de médecine posés sur le bureau. Enfin, c'est trop tard, de toute façon.

Les deux hommes pénétrèrent dans la salle d'IRM, occupée en majeure partie par un scanner au design futuriste qui aurait pu aisément servir d'accessoire dans un film de science-fiction. Caspar s'arrêta près de l'appareil et leva les yeux vers le plafond.

— Ce truc qui clignote là-haut, c'est bien ce que je crois ?

— Oui.

— Alors installons-nous ici.

Caspar prit deux mouchoirs, les roula en boule et les jeta par terre, juste sous le détecteur de fumée. Il saisit ensuite l'un des livres et en arracha plusieurs feuilles, avant d'entasser les autres comme des bûches dans une cheminée.

— Bien, il ne reste plus qu'à verser le produit.

Le gardien ouvrit le bidon de détergent, semblant stupéfait par ses propres gestes.

— Vous vous rendez compte que ce genre d'appareil coûte plusieurs millions d'euros ?

— Vous m'en voyez désolé, répondit Caspar avec une grimace, mais, hélas, nous ne subirons plus les foudres du directeur. Alors allez-y, avant que nous connaissions un sort similaire.

Le détergent se répandit sur le bûcher improvisé, dans un gargouillis étrange, presque obscène. Puis Bachmann sortit une boîte d'allumettes de sa poche. Mais au moment où il s'apprêtait à embraser le bûcher, la porte entre la salle d'examen et le local de contrôle se referma doucement derrière eux.

— Mais qu'est-ce que… ?

Caspar se retourna à temps pour apercevoir une ombre derrière la vitre de séparation. Puis les voyants du scanner s'allumèrent et l'appareil se mit en route tout en émettant une sorte de martèlement, comme si quelqu'un attaquait un fût en métal à la hache. Surpris, Bachmann sursauta et laissa tomber l'allumette en feu.

2 h 39

Deux flammes s'élevèrent simultanément vers le plafond. L'une était réelle, l'autre n'était que son reflet dans la vitre de séparation, derrière laquelle apparut soudainement un visage. Caspar crut d'abord à une illusion d'optique. Mais, en tapant du poing contre la vitre, il reconnut ce faciès tordu de colère. Jonathan Bruck portait toujours sa chemise d'hôpital, à présent maculée d'une multitude de taches brunâtres, devant comme derrière. Une grande quantité de sang s'était également accumulée sous son bandage à la gorge.

Caspar se mit à transpirer et se retourna vers Bachmann. Le feu dégageait une chaleur intense.

— Nous devons à tout prix sortir d'ici !

Le gardien ne le savait que trop bien, car lui aussi avait aperçu le Briseur d'âmes. Il recula vers la sortie, toujours face aux flammes et dans une fumée de plus en plus épaisse.

— Je n'arrive pas à ouvrir la porte, cria Caspar plus fort que nécessaire.

En effet, le scanner s'était momentanément interrompu. Comme pour prouver ce qu'il avançait, il saisit la poignée et la secoua, en vain. Afin d'éviter tout risque d'irradiation, la pièce était pourvue d'une fermeture automatique effective jusqu'à la fin de l'examen, or Bruck venait juste de mettre le scanner en marche. Et s'il avait choisi le programme de virtopsie, Caspar et Bachmann ne pourraient pas sortir avant plusieurs heures !

— Ouvre-nous ! hurla Caspar.

Il tambourina une nouvelle fois contre la vitre, qui ne trembla même pas. Bruck, lui, était déjà passé à l'étape suivante. Sans doute pour faire monter l'effroi de ses prisonniers d'un cran, il se baissa pour ramasser une paire de ciseaux. Il remua les lèvres, prononça quelques mots inaudibles et...

Oh, mon Dieu...

Bruck s'enfonça l'une des lames dans la main gauche.

Mais qu'est-ce qu'il fabrique ? se demanda Caspar avec horreur.

Le sang jaillit, lui donnant la réponse. Bruck cracha sur la vitre et y plaqua sa paume tailladée. Caspar crut entendre nettement la chair meurtrie crisser contre le verre, tandis que la main du psychopathe descendait lentement en laissant une trace sanglante.

Il veut nous adresser un signe ! C'est un indice, comme la blessure qu'il s'est infligée à la gorge.

Caspar assistait à la scène, à la fois terrifié et fasciné. Son nez commençait à couler, les muqueuses étant irritées par la fumée de plus en plus opaque. Comme il avait également les yeux qui pleuraient, il lui fallut plusieurs secondes avant de parvenir à déchiffrer ce que le Briseur d'âmes écrivait en miroir. Il pensa d'abord à « SOS ». Puis il comprit, bien que Bruck n'ait plus assez de sang pour former la dernière lettre : « Sophi... »

Évidemment. Le forcené visait la psychiatre et comptait bien aller jusqu'au bout de sa funeste tâche. Mais Bachmann et lui n'avaient pas pensé que Bruck les agresserait en salle d'IRM, alors que sa victime se trouvait un étage plus haut, dans la bibliothèque. Échec et mat. Ils étaient prisonniers de l'enfer qu'ils avaient eux-mêmes créé, et, quand bien même les volets se relèveraient maintenant, il serait trop tard : ils mourraient asphyxiés par la fumée. À moins d'éteindre immédiatement l'incendie.

Mais comment ? Ce foutu extincteur est dans l'autre pièce.

Le regard de Caspar se posa d'abord sur les flammes, puis sur Bruck.

Je l'ai laissé là-bas exprès pour que, une fois sortis d'ici, nous puissions circonscrire l'incendie.

Il n'avait pas prévu de se faire enfermer *après* avoir allumé le feu. Et alors que, soudainement, il se souvenait avec terreur du second bidon de détergent, celui-ci explosa.

2 h 43

Caspar sentit le souffle incandescent s'abattre sur eux.

— Aidez-moi ! hurla le gardien.

La jambe droite de sa salopette avait pris feu. Caspar étouffa les flammes en appliquant par petits coups précis ce qui lui restait de son T-shirt.

Et maintenant ?

Les lambeaux de son haut avaient tout juste suffi à faire mourir les flammes sur la salopette du gardien. Comment venir à bout de celles qui s'élevaient vers le plafond ?

Tandis que Caspar s'agitait en tous sens, dans l'espoir de dénicher un deuxième extincteur, il croisa le regard de Bruck. Ce dernier observait la scène de l'autre côté de la vitre, les yeux exorbités et la bave aux lèvres tout en agitant la tête, semblant leur adresser un message muet : « Je suis désolé, vous êtes des victimes collatérales mais nécessaires. »

Caspar s'imagina un instant dans un zoo, prisonnier d'une cage incendiée par un touriste fou à lier qui en aurait bloqué la seule issue. Lorsqu'il s'agenouilla pour rechercher désespérément un peu d'air frais, il constata avec horreur que le feu attaquait à présent une chaise de bureau recouverte de tissu.

Sans hésiter plus longtemps, il s'empara des pieds en acier de la chaise, déjà brûlants. Ignorant la douleur, il la projeta contre la vitre. Le verre trembla légèrement et se fendilla là où l'assise avait atterri. Mais Bachmann et lui n'en restaient pas moins pris au piège.

Caspar essaya de récupérer la chaise, mais il ne voyait plus rien. La fumée était à présent tellement épaisse qu'il dut mettre les deux mains devant les yeux pour se protéger. Saisi d'une violente quinte de toux, il crut que ses poumons allaient imploser. Enfin, il sentit un courant d'air : Bachmann avait trouvé la chaise et réussi à la lancer une deuxième fois. Il observa le gardien briser à coups de pied ce qui restait de la vitre, puis basculer dans la pièce voisine en suffoquant.

— Allez chercher l'extincteur ! beugla Caspar.

Derrière lui, l'appel d'air avait ravivé le brasier. Seul le scanner demeurait intact et continuait à envoyer ses rayons X avec la régularité d'un métronome.

— Ohé ! cria Caspar.

N'obtenant aucune réponse, il se rua hors de la fournaise. Tant pis si le saut s'annonçait plus périlleux pour lui que pour le gardien, car il était pieds nus.

Tout comme Bruck.

Caspar se hissa par-dessus le cadre de la vitre, encore parsemé de quelques éclats de verre. Alors qu'il s'appuyait de tout son poids sur les mains afin de retomber de l'autre côté, il se blessa et cria, puis se roula en boule afin d'amortir sa chute. Une deuxième vague de douleur s'ajouta à la première lorsqu'un débris de verre d'une dizaine de centimètres se logea dans son épaule, suivi d'un autre dans son talon. Plus il avançait, plus le morceau de verre s'enfonçait dans son pied. Mais il était enfin dans le local de contrôle.

Caspar boita jusqu'au mur et s'empara de l'extincteur. Surpris par son poids, il faillit le laisser tomber mais parvint finalement à le dégoupiller et à pulvériser la mousse blanche sur la base des flammes.

Une fois l'incendie éteint, il s'appuya contre le bureau où se trouvait un moniteur à écran large noirci par la suie. Il avait beau être épuisé, il se préparait déjà à la prochaine étape. Ils se trouvaient forcément quelque part. Bachmann. Et Bruck.

Le feu n'était rien, comparé à ce qui l'attendait. D'où son soulagement en reconnaissant le visage dans l'embrasure de la porte.

— Tom ? Ça a marché ? Les volets se sont relevés ?

Schadeck entra et répondit par un signe de tête négatif. Soit l'incendie n'avait pas duré assez longtemps, soit le détecteur de fumée de la salle n'était pas relié au système de sécurité.

— Alors qu'est-ce que tu fais là ? C'est Bachmann qui t'envoie ?

— Non.

L'ambulancier approcha d'un pas, puis sortit un pistolet et fit feu en visant Caspar au cœur.

Aujourd'hui, 13 h 32
Bien plus tard, de nombreuses années après la Peur

La villa tremblait sous les assauts du vent, ce qui ne semblait nullement déconcentrer les deux étudiants, toujours plongés dans le dossier. Le jour baissant, ils lisaient désormais à la lumière d'une petite lampe de lecture que le professeur avait placée entre eux, sur la table.

Comme deux étudiants en train de réviser.

Tandis que Patrick se concentrait, la tête entre les poings, Lydia laissait courir un crayon à papier le long de chaque ligne du texte. Elle lisait en remuant silencieusement les lèvres, et s'arrêtait de temps en temps pour griffonner quelques mots sur un bloc posé à sa droite.

Le professeur se leva et s'étira le dos. Malgré la douleur, il continuait à suivre les consignes de son médecin et décrivait des cercles avec les épaules toutes les deux heures. D'après lui, la démarche s'avérait aussi inutile que celle qui l'avait poussé à suivre son ami dans ce bar.

Voyant Lydia prendre des notes, il décida de jeter un coup d'œil à son bloc. Il longea les étagères vidées de leurs livres, probablement revendus aux puces ou sur Internet. Un seul ouvrage continuait néanmoins à prendre la poussière derrière une vitrine brisée. La reliure était abîmée et couverte de crottes de souris, mais le volume semblait avoir regagné sa place le matin même, en ce jour si particulier.

Le professeur évita la vitrine. D'une part, il ne supporterait pas longtemps la vision de son visage émacié et tourmenté s'y reflétant, d'autre part, il préférait ne pas savoir de quel ouvrage il s'agissait. Alors qu'il s'était jusque-là abstenu de regarder la cheminée, son regard se posa sur l'âtre, où se trouvaient empilés une antenne de télévision pliée en deux, des restes de câbles et un morceau de moquette, ainsi qu'une canule écrasée.

Ne fais pas ça !

Le professeur obéit à la voix qui lui interdisait de ramasser la seringue. Une voix qui n'aurait pas dû se donner la peine de hurler : il n'avait nullement l'intention de ramasser l'instrument, ce geste risquant de provoquer l'effondrement de son psychisme, aussi fragile qu'un château de cartes.

Il toussota, afin que ses étudiants absorbés ne soient pas surpris de le voir de si près. Mais ceux-ci semblaient déjà dans un autre monde. Stephen King lui-même avait abordé le sujet de la télépathie, un moyen de transmettre des suggestions à son lecteur et de lui faire parcourir des milliers de kilomètres, pour découvrir des lieux qu'il n'aurait sinon jamais imaginés.

Mais qu'en est-il des pensées négatives ?

Le professeur fit de son mieux pour éviter de projeter son ombre sur le bloc-notes de Lydia, tandis qu'il avançait par-derrière. L'écriture féminine par excellence : nette, soignée, élancée.

Caspar? figurait tout en haut. Puis elle avait noté, entre parenthèses, quelques informations glanées au fil des pages : *(Médecin? / Père de famille? / Hambourg? / Erreur médicale?)*

La colonne suivante était consacrée au Briseur d'âmes. Le professeur sourit tristement à la lecture de la dernière ligne, que Lydia avait soulignée deux fois et conclue par trois points d'interrogation.

Briseur d'âmes = Jonathan Bruck (Médecin, confrère, automutilation, mobile???)

Cette dernière question faisait l'objet d'un paragraphe à part entière : *MOBILE.*

Torturer Sophia ? Empêcher Sophia de révéler ce qu'elle sait ? À propos de Caspar ? De la fille de Caspar ?

Il ne put déchiffrer avec certitude la phrase suivante, car Lydia en cachait certains mots avec le coude.

Hospitalisation = Hasard ? (Rôle de Tom ? Quel rapport avec les autres victimes ?), crut-il lire. Quant à la dernière phrase, elle était parfaitement explicite.

VENGEANCE DU BRISEUR D'ÂMES ?

Une bourrasque de vent ébranla les vitres sales. Patrick ne leva les yeux que très brièvement, le temps de saisir la bouteille d'eau posée devant lui. Il ne remarqua même pas que le responsable de l'expérience n'était plus à sa place, mais juste derrière lui.

Étonnant, se dit le professeur en relevant la tête. *Étonnant comme de fausses déductions peuvent déboucher sur de bonnes conclusions.*

Son regard était irrésistiblement attiré vers la cheminée, qui paraissait comme bâillonnée par ces détritus afin qu'elle ne livre jamais ses secrets.

Lorsque Lydia arriva à la page 140, le papier craqua, telle une articulation trop sollicitée.

Patrick, qui lisait un peu plus lentement que sa compagne, la rejoignit quelques minutes plus tard dans l'univers mystérieux de Caspar.

Écho

Page 141 du dossier médical n° 131071/VL

Dans son rêve, le chagrin lui faisait l'effet d'un être vivant à part entière constitué de milliers de tiques minuscules accrochées à son âme avec l'intention d'en pomper tout sentiment de joie.

Dès que Caspar pensait à sa fille de onze ans qu'il avait abandonnée, de nouvelles tiques assoiffées et affamées s'engouffraient dans sa bouche, les dents aiguisées, prêtes à se cramponner aux muqueuses de sa trachée et de son œsophage, bien déterminées à se repaître de lui. Il ne serait plus jamais heureux, et il le savait. Pas après cette terrible erreur.

Il attrapa la bouteille et but encore une gorgée, bien que sa vision soit déjà très altérée, non seulement en raison de la pluie, mais également de la vitesse à laquelle il conduisait sur cette route départementale, en fuite contre lui-même.

Il avait toujours été certain que rien ne pourrait jamais lui arriver. Pas un seul incident à déplorer et là, la séance dégénérait alors qu'il s'agissait de la patiente qui comptait le plus au monde pour lui.

Il fouilla fébrilement dans le dossier médical, sortit la photo et l'embrassa, avant de porter une nouvelle fois la bouteille à ses lèvres.

Mon Dieu, mais qu'est-ce que je t'ai fait ?

Il serra la photo contre lui. Mais alors qu'il tentait d'augmenter la vitesse des essuie-glaces, sa main ne rencontra que du vide. Et là, il aperçut l'arbre. Il freina, se protégea la tête avec ses bras et s'écria : « Mais qu'est-ce que j'ai fait ? »

Puis de la lumière. Bien sûr, il dormait encore. Il avait beau entendre sa propre respiration, impossible de se réveiller. Le cauchemar continuait, il avait juste pris une forme différente. Caspar n'était plus assis dans sa voiture, mais sur un matelas très ferme, les jambes dans le vide, et il portait à son poignet un bracelet en plastique avec un numéro.

— Vous n'avez rien fait.

Cette voix n'était encore jamais apparue dans ses rêves, mais il la connaissait.

Une voix aimable, légèrement inquiétante.

Une voix qui appartenait soit à un gros fumeur, soit à une personne souffrant d'un cancer de la gorge. Ou aux deux.

— Si, je suis responsable de ce qui est arrivé à ma fille.

— Non, vous n'y êtes pour rien.

Une porte s'ouvrit alors et un homme corpulent entra, la mine sombre. Peut-être son interlocuteur.

— Alors qui, si ce n'est pas moi ?

— Vous vous posez la mauvaise question.

Le visage de l'homme se détendit un peu.

— Que s'est-il passé dans mon cabinet ?

— J'aime mieux ça. Voilà une question plus pertinente. J'y ai répondu dans ma lettre.

Une lettre ?

— Quelle lettre ? Je ne vois pas de quoi vous parlez. Je ne me souviens même pas du prénom de ma propre fille.

— Mais si, vous vous en souvenez.

L'espace de quelques secondes, la voix se matérialisa en un visage hélas trop familier.

Caspar cria en reconnaissant Bruck. Et hurla de plus belle lorsque le Briseur d'âmes entama une nouvelle métamorphose.

2h58
Quarante minutes avant la Peur

— Tu es qui, toi ?

En voyant palpiter la jugulaire de Schadeck, Caspar devina que l'ambulancier lui hurlait dessus. Mais il n'entendait qu'un bourdonnement constant depuis qu'il avait repris connaissance. Il transpirait et grelottait simultanément.

— Je ne sais pas.

Sa langue était gonflée et il pouvait à peine la mouvoir. Mais en cet instant précis, c'était bien là le moindre de ses soucis.

Que s'est-il passé ? Où suis-je ?

Caspar essaya de bouger les bras et les jambes, mais il ne réussit à les lever que de quelques millimètres.

Je suis attaché.

En tirant sur les liens en caoutchouc qui le maintenaient allongé sur la table de dissection, il sentit une douleur intense se propager du coude gauche à la tempe en passant par l'épaule. Une douleur qui lui donna la nausée. Une douleur qui devint tout bonnement insoutenable lorsqu'il laissa retomber la tête sur la table.

Après être allé chercher le pistolet paralysant dans la réserve de médicaments, Tom m'a tiré dessus et m'a enfermé dans la salle d'autopsie.

Aveuglé par le scialytique, Caspar ferma les yeux. Pas une seconde ne passait sans qu'il ait envie de vomir. À cause de la peur. Et à cause du poison qu'on lui avait administré.

— Qu'est-ce que tu m'as fait ?

Ses croassements étaient sans doute incompréhensibles. Quant au vrombissement, il redoubla d'intensité.

— Secoue-toi un peu, l'anesthésique ne fait effet que pendant dix minutes, et elles sont écoulées. Alors maintenant, crache le morceau : qui es-tu et que fais-tu dans cette clinique ?

Le courant d'air que sentait Caspar sur son front trempé de sueur provenait d'un objet que Schadeck agitait à la façon d'un éventail. Il vit une feuille tomber d'un dossier. *De son dossier.*

— Tu veux savoir où je l'ai trouvé ? Il était dans la bibliothèque, grand ouvert sur la table. Ton ami Jonathan Bruck nous l'a mis à disposition.

— Ce n'est pas mon ami.

Tout en prononçant ces mots, Caspar se demanda pourquoi il avait une seringue plantée dans le bras. Au même instant, il identifia les martèlements. Le scanner. La virtopsie était toujours en cours. Le feu n'avait donc pas endommagé l'appareil hors de prix.

— Je suis au regret de t'annoncer que tu ne vas plus me mentir longtemps, ricana Schadeck.

L'ambulancier lui tapa sur le front avec une enveloppe noircie de suie, puis en sortit une feuille presque entièrement carbonisée.

— Ça ne te rappelle rien ?

Pour N. H., lut Caspar, contraint d'acquiescer. Il ne reconnaissait pas l'écriture à proprement parler, mais la première lettre de son nom de famille, qu'il venait brutalement de se remémorer : *Haberland.*

Une nouvelle pièce à ajouter au puzzle de son passé. Rassfeld et Sophia lui en avaient tendu d'autres, en évitant de le brusquer, et n'auraient certainement pas cautionné les méthodes de Schadeck. L'ambulancier retourna l'enveloppe. Les initiales de l'expéditeur constituaient à elles seules la pire des accusations : J. B.

Jonathan Bruck.

— Ton pote s'est donné bien du mal pour choisir ses mots, du moins, ceux qu'on arrive encore à déchiffrer.

Au grand étonnement de Caspar, la lettre était plus endommagée que l'enveloppe. Schadeck débuta sa lecture avec emphase, en prenant soin de remplacer, par des pauses théâtrales, les paragraphes et les bribes de phrases illisibles.

Cher collègue...

... un accident tragique dont vous n'êtes nullement responsable. En effet...

Là, un paragraphe entier avait disparu.

... vous devriez vous en tenir à notre plan. Allez à la clinique Teufelsberg avant Noël... et...

Après avoir remis la lettre dans l'enveloppe, Schadeck gifla si fort Caspar avec la chemise du dossier que sa tête fut projetée sur la droite.

— « Cher collègue » ? « Notre plan » ? Qu'est-ce que ça veut dire ? Que fiche cette lettre dans ton dossier ?

— Je n'en ai aucune idée.

— Arrête ce petit jeu, Caspar, ou monsieur N. H., ou je ne sais qui.

Schadeck le frappa à nouveau, cette fois-ci avec la tranche du dossier.

— Résumons : tu connais le Briseur d'âmes, tu l'as déjà rencontré et il t'a envoyé ici. En tant que *confrère*.

— Non !

— Très bien, procédons différemment.

Tom, furieux, donna un violent coup de pied dans une table à instruments, de laquelle plusieurs objets tombèrent avec fracas. Il se baissa et ramassa une scie à os.

— Je vais devoir te tirer les vers du nez autrement.

3h01

Il ne pouvait même pas se défendre. C'était bien là le pire.

Schadeck avait raison sur un point : Caspar connaissait Bruck. Au moins autant que la première victime, Katja Adesi, l'institutrice de sa fille. Il en était certain, il avait déjà rencontré ces deux personnes. Jadis, dans une vie dont il ne se souvenait plus que par bribes. Mais si un piège avait été élaboré dans le but de les rassembler tous ici, en ce 24 décembre, il était forcément le fruit d'un cerveau malade. Le sien, peut-être.

Qu'ai-je donc fait ?

Même si Caspar commençait à assembler mentalement les différents morceaux de l'énigme, l'image d'ensemble continuait à lui échapper.

Quel est le lien ?

L'erreur médicale et l'accident, qui l'avaient marqué à tout jamais.

Pourquoi Bachmann l'avait-il retrouvé dans un fossé, inconscient, alors qu'il s'apprêtait à s'introduire dans la clinique, avec son chien ?

— Où sont les autres ? demanda-t-il, espérant ainsi gagner du temps.

Caspar était d'autant plus terrifié que Schadeck se tenait à présent derrière lui. Impossible de voir ce que manigançait l'ambulancier, qui avait visiblement perdu la tête. Jusqu'au moment où il l'entendit pulvériser un antiseptique sur la lame de la scie.

— Ne t'inquiète pas pour les femmes, je les ai enfermées dans la bibliothèque.

Pschiiit.

— Et Bachmann ?

— Tu me prends pour un con, ou quoi ? Tu es la dernière personne à l'avoir vu.

Soudain, Schadeck l'empoigna par les cheveux et lui tira brutalement la tête en arrière. Caspar crut qu'il allait se faire scalper. Le visage de l'ambulancier, tordu de colère, se trouvait à quelques centimètres du sien, mais à l'envers. Et l'écume qui se formait au coin de ses lèvres menaçait de lui tomber dans l'œil.

— Bon, maintenant que le public est bien chauffé, le spectacle peut commencer.

Caspar aperçut le reflet étincelant de la scie. Il avala le peu de salive qui lui restait et sentit sa pomme d'Adam frotter douloureusement contre la paroi de sa gorge sèche.

— Non, arrête, par pitié…

Caspar tira sur ses liens en se tordant dans tous les sens.

— Débats-toi autant que tu veux, ça ne change rien. Seule la vérité peut encore te sauver.

— Mais je ne sais rien !

— Est-ce que tu arrives au moins à concevoir pourquoi je refuse de te croire ?

Caspar ravala la bile qui venait de remonter le long de son œsophage.

— Parce que toi et moi, on est pareils.

Schadeck tendit sa main brûlée.

— Je t'ai parlé de mon père. Le soir où ma mère n'a pas assez salé la purée, il a cru drôle de me foutre la main dans un moule à gaufres.

La main de Tom disparut.

— Après avoir grièvement blessé ma mère à la mâchoire, il est allé boire un verre au bar. Quand il est rentré en titubant, maman était déjà partie pour l'hôpital, avec mon frère et ma sœur. Moi, je suis resté pour régler définitivement mes comptes avec mon père. Mais je l'avais sous-estimé. Même après avoir englouti la moitié du bar, il était aussi féroce qu'un pitt-bull.

Schadeck longea la table de dissection.

— Il m'a demandé où se trouvaient ses autres enfants. Puis il m'a coincé la main dans le gaufrier. Je criais, je hurlais, je le suppliais d'arrêter, je me débattais, et lui, ça le faisait rire. Tu sais ce que j'ai appris ce jour-là ? Que la violence ne résout jamais rien.

Lorsque Tom reposa la scie sur la table à instruments, Caspar poussa un soupir de soulagement.

— La douleur était insoutenable, mais je n'ai pas parlé. Papa n'a lâché prise qu'une fois écœuré par l'odeur de chair calcinée. Ce crétin d'ivrogne a même fini par croire que je ne savais vraiment pas où ils étaient. Mais s'il s'était donné la peine d'ouvrir un dictionnaire médical, il aurait trouvé un moyen de me faire avouer.

— C'est-à-dire ?

Le soulagement de Caspar disparut aussitôt pour laisser place à une peur diffuse.

— Une petite démonstration vaut mieux qu'un long discours, poursuivit Schadeck en riant. Tu es médecin, après tout. Tu connais le thiopental ?

— C'est un barbiturique.

Très efficace, provoque une perte de connaissance immédiate. Est utilisé pour induire une anesthésie générale.

— Tout à fait. À haute dose, cet hypnotique t'envoie dans une autre galaxie. À faible dose, il détend et provoque un flot de paroles incontrôlé. C'est la raison pour laquelle les services de renseignement s'en servent pour les interrogatoires. Alors, qu'en penses-tu ? On trouve vraiment de tout, dans cette réserve de médicaments. Et maintenant, pas de mouvement brusque, ou je te plante cette seringue dans l'œil au lieu du bras.

3 h 03

Le sérum de vérité occupe une place de choix dans les légendes urbaines. On croit souvent qu'il s'agit d'une substance chimique permettant à un tortionnaire de soumettre sa victime. Un produit qui, une fois répandu dans le sang, fait s'échapper les secrets les mieux gardés.

Mais, pour Caspar, la situation était différente. Pis. Désespérée.

En effet, le produit que Schadeck venait de lui injecter ne fit que soulever le tapis biochimique sous lequel il avait enfoui ses secrets les plus intimes. Un phénomène bien connu des anesthésistes qui, dans les secondes précédant l'opération, recueillent les confidences du patient. Ainsi, les femmes évoquent souvent leurs pratiques sexuelles. Le thiopental affaiblit le cortex préfrontal, le siège du contrôle dans le cerveau, mais il ne révèle que les secrets volontairement tus, et non les pensées refoulées inconsciemment.

— Arrête, non, attends..., gémit Caspar.

Malgré ses supplications, il sentait déjà un liquide froid couler dans son bras gauche et le paralyser. Il n'avait pas vu la quantité de produit que Tom lui avait administrée, mais elle lui fit l'effet d'un demi-litre de liquide de refroidissement.

— Ne t'inquiète pas, je sais comment on fait les piqûres. Mon père a eu l'honneur de recevoir ma première injection alors qu'il cuvait. Mais la dose était plus forte, si tu vois ce que je veux dire.

Schadeck ricana.

— À ton tour d'avouer, maintenant.

Les mots de l'ambulancier résonnaient étrangement, comme dans une église, et se mêlaient aux vibrations du scanner, à présent plus discrètes. On aurait dit qu'une porte antibruit avait été fermée.

— Je... Je crois avoir compris quelque chose.

Caspar mentait. Ce à quoi il pensait demeurait tapi dans le brouillard de sa conscience, de plus en plus embrumée sous l'effet de l'anesthésique.

— Je t'écoute.

À présent, la sensation de froid s'étendait de l'épaule jusqu'au cœur.

— Tu... Tu as dit...

Caspar ne put réprimer un rire amer. C'était absurde. Tom n'était pas médecin : pour peu qu'il ait mal estimé son poids, se trompant ainsi de quelques millilitres dans le dosage, Caspar ne tarderait pas à s'endormir. Mais, pour l'instant, l'anesthésique le libérait de ses angoisses. Un tumulte de pensées semblait n'attendre que le moment propice pour s'échapper, et Caspar puisait dans ses dernières ressources pour contrôler le moindre mouvement de ses lèvres.

— Tu l'as appelé comment, ce truc ?

Il gardait les yeux rivés sur la seringue. Si seulement quelqu'un pouvait lui jeter un seau d'eau glacée sur la figure pour qu'il reste maître de lui-même...

— Le thiopental.

La voix de l'ambulancier lui parvenait de très loin, alors qu'il se tenait juste à côté de lui.

— Non, non...

Il cligna des yeux et les écarquilla. Surtout, ne pas les refermer.

Mais oui, évidemment.

Il souleva le haut de son corps autant que la nausée le lui permettait, ce qui accéléra sa réflexion. Plus il étirait le cou, moins son cerveau s'engourdissait. Le train du souvenir put ainsi mettre le cap sur une gare intermédiaire, mais d'égale importance.

— Hypnotique, prononça Caspar.

Il hocha vigoureusement la tête, au point que ses vertèbres cervicales craquèrent.

— Tu as dit que c'était un hypnotique. C'est ça, la solution. Libère-moi.

3 h 06

L'effet avait beau se dissiper, le froid subsistait et Caspar ressentait une étrange ivresse. Son cœur ressemblait à un disque rayé : il battait normalement pendant quelques secondes avant de connaître plusieurs ratés à la suite.

Caspar avait mal, très mal, au point de ne plus pouvoir respirer normalement. Cependant, il arrivait encore à parler ou plutôt, à croasser.

— C'est ça, la solution, répéta-t-il.

— Tu peux préciser ?

Tom dut répéter la question deux fois avant que Caspar la comprenne enfin.

— L'énigme trouvée dans la main de Sophia...

— « Je porte un faux nom mais je dis vrai »?

— Oui.

— Et donc ?

— La réponse est...

Caspar avala sa salive. Il avait la gorge en feu.

— La réponse est « hypnose ».

— Pourquoi ?

— Ce mot vient du grec, Hypnos, le dieu du Sommeil.

Caspar s'entendait parler en décalé, comme s'il passait un appel longue distance. Mais, au moins, il était parvenu à formuler une phrase complète.

— Bon Dieu, mais où tu veux en venir ? s'impatienta Schadeck.

Caspar se concentra, inspira profondément et compta jusqu'à trois avant de répondre.

— Les scientifiques ont longtemps comparé l'hypnose au sommeil, mais ça n'a aucun rapport.

Il ferma les yeux et éleva la voix afin de ne pas s'endormir.

— Le sujet reste éveillé, seul son champ de conscience est restreint. Comme chez les victimes. Comme chez Sophia. Tu comprends ? Le Briseur d'âmes les a hypnotisées. « Je porte un faux nom mais je dis vrai. »

— N'im-por-te quoi !

Chaque syllabe prononcée par Schadeck résonna contre les réfrigérateurs en aluminium de la salle d'autopsie.

Caspar ouvrit un œil, puis l'autre. Un rayon concentré de douleur passa par sa rétine et le frappa de plein fouet au cerveau.

— Pourquoi ? cria-t-il à son tour.

Du moins, il crut hausser le ton, mais rien n'était moins sûr.

— Je n'ai pas la force de t'expliquer en détail tout de suite. Non, attends, écoute-moi !

Il se tourna sur le côté, mais ne put bouger le bras dans lequel Tom avait pratiqué l'injection, car ce dernier le lui maintenait fermement des deux mains.

— Tu as besoin de moi.
— Comment ça ?
— *Nopor*, répondit Caspar en toussant.

Les rares mots qu'il était parvenu à prononcer avaient suffi à lui assécher encore plus la gorge. Il ressentait une soif intense, et il espérait même en partie que Tom lui administrerait sans tarder le reste de l'anesthésique, faisant ainsi disparaître l'étau qui lui enserrait la tête. Mais il devait à tout prix éviter de craquer, s'il voulait sortir vivant d'ici.

— Sophia a essayé de nous mettre sur la voie, ajouta-t-il en cherchant le regard de Tom. Bruck plonge ses victimes dans un état léthargique en les hypnotisant, puis les retient prisonnières dans la phase de transition entre éveil et sommeil. Un état dont elles ne peuvent sortir d'elles-mêmes.

— En les hypnotisant ? répéta Schadeck, incrédule.

— Oui.

Diversion, choc, surprise, doute, trouble, dissociation.

Ces différents facteurs, ensemble ou séparément, permettaient de plonger un sujet dans un état où ses actions et ses pensées pouvaient être manipulées par une tierce personne.

— Bon, j'en ai marre ! protesta Schadeck. Il est impossible d'hypnotiser quelqu'un de force.

— Mais si !

Caspar, épuisé, tendit le menton en avant. Grave erreur. Il ne contrôlait plus ses mouvements, et sa tête retomba lourdement sur la table d'examen, dans un grand fracas. Un éclair lui transperça les paupières et révéla, l'espace d'un bref mais terrible instant, une image du passé qu'il aurait voulu effacer de sa mémoire : la fillette aux boucles blondes qui secouait la tête, lui signifiant ainsi son refus d'être soignée.

Oh non, je l'ai fait. Ma fille n'était pas d'accord, mais je l'ai...

— Tu devrais te reconvertir comme scénariste à Hollywood, râla Schadeck. Des terroristes embrigadent des citoyens innocents pour leur faire poser des bombes à la demande, c'est ça ? Des gens se suicident en entendant un truc bien précis, du genre « fer à cheval » ? Qu'est-ce que tu vas m'inventer d'autre pour sauver ta peau, hein ? Ça n'existe pas, tout ça.

— Si, et je peux te le prouver. Détache-moi.

— Dans tes rêves.

Tom reprit la seringue.

— Attends, attends, attends.

Les pensées affluaient dans le cerveau de Caspar à une vitesse désormais critique, et la digue qui lui permettait encore de contrôler ses paroles menaçait de céder. Effectivement, d'après la médecine officielle, personne ne pouvait être plongé en transe contre son gré. Mais si la victime ne se rendait pas compte que quelqu'un essayait de l'hypnotiser ? Si son libre arbitre avait été affaibli à la suite d'un choc, d'un traumatisme ou d'une administration de stupéfiants ?

Il voulait parler à Schadeck du projet Artichoke, un programme de recherche lancé par la CIA à l'époque de la guerre froide : après avoir étudié les méthodes de manipulation mentale à des fins militaires, les scientifiques étaient parvenus à des conclusions plus que troublantes. Que Caspar connaissait par cœur, et ce pour une raison inexplicable.

Sous prétexte d'une prise de tension, on invite le cobaye à se détendre. Une prise de sang peut être l'occasion d'administrer une drogue. Sous couvert d'un examen oculaire, on peut demander au sujet de fixer une petite lumière ou un flash, tout en procédant à des suggestions verbales.

Caspar souhaitait également parler à Tom des injections de vitamines pratiquées sur des cobayes humains à leur insu : en réalité, les seringues contenaient de l'amytal de sodium. Du mystérieux protocole Alzner, dont la seule lecture suffisait à modifier l'inconscient. Et il voulait lui citer le rapport final de la commission d'éthique :

Après les pires sévices physiques et psychologiques, par exemple en provoquant un grave traumatisme, il est possible, par l'administration de drogues modifiant le champ de conscience, de provoquer, contre leur gré, une transe chez des sujets influençables et de prendre ainsi le contrôle de leurs pensées.

Il aurait eu encore beaucoup à révéler, mais ne disposait pas de la force nécessaire. À cause de la fatigue fébrile qui gagnait à présent ses cordes vocales, il ne bredouillait plus que des bribes de phrases.

— Toi aussi, tu peux...

— Je peux quoi ?

— Le faire.

— Faire quoi ?

Caspar serra le poing afin de s'enfoncer un morceau de verre encore plus profondément dans la chair. Cette vive douleur l'empêcha de sombrer.

— Ce n'est qu'une question de contexte. Regarde, je suis à ta merci. Plus tu m'injecteras du produit, plus il te sera facile de me briser.

Il toussa de nouveau, cette fois-ci parce qu'il s'était étouffé avec sa propre salive.

— Mais là, ça dure depuis plusieurs semaines ! s'écria Schadeck en frappant la table du poing. La première victime en est même morte. Je commence à croire que tu n'es pas médecin. Admettons qu'une séance d'hypnose tourne mal, le patient finit toujours par plonger dans un sommeil naturel. Les victimes se seraient réveillées d'elles-mêmes et il n'y aurait pas eu de cas mortel.

Si, je suis médecin.

Caspar en était convaincu, à présent. Les souvenirs se bousculaient. Il aurait même pu le prouver à Schadeck, s'ils s'étaient trouvés dans le bureau de Rassfeld. Ils y auraient consulté l'annuaire des psychiatres, la liste exhaustive des confrères du professeur. Il visualisait même son propre nom : *Dr Niclas Haberland, spécialiste en neuropsychiatrie et hypnose thérapeutique.*

— Tu as raison.

Il essaya de calmer Tom avant que ce dernier lui injecte encore plus de thiopental.

— Normalement, l'hypnose thérapeutique ne comporte aucun risque. Le pire qui puisse arriver, c'est la rupture du lien...

Caspar s'étonna que ces notions techniques lui reviennent aussi rapidement.

— ... quand le praticien n'arrive plus à communiquer avec son patient et que celui-ci ne réagit plus aux ordres. Oui, tu as raison sur ce point : il n'y a rien à faire à part attendre, puisqu'on finit toujours par se réveiller. Mais, dans ce cas, il s'agit de déconnexions involontaires. De séquelles dues à des négligences, de blessures survenues lors de spectacles d'hypnose, par exemple quand une femme dans le public est censée sauter sur scène à quatre pattes et en aboyant, mais tombe dans la fosse d'orchestre. Or jusqu'à aujourd'hui, personne ne s'est jamais penché sur les traumatismes volontairement infligés sous hypnose. Tu comprends ou pas ?

Caspar avait l'impression de chuchoter ses explications. En fait, il n'était même pas sûr de les avoir prononcées. Ses facultés de perception étaient presque réduites à néant. Il ne se contrôlait plus. Une situation paradoxale, alors qu'il se retrouvait à parler d'hypnose.

— Si quelqu'un a vraiment mis au point une méthode capable de plonger une personne volontairement et ce, pendant plusieurs semaines, dans un état léthargique, une méthode aux effets indésirables parfois mortels, nous ne lirons jamais rien à ce sujet dans les revues spécialisées. Tout simplement parce qu'il est formellement interdit de mener de telles expériences sur des êtres humains. Mais j'ai bien peur que cela soit justement en train d'arriver. Ici, dans cette clinique. Et nous sommes les cobayes.

Visiblement, Caspar venait de faire mouche. Tom réfléchissait, les mains croisées sur la nuque. L'hésitation se lisait dans son regard.

— Détache-moi, je t'en supplie, poursuivit Caspar. Je pense savoir comment guérir Sophia et nous sortir tous d'ici.

Assailli par le doute, Schadeck se mordit les lèvres et se passa la main dans les cheveux, tout en soupirant. Peu après, Caspar sentit l'ambulancier relâcher légèrement la pression sur son bras. La seringue avait repris sa place initiale sur la table à instruments, près du matériel d'autopsie.

— Au premier mouvement brusque, je te bute.

L'ambulancier était en train de libérer la main gauche de Caspar lorsque l'impensable se produisit : quelque part dans la clinique, un téléphone sonna.

3 h 09

— Non, n'y va pas !

Il cria, mais Schadeck se précipita dans le couloir sans même se retourner.

C'est un piège.

Caspar essaya une nouvelle fois de le prévenir. Sa voix lui fit hélas défaut.

Il s'appuya sur le bras gauche, désormais libre, se tourna sur le côté et s'affaira sur ses autres liens d'une main tremblante. Les couleurs autour de lui avaient changé, les sons également. Les martèlements du scanner résonnaient dans la pièce adjacente avec la régularité d'un morceau de musique techno. Puis ils gagnèrent en vitesse et recouvrirent la sonnerie du téléphone. Une sonnerie qui n'aurait jamais dû retentir. D'une part, la ligne était en dérangement, d'autre part, le son était trop aigu et trop proche.

En voulant se redresser, Caspar tomba par terre, s'étalant sur les dalles. Il entendit un craquement dans son épaule gauche et hurla. Il avait certes le cerveau embrumé, mais il ressentait encore parfaitement la douleur.

Il essaya alors de se mettre debout en prenant appui sur la table à instruments, mais la renversa. Alors qu'il s'apprêtait à ramasser un scalpel tombé juste devant son genou, il changea d'avis et saisit la seringue. S'il était amené à se défendre, une bonne injection agirait plus rapidement, même si la canule était presque vide.

Il s'appuya par mégarde sur sa jambe blessée, s'enfonçant par la même occasion des éclats de verre encore plus profondément dans le pied, poussa un nouveau cri et contourna la table de dissection en boitant. À quelques pas de là, la porte dansait devant ses yeux. Plus il s'en approchait, plus elle semblait s'éloigner.

Il perdit l'équilibre et força sur son pied blessé. Au moins, la douleur l'empêchait de sombrer.

Il était déchiré entre l'instinct de fuir avant que le Briseur d'âmes le rejoigne et l'envie de s'endormir pour ne plus jamais se réveiller.

Dormir...

Soudain, l'odeur de brûlé l'assaillit. Peut-être parce qu'il se trouvait à quelques mètres de la salle d'IRM, où il avait provoqué l'incendie.

Pourquoi Sophia ne sombre-t-elle pas tout simplement dans un profond sommeil ?

Caspar atteignit l'ascenseur tant bien que mal et appuya sur le bouton. Hors de question de remonter par les escaliers. Chaque marche représentait un obstacle insurmontable.

Il réfléchit, le front contre la porte. Il entendait nettement les pas rapides de Schadeck, juste au-dessus de lui, au rez-de-chaussée. Quant au téléphone, il avait cessé de sonner.

Tom a raison. Pourquoi les victimes ne se réveillent-elles pas d'elles-mêmes ? Et pourquoi on les retrouve toutes avec une devinette dans le creux de la main ?

L'ascenseur grinça, provoquant chez Caspar une autre réflexion.

Une minute...

La réponse paraissait tellement évidente qu'il eut d'abord du mal à y croire.

Torpeur. Léthargie. Évidemment.

Comment avons-nous pu être aussi aveugles ?

Le drame s'était noué là, sous leurs yeux : Sophia présentait tous les symptômes d'une patiente manipulée par un hypnotiseur sans scrupules.

Bruck lui avait certainement fait revivre un événement terrible de son passé. Sa plus grande peur, le plus grand traumatisme de sa vie. *Peut-être le jour où son ex-mari lui avait pris sa fille ?*

Puis le fou avait sciemment rompu le lien entre lui et Sophia, comme il l'avait fait avec ses victimes précédentes. De ce fait, Sophia ne réagissait plus qu'à des stimuli extérieurs et ne pouvait communiquer avec personne d'autre que lui.

Mais juste avant la dernière étape, l'étape décisive, Linus l'avait dérangé. Il s'était alors produit ce qui survenait normalement lors d'une séance d'hypnose ratée. Depuis, Sophia demeurait bloquée entre éveil et sommeil.

Caspar se remémora les battements de paupières de Sophia, ses gémissements, les rares moments où elle réagissait et dont elle profitait pour essayer de communiquer, avant de retomber en transe.

Et nous aurions pu la délivrer.

Un seul mot aurait suffi à briser cette spirale infernale et à annuler l'ordre post-hypnotique que le Briseur d'âmes avait implanté chez ses victimes pour que l'hypnose reprenne dès qu'elles ouvraient les yeux. Dès que la pupille entrait en contact avec la lumière.

Oh, mon Dieu.

Caspar tambourina contre la porte de l'ascenseur comme pour exhorter la cabine à descendre plus vite. Il leva la tête : rien, aucun chiffre ne s'allumait.

Reste l'escalier.

Il trébucha, se rattrapa *in extremis* à la rampe, puis entreprit de gravir les marches à cloche-pied.

Tout semblait limpide désormais. La solution de l'énigme était la solution de tout.

3h11

De sa main blessée, il exerça une pression sur son cœur, dont le rythme s'accélérait à chacun de ses pas.

— Tom ? hurla Caspar.

Il voulait confier ses nouvelles hypothèses à l'ambulancier. En priant pour qu'elles ne constituent pas une fausse piste.

En admettant que Caspar ait raison, il leur suffisait d'attendre que Sophia rouvre les yeux pour prononcer devant elle le mot « code », la solution de l'énigme. Si elle ne souffrait pas de séquelles psychiques trop graves, elle reprendrait le contrôle de sa conscience. Ou s'endormirait paisiblement.

— Tom ?

Toujours aucune réponse. Caspar s'était pourtant égosillé.

Il franchit enfin la dernière marche. Ses pieds ensanglantés imprimèrent leurs premières traces sur l'épaisse moquette crème du hall d'entrée. Puis il entendit la porte de l'ascenseur grincer derrière lui : elle s'ouvrait et se refermait sans arrêt, certainement à cause d'une cale en bois que Caspar hésita à aller retirer. Le fait que la cabine soit plongée dans le noir ne le rassurait guère. Et si le psychopathe le guettait dans un recoin, pour lui sauter à la gorge ? Sans compter que Caspar n'était armé que d'une seringue. Il valait mieux aller chercher de l'aide.

Où est Tom ?

Il s'engagea dans le couloir sombre qui menait à la bibliothèque.

Pourquoi la porte est-elle ouverte ?

La stupeur de Caspar ne fit que croître à la vue de la masse brillante qui sembla se matérialiser à quelques mètres de lui, reflétant le feu qui brûlait dans la cheminée de la salle à manger.

Il avança d'un pas et comprit aussitôt : le fauteuil de Sophia était renversé et abandonné dans le couloir. L'une des roues tournait encore.

3 h 12

Je suis Niclas Haberland.

Il stoppa le mouvement de la roue en posant l'index dessus et plissa les yeux.

— Sophia ? chuchota-t-il.

Il poussa du bout du pied la lourde porte en bois.

Je suis Niclas Haberland, spécialiste en neuropsychiatrie.

Il remuait les lèvres en silence et se répétait cette phrase tel un mantra, lui attribuant un pouvoir magique permettant d'éloigner la présence maléfique qu'il s'attendait à trouver dans la bibliothèque.

Je suis Niclas Haberland, spécialiste en neuropsychiatrie et hypnose thérapeutique.

Il serra la seringue plus fort, puis entra. Aperçut la silhouette devant la cheminée. Et ferma les yeux.

Je suis Niclas Haberland, spécialiste en neuropsychiatrie et hypnose thérapeutique. Et j'ai commis une erreur.

Lorsqu'il les rouvrit, elle était toujours là, assise sur une chaise à haut dossier, la peau aussi livide que les cendres refroidies dans l'âtre.

Le menton de Greta Kaminsky reposait sur sa poitrine. Sa main droite pendait dans le vide et la gauche était posée sur le ventre.

La vieille dame était raide et immobile, telle une poupée qu'un très léger courant d'air aurait suffi à faire basculer sur le côté.

Pendant quelques secondes, Caspar crut même la voir glisser de sa chaise et se cogner la tête sur le parquet avant de s'évaporer dans les airs, tel un nuage de poussière.

Il l'appela en murmurant et avança prudemment d'un pas. La poitrine de Greta se soulevait-elle réellement au rythme de sa respiration, ou n'était-ce qu'une illusion d'optique causée par les dernières flammes vacillantes derrière elle ?

Tom ? Yasmin ? Où êtes-vous ?

Il chercha un signe de vie chez la vieille dame, n'importe lequel : une veine qui palpitait, un frémissement qui parcourait ses lèvres violacées. N'importe lequel.

Une fois arrivé à une trentaine de centimètres de Greta, il s'agenouilla et posa la seringue sur le tapis, afin de ne pas la blesser. Il essaya de lui parler, puis les événements se précipitèrent. Qu'entendit-il en premier, le cri d'effroi ou le fracas métallique ? Comment parvint-il à se diriger aussi rapidement vers l'ascenseur, d'où provenaient les bruits d'une lutte acharnée ? Les portes laissaient à présent entrapercevoir le faisceau d'une petite lampe de poche pointée vers la loge de Bachmann, près de l'entrée de la clinique. Caspar s'arrêta. Le couloir était trop étroit et l'ascenseur encore trop éloigné pour qu'il puisse distinguer ce qui se passait dans la cabine. Mais il aperçut néanmoins les pieds et les jambes de Sophia dépasser de l'ascenseur. La partie supérieure de son corps se trouvait déjà à l'intérieur.

3 h 13
À l'extérieur de la clinique

La tempête ne faiblissait pas, au contraire : elle continuait à balayer tuiles, volets et câbles, bref, tous les éléments peu stables qu'elle trouvait sur son passage. Parfois, elle se calmait, comme pour reprendre son souffle, et recommençait de plus belle, tordant les antennes télé et déracinant les arbres. En parfaite complice, la neige recouvrait les dégâts de son blanc manteau et neutralisait les rares témoins de la scène.

Personne n'osait s'aventurer dehors. À moins d'y être contraint et forcé, à l'image de Mike Haffner.

— Le meilleur boulot du monde, mon cul ! grogna-t-il, seul dans son chasse-neige. Déneiger, tu parles...

Il le savait, il n'aurait jamais dû écouter Schwacke : ce pauvre drogué ne distinguait pas un joint d'un sifflet, alors lui faire confiance pour ce genre de plan...

« 2000 euros, lui avait promis Schwacke, et tu seras payé, qu'il neige ou pas. De toute façon, tu es comme moi, tu lis les journaux, non ? Réchauffement climatique, CO_2, effet de serre et tout, mon pote. Le jour où il neigera par chez nous en plein hiver, je rentre en cure de désintox. »

Haffner sortit son portable avec la ferme intention d'appeler son ancien copain de classe pour lui souhaiter un bon cancer des testicules. Non, mieux valait qu'il attrape une maladie plus virulente : le virus Ebola, par exemple. À cause de cet enfoiré, il avait démissionné d'une bonne place au vidéoclub et se retrouvait à travailler pour l'entreprise de déneigement F. A. Wurm.

« Même en pleine tempête, Wurm vroum », indiquait le slogan à l'arrière du véhicule. À en croire le coup de téléphone reçu vingt minutes auparavant, cette phrase était à prendre au pied de la lettre.

« Tant que tu n'as pas d'accident avec le chasse-neige, tu fais ton boulot, lui avait ordonné le patron. »

Et voilà qu'un vieux banlieusard l'appelait pour qu'il déblaie l'entrée de son garage.

Réseau inexistant.

Mike jeta son portable par terre et alluma la radio, qui ne fonctionnait que par intermittence. L'animateur, qui devait se trouver très drôle, avait demandé à ce qu'on diffuse « Sunshine Reggae ». À moins que le programmateur musical ne soit aussi débile que Schwacke. Haffner laissa tout de même la radio en marche. De toute façon, entre les pétarades du moteur diesel et les bourrasques de vent, la musique était à peine audible. Malgré la faible visibilité, il appuya sur l'accélérateur et tourna au coin d'une rue pavée. Avec ce temps de chien, il aurait dû rouler plus lentement, limitant par la même occasion les nuisances sonores de son véhicule. Mais puisqu'il se voyait dans l'obligation de travailler, autant ne pas se gêner pour troubler le sommeil de tous ces bourges.

Il accéléra de plus belle.

Nom de Dieu, Schwacke, tu vas m'entendre, se promit-il juste avant le premier choc.

Merde.

Un deuxième choc. Cette fois, plus de doute.

Pourvu que ce ne soit qu'un sac de feuilles mortes.

Haffner s'arrêta.

Ou une brique.

Il ouvrit brusquement la portière et manqua de tomber, assailli par la tempête.

Il faut vraiment être débile pour sortir se balader par un temps pareil.

Haffner ne croyait pas si bien dire.

— Nom de Dieu, t'es qui, toi ?

Il braqua sa lampe de poche sur un homme épuisé et à demi nu. Lorsque l'individu tendit ses mains bleuies vers lui, Haffner n'aurait su dire s'il tremblait de douleur ou de froid. Et impossible de comprendre ses hurlements.

— Sophuétient !

Du moins, ce baragouin n'était pas à la portée de Haffner.

3 h 15
À l'intérieur de la clinique

Caspar ignorait toujours quel plan précis suivait le Briseur d'âmes, mais il en connaissait la terrible issue.

Le psychopathe avait réussi à attirer Caspar et Schadeck hors de la salle d'autopsie. Les deux hommes, non contents de tomber dans le panneau, s'étaient également séparés. Bruck avait alors regagné discrètement l'ascenseur, dont il avait besoin pour emmener sa proie dans son antre. Au deuxième sous-sol. Dans le laboratoire. Là où on ne pouvait entrer qu'avec la clé de Rassfeld. Bruck s'en était emparé après avoir assassiné le directeur de la clinique et l'avait certainement déjà enclenchée dans la serrure, à côté du bouton « -2 ».

Caspar voulut en avoir le cœur net et s'approcha lentement de l'ascenseur. Il posait prudemment un pied devant l'autre, comme un enfant marchant en équilibre sur le bord d'un trottoir. Les jambes de son pantalon de pyjama bruissaient à chaque pas. Il s'arrêta un instant et se plaqua contre le mur. Il ne voyait toujours pas l'intérieur de la cabine, car la porte de gauche, à quelques mètres de là, butait toutes les cinq secondes contre les jambes de Sophia, avant de se rouvrir. Caspar entendit une respiration sifflante mêlée à un râle, puis les pieds de la psychiatre tressaillirent et son corps disparut encore d'un centimètre dans la cabine.

Caspar s'élança. Hors de question d'attendre davantage. S'il voulait sauver Sophia, il devait agir maintenant. Il se rua vers l'ascenseur tout en appelant Tom à l'aide de toutes ses forces.

La porte s'ouvrit, mais il ne s'arrêta pas de crier pour autant. Car il ne pouvait accepter le sinistre spectacle qui s'offrait à lui.

Bruck était agenouillé par terre, les bras autour du cou de Sophia, tel un chiropracteur sur le point d'effectuer une manipulation.

Ou de lui briser la nuque.

En tentant de déplacer le corps de Sophia, l'assassin avait laissé tomber la lampe de poche calée sous son aisselle gauche. Elle éclairait à présent le torse meurtri de Bruck, comme si ce dernier s'exhibait dans une mise en scène morbide. Il n'était plus que blessure. Son pansement arraché lui pendait autour du cou tel un châle, découvrant une plaie béante sous le larynx.

Lui-même semble brisé, remarqua Caspar.

Diminué, pas même en mesure de traîner un être humain. Et encore moins de l'achever. Le plus vivant chez Bruck, c'étaient ses yeux, qui réfléchissaient la lumière de la lampe dans un éclat fantomatique.

Sans prendre le temps d'évaluer les chances de s'en sortir et les risques qu'il courait, Caspar suivit sa première intuition et se rua dans l'ascenseur. La cabine pourvue de miroirs oscilla lorsqu'il se jeta de tout son poids sur Bruck, interrompant ainsi le cri émis par le Briseur d'âmes : *Sophiiiiiii...*

Caspar fut d'abord surpris par le peu de résistance que lui opposa son adversaire et crut même se battre d'égal à égal pendant quelques secondes. Deux hommes grièvement blessés jetaient leurs dernières forces dans la bataille, chacun galvanisé par l'espoir de vaincre l'autre. Mais Caspar se mit à saigner du nez : dans l'obscurité, il n'avait pas vu venir le coude de Bruck. La lampe de poche valsait entre leurs pieds au rythme de la bagarre, n'éclairant que partiellement la scène.

Furieux, Caspar réussit à poser la main sur le visage de Bruck, malgré les coups que ce dernier lui assénait dans le ventre. Puis il tourna le pouce vers la gorge, l'enfonça de deux centimètres dans la plaie béante de son adversaire et appuya jusqu'à ce que les propos incompréhensibles de Bruck se muent en hurlements.

Caspar sentit d'abord le tueur faiblir, avant qu'une douleur intolérable ne se propage de son bas-ventre jusqu'au reste de son corps. Il essaya d'éviter les croche-pieds de Bruck, en vain. Il se plia entre deux, se cogna le front contre la tête de Sophia et s'affaissa à ses côtés, tout en se protégeant le visage avec le bras, dans l'attente d'un nouveau coup. Mais Bruck tomba lui aussi à genoux. Il semblait sur le point de s'évanouir de douleur.

Caspar recula, tâtonna, toucha les jambes de Sophia et, par chance, effleura la lampe. Il s'en empara et la pointa en direction de son adversaire pour l'aveugler. Mais, l'espace d'un instant, la lumière se posa sur une chaussure de femme.

Une chaussure ?

Caspar se rendit alors compte qu'ils n'étaient pas seuls. En plus de lui-même, Bruck et Sophia, une quatrième personne se blottissait tout au fond de la cabine. Yasmin.

Elle saignait. Du moins, c'était la seule explication logique à cette tache sombre qui s'étalait sur sa blouse. Sur son buste, à l'endroit exact où était planté un objet effilé pourvu d'une poignée en caoutchouc.

Pas le temps. Pas le temps.

Caspar cracha le sang accumulé dans sa bouche, saisit Sophia par les genoux, se redressa et l'extirpa de la cabine en marchant à reculons, comme il aurait procédé avec un tapis. Ce faisant, il lui arracha une mèche de cheveux restée coincée sous le genou de Bruck, qui se tenait la gorge à deux mains. Lui aussi crachait du sang.

Le corps de Sophia était presque sorti dans le couloir lorsque ses jambes glissèrent entre les doigts ensanglantés de Caspar. Il ignora la douleur provenant de son entaille à la main, s'essuya la paume sur son torse brûlé, empoigna la psychiatre avec l'énergie du désespoir et se remit en route.

Bruck aussi se leva, titubant tel un boxeur frôlant le KO dans le dernier round. Visiblement trop épuisé pour repartir à l'assaut, il se contenta de rester là, debout, la bouche ouverte, une bulle de salive aux lèvres. Il tendit le bras, mais sa victime était déjà hors d'atteinte.

Gagné. La tête de Sophia heurta brutalement le seuil de l'ascenseur, signe que Caspar était parvenu à l'extirper entièrement de la cabine. Il entendit un grincement, puis un cri du Briseur d'âmes, qui cessa lorsque les portes se refermèrent.

La dernière chose qu'aperçut Caspar fut la jambe tordue de l'infirmière, qu'il n'avait pu secourir.

Il expira profondément et allongea Sophia par terre avec précaution, sans toutefois la lâcher. Avec le pouce, il lui effleura la plante des pieds et constata que ses orteils bougeaient. Il aurait tant voulu se réjouir de ce réflexe vital et s'endormir ici, au pied de l'escalier de la clinique Teufelsberg, sur la moquette du hall. Erreur fatale, il le savait très bien. Alors qu'il se sentait partir, il fut assailli par une violente quinte de toux et dut se redresser pour ne pas étouffer à cause du mélange de sang et de salive accumulés dans sa bouche.

Voyant son crachat atterrir en partie sur une paire de bottes noires, il leva la tête.

— Où tu étais passé ? haleta-t-il, à bout de forces.

— Je cherchais d'où venait cette sonnerie, répondit Tom. Ce connard a activé le rappel automatique et a branché le téléphone sur les haut-parleurs pour que nous l'entendions jusqu'au sous-sol.

Caspar hocha la tête. Il avait vu juste.

— Et il t'a fallu tout ce temps ?

— Non, j'ai également savouré le spectacle.

Tom s'esclaffa, sortit le pistolet paralysant pour la deuxième fois en une demi-heure et assomma Caspar d'un violent coup de crosse.

— Attends, Tarzan. Doucement, ça glisse, gronda-t-il sans grande conviction.

Le chien l'entraînait en avant. Que se passait-il ? Un bruit l'avait-il effrayé, ou Tarzan lui en voulait-il tout simplement de l'avoir laissé attaché aussi longtemps dans le froid ? Il avait dû se croire encore abandonné. Comme par son ancien maître, qui lui avait crevé un œil avant de l'enfermer avec les autres chiots dans l'épave de la voiture, les vouant ainsi à une mort certaine.

— Je sais, moi aussi, j'ai hâte de partir d'ici..., cria-t-il à l'attention du jeune animal.

Le chien avait certainement flairé une piste, peut-être celle d'un renard ou d'un sanglier. Ces animaux laissaient derrière eux une odeur de bouillon ou de vieux saindoux, il l'avait appris au cours de leurs nombreuses balades en forêt. Une odeur qui persistait parfois dans l'atmosphère plusieurs heures après leur passage. Mais près de l'entrée de la clinique, rien. Il sentait plutôt le papier brûlé et le charbon de bois : normal, vu le nombre de cheminées dont était pourvue l'imposante villa située juste derrière lui.

— Attends...

Il hésita à lâcher son chien, car plus ils descendaient la pente, plus le chemin devenait difficilement praticable. La neige fraîchement tombée avait recouvert l'asphalte verglacé, et le gardien n'avait pas pu saler à temps. Il avait attendu son départ exprès, et tout ça pour rien.

Il tâta la poche de son manteau, désormais vide. Son contenu avait été réduit en cendres juste devant ses yeux. Le chagrin, avec son cortège de douleur et de mélancolie, s'élevait devant lui tel un mur infranchissable. Tout ça en vain. Tout ça pour rien. Il avait tenté sa chance une dernière fois et essuyé un refus. Un refus cependant prévisible. Et il se retrouvait là, sur la route, incapable de bouger, incapable de raser les remparts de la dépression qui l'empêchait de reprendre une vie normale.

Son bras se tendit en avant sous l'impulsion de Tarzan sans que le reste de son corps suive. Figé. Gelé, à l'image des branches des sapins qui menaçaient de céder sous le poids de la neige. Il tituba et se raidit face à la force déployée par le chien. Puis… il perçut une sorte de gargouillis. Lorsqu'il tomba, tout son environnement se mit à bouillonner comme du lait s'échappant d'une casserole. Un bruit auquel se mêla un chuchotement. Il fut pris de vertige, entendit un craquement de branches, vit les arbres sous un angle complètement différent et sentit le chien tirer de plus belle sur la laisse enroulée autour de son poignet. Puis un nouveau craquement, alors qu'aucune branche ne s'était brisée. Le gargouillis redoubla d'intensité ainsi que le chuchotement, qui se muait peu à peu en une voix claire, légèrement déformée et lointaine.

Puis une cassure : il comprit qu'il s'était ouvert le crâne. Juste avant l'apparition des flammes. Elles ne provenaient pas du tableau de bord, contrairement au jour où tout avait commencé, mais de la cheminée où les branches se consumaient. La fumée était aspirée vers le haut par un vent glacial. Enfin, il entendit une voix métallique et méconnaissable, mais désormais forte et distincte.

— Elle est à toi, dit-elle. Va la chercher.

3 h 20

Caspar tenta d'ouvrir les yeux, dans l'espoir de mettre fin à ce cauchemar. En vain, car il avait déjà repris connaissance. Le feu qu'il fixait depuis longtemps déjà existait pour de bon, et les mots qui lui parvenaient étaient tout aussi réels.

— Va la chercher !

La voix de Tom résonnait dans le haut-parleur situé juste au-dessus de sa tête.

Tom ? Nom de Dieu, mais qu'est-ce qu'il fait là-bas ?

Caspar essaya sans succès de se lever de sa chaise. Son cerveau, durement éprouvé par les tortures et les violences des dernières heures, n'était plus en mesure d'accomplir les gestes les plus simples.

Il avait failli périr au cours d'un incendie pour ensuite être anesthésié contre son gré, et, en plus de ses coupures aux mains et aux pieds, Bruck lui avait probablement cassé le nez. Quant aux nausées et à la migraine, il les devait certainement au traumatisme crânien causé par Schadeck. Enfin, l'ambulancier lui avait attaché les mains au dossier de la chaise avec une ceinture de peignoir. Une précaution superflue, puisque Caspar n'aurait même pas eu la force de bouger un doigt.

— Elle est à toi, Bruck. J'ai déposé Sophia dans le hall.

Il y eut un léger larsen, le temps que Schadeck relâche le bouton « ON » qui lui permettait de parler dans le micro.

Oh, mon Dieu. Il veut la sacrifier.

Les paroles de Schadeck le glacèrent. Ironie du sort, les flammes baissèrent d'intensité, et une épaisse fumée envahit la bibliothèque.

Caspar, les yeux embués de larmes, pria pour que les bourrasques de vent dans la cheminée se calment, elles aussi.

— Tu veux l'avoir ? Tu l'auras. Considère cela comme un cadeau de Noël, Bruck. Tu prends la psy, tu en fais ce que tu veux, mais tu fous le camp. On conclut un marché, d'accord ?

En tentant une nouvelle fois de se redresser, Caspar faillit tomber dans la cheminée. Il était en nage.

— Prends aussi les autres, tant que tu y es. Ils sont dans la bibliothèque, là où tu as poignardé Yasmin. La petite vieille est toujours en vie.

Caspar tourna la tête : effectivement, Greta avait légèrement changé de position et fermé la bouche.

— Quant à l'autre taré, je l'ai ligoté. Tu vois, je t'ai mâché le travail. Va les chercher, ou barre-toi juste avec Sophia. Peu importe, du moment que...

Schadeck s'interrompit au beau milieu de sa phrase mais continua à appuyer sur le bouton.

— Merde, non... Mais qu'est-ce...

Peu après, Caspar entendit une sorte de claquement sec.

Et deux secondes plus tard, un grésillement, suivi d'un hurlement qui se propagea dans toute la clinique. Ainsi que dans la tête bourdonnante de Caspar.

Tu es bête, Schadeck. Mais à un point...

Qu'avait dit Bachmann ? Que seules deux pièces étaient équipées d'un micro ? L'ambulancier s'était jeté dans la gueule du loup. Une question demeurait en suspens : Bruck l'avait-il neutralisé avant ou après avoir rejoint Sophia ?

Une seule chose est sûre, c'est que...

Caspar tira sur ses liens, tout en gardant les yeux rivés sur la porte entrouverte qui donnait sur le couloir. Schadeck en avait malheureusement gardé la clé, qui aurait empêché le psychopathe d'entrer.

... Bruck ne va pas tarder à arriver !

Quelques secondes seulement s'écoulèrent avant que des chuintements de pas traînants dans le couloir lui donnent raison.

Fumée.

Livres.

Greta.

Alors qu'il cherchait un moyen d'éviter l'inéluctable, son cerveau semblait s'être mis en veille. Caspar ne pensait plus qu'en mots isolés, tandis qu'il parcourait la bibliothèque des yeux.

Devinettes.

Bruck.

Greta.

Livres.

Il se rendit vaguement compte que les bruits de pas dans le couloir s'étaient interrompus durant quelques secondes, puis son instinct de survie puisa dans ses dernières ressources. Caspar regarda le feu, repensa à la voiture dans laquelle il avait failli brûler vif et se dit que cette mort aurait été plus douce. Lorsqu'il ferma les yeux, une image surgit, celle d'une montre posée sur le tableau de bord en feu, indiquant à Caspar le temps qu'il lui restait à vivre. Et l'aiguille était déjà dans le rouge.

Rouge feu.

Voilà. Sa dernière chance.

Cheminée.

Fumée.

Feu !

Caspar renonça à desserrer la ceinture du peignoir en roulant des épaules, et pesa de tout son poids sur la chaise afin de se rapprocher de la cheminée. Des flammes.

Le feu. Je dois arriver jusqu'au...

Il réussit à pencher sur le côté, une fois, puis deux. Puis il finit par perdre l'équilibre et bascula lentement à terre. En tombant, l'épaule qu'il s'était déboîtée dans la salle d'autopsie se rappela à son douloureux souvenir. Au niveau de la tête, sa chute fut légèrement amortie par un petit tas de cendres froides qui étouffa son cri de souffrance.

Je dois arriver jusqu'au feu, répétait-il dans une sorte de transe muette. Encore et encore.

Pour l'instant, il était toujours ligoté à la chaise, elle-même de travers et beaucoup trop loin des flammes. Mais, au moins, il disposait d'une meilleure vue sur la porte, qui n'avait pas bougé d'un millimètre. Tout n'était pas encore perdu. Il tendit les jambes et fit tomber le serviteur de cheminée. La chaleur qui montait dans son dos lui indiqua qu'il se rapprochait peu à peu de son objectif.

Il s'appuya de toutes ses forces contre le dossier de la chaise. Soudain, une douleur le saisit. Caspar n'avait poussé un tel hurlement qu'une seule fois dans sa vie, le jour où il avait failli mourir brûlé vif dans sa voiture. À présent, les flammes semblaient flairer une seconde chance d'achever le travail commencé jadis. Cette fois-ci, elles ne s'attaquèrent pas à son torse, mais à la partie supérieure de ses bras, dont elles mordaient la chair, pareilles à des lames de rasoir.

Il y était presque.

Presque. Plus qu'un tout petit centimètre, et les flammes s'attaqueraient non seulement à ses poignets, mais surtout à la ceinture qui les maintenait attachés.

Caspar cria une dernière fois, puis serra les dents. Il crut sentir, en plus de l'odeur âcre de chair calcinée, celle des fibres de coton en train de roussir.

Effectivement, la ceinture devint plus lâche.

À moins que ce soit mon imagination ? Et si la douleur me rendait complètement fou ?

Il écarta les bras au maximum afin d'offrir aux flammes une plus grande surface d'attaque.

Est-ce qu'elle se desserre ? Je crois...

Oui ?
Non ?

Oui ?
Non ?
Trop tard.

Il retira les bras du feu et se tourna vers la porte. Elle était ouverte. Bien plus qu'avant. Lorsqu'un courant d'air parcourut la pièce, il ne put détourner le regard du Briseur d'âmes, qui pénétrait dans la bibliothèque.

03 h 25

Caspar s'écarta de la fournaise et baissa la tête. Ses poignets étaient effectivement bien plus mobiles, mais à quoi bon, maintenant ?

Il n'était absolument pas en mesure de livrer un deuxième combat.

Il ouvrit la main, fouilla le tas de cendres derrière lui et attrapa un petit bout de charbon. Mais il était brûlant, et Caspar le lâcha aussitôt. Tout cela ne le mènerait à rien.

De là où il se trouvait, les mains toujours attachées dans le dos, impossible de jeter quoi que ce soit à la figure de Bruck. Et quand bien même il le pourrait ?

Nous aurions dû nous échapper en escaladant le conduit de la cheminée.

Mais, une fois en haut, ils seraient certainement tombés sur une grille fermée à double tour. Peu importe. De telles réflexions n'étaient plus d'aucune utilité. Le psychopathe se trouvait à présent à cinq pas de sa proie ligotée. De Caspar.

Bruck, qui respirait toujours avec difficulté à cause de sa blessure à la gorge, avança la jambe et fit jouer un objet étincelant de sa main droite à sa main gauche.

Encore quatre pas.

Un couteau ? Une paire de ciseaux ?

Dans cette lumière trop changeante, privé de ses lentilles de contact, Caspar ne voyait pas. Probablement un scalpel que Bruck s'était procuré dans la réserve. Peut-être le même qui avait servi à neutraliser Schadeck.

Encore trois pas.

Caspar gigotait dans tous les sens par terre, comme une araignée à qui l'on aurait arraché une patte. Il espéra un miracle, pria pour que Greta reprenne connaissance, pour qu'elle se lève et qu'elle assomme son agresseur avec la pelle. Mais, du coin de l'œil, il constata qu'elle était toujours inerte sur sa chaise, ses pieds ne touchant même pas par terre. À au moins trois mètres de lui, soit un véritable gouffre.

Alors qu'il s'apprêtait à appeler au secours, curieusement, la fumée dans ses poumons lui rappela qu'il valait mieux crier « au feu » en cas d'agression, car les gens qui entendaient appeler à l'aide préféraient souvent passer leur chemin. Cette pensée aurait pu lui arracher un sourire dans un autre contexte, s'il ne s'était pas retrouvé nez à nez avec la mort.

Encore deux pas.

Au moment où il comprit que Bruck tenait bien un scalpel à la main, à la seconde même où sa douleur fut submergée par une dernière vague de panique, juste à cet instant, le Briseur d'âmes esquissa quelques pas de danse.

3h26

Il sembla à Caspar que cette danse de mort, ce ballet horrifique exécuté par un psychopathe débraillé se déroulait au ralenti, mais la scène ne dura en réalité que quelques secondes.

Bruck commença par ouvrir lentement la bouche. Sa jambe gauche se mit à trembler, puis il leva le pied tout en essayant de garder l'équilibre avec les bras, en vain.

Ensuite, il se plia en deux, tendit un bras en l'air et porta l'autre à son pied.

Bruck se retourna comme pour mieux montrer sa jambe presque imberbe, et Caspar l'aperçut.

Ce n'est pas possible. Seigneur...

La seringue.

Mais oui, je l'ai posée par terre au moment d'examiner Greta !

Caspar n'en revenait pas. Alors qu'une demi-heure auparavant, Schadeck s'en servait pour le torturer, le Briseur d'âmes avait marché sur le tube en plastique et s'était enfoncé l'aiguille dans le pied. S'il n'avait pas traîné la jambe pour se mouvoir, la seringue serait certainement restée plantée dans le gros orteil ou aurait rencontré un os. Mais l'aiguille avait pénétré dans la chair jusqu'à sa base, et le piston s'était actionné sous le poids de Bruck.

D'où la danse. D'où les tremblements.

Bruck avait essayé de retirer la seringue, mais il était déjà trop tard. Le thiopental agissait toujours très rapidement, et le forcené présentait un état de faiblesse tel que l'anesthésie avait été effective au bout de quelques secondes.

Les yeux de Bruck, d'abord écarquillés, se révulsèrent, et le psychopathe bascula en avant.

Tombant à plat ventre sur Caspar, il le coinça sous son propre corps.

Caspar entendit craquer ses côtes, puis le dossier de la chaise. Il n'arrivait plus à respirer. Un sentiment de claustrophobie vint s'ajouter à son angoisse de mourir.

Et maintenant ? Qu'est-ce que je dois faire ?

La seringue n'était qu'à moitié vide et le reste du produit probablement un peu éventé, par conséquent Bruck se réveillerait dans quelques minutes, tout au plus. Quant à Caspar, il se retrouvait doublement prisonnier, et le poids de son agresseur semblait s'alourdir à chaque nouvelle respiration.

Le scalpel, tombé beaucoup trop près du feu, était hors d'atteinte.

Sans oublier que je ne suis pas magicien. Je suis Niclas Haberland, spécialiste en neuropsychiatrie et hypnose thérapeutique. Et j'ai commis une erreur.

Il retint son souffle, tendit les jambes autant que le corps de Bruck le permettait et chercha un objet pouvant servir de levier.

Crac.

Ce nouveau craquement n'était pas celui d'une bûche ni d'une côte cassée. Il s'agissait de la chaise, qui commençait à ployer sous la masse des deux hommes.

Caspar était toujours ligoté, mais dans sa chute, le dossier avait commencé à se déboîter de l'assise.

Il retendit lentement les jambes jusqu'à atteindre le ventre de Bruck, à présent recroquevillé sur lui-même, et entreprit de le soulever afin de se dégager. La manœuvre réussit du premier coup. Heureusement d'ailleurs, car s'il avait dû réitérer l'effort, les forces lui auraient certainement manqué, et il se serait assoupi sous Bruck.

Puis Caspar poussa fermement contre le sol avec ses pieds et essaya de reculer, parallèlement à la cheminée. N'obtenant pas le résultat souhaité, il tenta une manœuvre aussi différente que désespérée. Il bascula sur le côté et s'appuya une fois de plus de tout son poids sur son épaule blessée. Une roulade suffit à briser entièrement le dossier et à le désolidariser de l'assise. Hormis ses mains toujours entravées, Caspar était libre.

Libre de ses mouvements, libre de se lever et de se débarrasser des vestiges encombrants de la chaise. Pourtant il n'avait qu'une envie, fermer les yeux. Dormir, profiter d'un rêve pour échapper à cette terrible réalité. À l'image de Bruck, allongé en chien de fusil.

Mais pour combien de temps encore ? Dix minutes ? Cinq ?

Il ferma les yeux. Il ne pouvait respirer que par à-coups, au même rythme que le scanner. Situé au sous-sol. Là où elle se trouvait certainement. Seule. À l'agonie.

Il essaya de visualiser Sophia. La psychiatre s'était montrée si gentille lorsqu'il avait eu besoin d'elle pour se retrouver lui-même et pour retrouver sa fille. Maintenant qu'il avait assemblé quelques pièces du puzzle, il savait que la fillette et Sophia étaient encore plus perdues qu'il ne l'avait jamais été. Perdues en elles-mêmes, prisonnières de leur propre corps. Ses tourments lui paraissaient maintenant bien dérisoires comparés aux souffrances endurées par ses compagnons.

Yasmin, Sybille, Bachmann, M. Ed, Linus, Rassfeld... Sophia.

Il ferma une nouvelle fois les yeux afin de garder cette image le plus longtemps possible en lui. L'image d'une jeune femme fragile qui n'avait désormais plus qu'une seule chance, aussi infime fût-elle : lui.

Conscient de se lancer dans une bataille perdue d'avance, Caspar ouvrit les yeux et se redressa. Deux minutes plus tard, une fois ses poignets libérés, il se leva. Il devait sauver Sophia, et donc lui-même par la même occasion.

3 h 29

On prétend que l'homme ne révèle sa véritable nature que dans des situations extrêmes. Des situations dans lesquelles il lui est impossible d'agir conformément aux préceptes inculqués par les parents, l'école et autres figures d'autorité, fruit de décennies de conditionnement. Une crise est comparable à un économe bien aiguisé qui épluche la peau d'un fruit et en révèle l'intérieur. L'état primitif, où la survie importe bien plus que la morale. Si cette théorie était avérée, Caspar fut pour le moins surpris par sa propre faiblesse. Car il ne put se résoudre à tuer Bruck, même si cela semblait la meilleure issue. Il s'agissait même d'une question de vie ou de mort, et une telle occasion ne se présenterait sans doute pas deux fois.

Caspar regarda tour à tour l'homme inconscient allongé à ses pieds, et le scalpel qu'il venait de ramasser. Il essaya de prendre sur lui et de lui trancher la gorge, ou au moins de lui ouvrir les veines, mais rien à faire. Il était incapable d'assassiner Bruck, même avec la meilleure volonté du monde.

Il se détourna, boita jusqu'à la chaise de Greta et tenta de se persuader que, de toute façon, il ne disposait pas de la force physique nécessaire pour tuer le Briseur d'âmes. Il n'était cependant pas dupe : il n'avait encore jamais tué ni blessé intentionnellement quiconque auparavant. Cela dit, les décisions qu'il prenait semblaient parfois avoir elles aussi des conséquences fatales.

Je suis Niclas Haberland. Et j'ai commis une erreur.

Greta respirait faiblement, la bouche entrouverte et les paupières battantes. Elle bougeait doucement les doigts sur ses genoux, au rythme d'une mélodie qui semblait bercer son sommeil artificiel. Un chiffon blanc était posé sur sa poitrine, comme un bavoir qui aurait rétréci au lavage. Nul besoin de le sentir pour deviner de quoi il était imbibé.

Mais pourquoi ? Pourquoi Bruck ne s'en tient-il pas à sa méthode initiale ? Pourquoi tuer Rassfeld et se contenter d'endormir Greta avec du chloroforme ? Et pourquoi ne pas achever Sophia ?

Caspar fit basculer la chaise en arrière. Greta laissa échapper un grognement et pencha la tête dangereusement sur le côté. Heureusement, la vieille dame ne tomba pas par terre, sans quoi Caspar ne serait jamais parvenu à l'évacuer de la bibliothèque. Elle ne pesait pas bien lourd, mais les pieds de la chaise creusèrent tout de même de légers sillons dans le vieux parquet, tandis qu'il la tirait hors de la pièce.

Et maintenant ?

L'épaisse moquette du couloir offrait une résistance nettement supérieure, aussi Caspar ne put-il continuer à traîner la chaise plus longtemps sans reprendre son souffle. En nage, il s'appuya contre le mur derrière lequel se trouvait le garde-manger, théâtre de la rencontre fatale entre Sybille et Bruck. Le crépitement du feu attisé par le vent se faisant plus discret dans le couloir, Caspar entendit les martèlements du scanner, un étage plus bas.

Clac. Clac. Clac.

Les ondes magnétiques, semblables à des coups de pistolet, lui parvenaient par l'escalier qui menait au sous-sol avec la régularité d'un coucou suisse.

Une demi-seringue de thiopental éventé. Encore combien de temps ?

Il empoigna Greta par les bras et la souleva. La vieille dame ne portant qu'un peignoir en soie, il n'eut aucune difficulté à la traîner jusqu'au garde-manger.

Dieu soit loué.

Contrairement à la clé de la bibliothèque, celle du garde-manger se trouvait dans la serrure. Ce fut seulement en verrouillant la porte que Caspar remarqua qu'il tremblait de la tête aux pieds. Contrairement à Sophia, il disposait encore de son libre arbitre, mais c'était bien la seule différence entre eux. Pour l'instant, il ne pouvait même pas appeler à l'aide. Il avait bien fait d'employer ses dernières forces pour cacher Greta en lieu sûr. Bruck était trop lourd, Caspar n'aurait jamais pu le transporter.

Continuer. Je dois continuer.

Caspar essaya à tout hasard de verrouiller la bibliothèque avec la clé du garde-manger. Sans succès, évidemment. Il pouvait déjà s'estimer heureux que le Briseur d'âmes ait marché sur la seringue.

Clac. Clac.

Où?

Il avait l'impression d'être un coureur déshydraté parcourant les derniers kilomètres d'un marathon, mais dont la ligne d'arrivée, qui devait être franchie au terme d'un sprint sans merci, s'éloignait de plus en plus. Il continua à longer le couloir jusqu'au hall d'entrée, toujours plongé dans la pénombre. Il le balaya du regard, mais impossible de distinguer quoi que ce soit: aucune trace du passage d'un fauteuil roulant sur la moquette, et surtout, aucune trace de Sophia. Si Schadeck l'avait vraiment livrée à Bruck en guise d'offrande, ce dernier était déjà passé la chercher.

Alors, où se trouve-t-elle?

Clac. Clac. Clac.

Il regarda au loin et, de ses deux index, tira ses sourcils en arrière afin de modifier le point focal de ses pupilles. Même avec des lentilles de contact, il n'aurait pas pu apercevoir ce qui se trouvait à l'autre extrémité du couloir, car un épais voile de fumée et de larmes lui brouillait la vue. Juste derrière la fontaine à eau, il crut néanmoins distinguer une lumière provenant d'une porte entrouverte. Celle du bureau de Rassfeld.

Caspar hésita: aurait-il la force de se traîner jusque là-bas?

Et surtout, pour quoi faire? Pour se retrouver nez à nez avec Schadeck, qui s'était probablement vidé de son sang? Pour savoir quels instruments de torture Bruck avait dérobés dans la réserve avant de récupérer Sophia puis de regagner la bibliothèque? Caspar en avait déjà récupéré un: le scalpel.

Clac. Clac.

Il se retourna instinctivement et avisa l'intérieur de la cabine d'ascenseur. Son premier réflexe fut de s'enfuir à la vue de la silhouette étrangement familière qui le guettait dans l'obscurité.

Encore groggy, Caspar dut lever la main avant de comprendre qu'il s'agissait en réalité de son propre reflet.

Clac.

En avançant, il trébucha, tomba tête la première dans la cabine de l'ascenseur, entendit un craquement et ressentit une vive douleur au gros orteil. Il venait certainement de marcher sur les débris d'une ampoule.

Clac.

Une clé argentée, toujours attachée au trousseau de Rassfeld, était enclenchée dans la serrure à côté du bouton « -2 ». Caspar sentit les larmes lui monter aux yeux en découvrant ce que le psychopathe y avait ajouté : devant lui, le collier de Sophia, qui oscillait tel le pendule d'un hypnotiseur, heurtait par intermittence la paroi de laiton.

Le pendentif. Il considère le bijou de Sophia comme un trophée. Non...

Caspar se reprit.

Ce n'est pas un trophée, c'est un indice. En lieu et place de la devinette.

De ses doigts moites, il s'empara de la chaîne.

Très bien. De toute façon, il est trop tard pour faire machine arrière.

Il tendit le bras et appuya sur le bouton « -2 ». Une fois les portes refermées, il se trouva plongé dans l'obscurité la plus totale.

3h31

Tandis qu'il s'approchait du cœur de la Peur, Caspar s'interrogea sur son rapport à la religion. S'il s'était déjà rendu à la messe, cela remontait à longtemps, car aucune prière ne lui revint en mémoire.

Il exerça une légère pression sur ses globes oculaires afin de stimuler ses nerfs optiques. D'habitude, ce geste provoquait des flashes kaléidoscopiques aux couleurs de l'arc-en-ciel, qui dansaient devant sa rétine. Mais là, rien à faire, ses yeux ne réagirent pas. En revanche, Caspar fut la victime d'une autre hallucination : la cabine de l'ascenseur semblait tourner sur elle-même, perturbant ainsi sa circulation sanguine et privant son oreille interne de repères. Il avait l'impression de décrire des cercles sur lui-même, alors que son corps ne bougeait pas d'un pouce.

Une demi-seringue au contenu bien éventé.

Tout en luttant contre le vertige, Caspar réfléchit : Bruck était certainement en train de reprendre connaissance. Bizarrement, il n'eut aucun mal à accepter l'idée qu'au même moment, le Briseur d'âmes se cramponnait peut-être aux pieds de la table afin de se relever.

Tant que je reste dans l'ascenseur, je ne crains rien.

Dans un bref accès de confusion, Caspar crut même ne jamais en sortir. Chaque seconde qui passait le renforçait dans la certitude que la cabine ne s'arrêterait jamais, qu'elle descendrait éternellement le long d'un puits sans fond, où régnaient la chaleur et l'obscurité.

Il sursauta d'autant plus lorsqu'une lumière blafarde l'aveugla. Les portes s'étaient ouvertes.

Niveau « -2 ».

Il était arrivé là où il aurait préféré ne jamais aller.

Il avança.

Toc. Clac. Toc. Clac.

Le laboratoire, parfaitement éclairé, devait être raccordé à l'étage supérieur par le système de ventilation, car le bruit du scanner lui parvenait encore plus distinctement qu'au rez-de-chaussée. Toutefois, les coups monotones qui provenaient de la salle IRM étaient quelque peu étouffés, comme filtrés par une isolation acoustique.

Il plaça la main en visière afin de se protéger de la lumière du plafonnier, qui éclairait les murs nus et kaki à la façon d'un projecteur.

Toc. Clac. Toc. Clac.

Les oreilles de Caspar avaient désormais assimilé les martèlements menaçants du scanner à une nuisance sonore inévitable. Malgré la fatigue, son esprit avait réussi à isoler ce bruit hypnotisant derrière une sorte de rempart, dans la région postérieure du cerveau. Hélas, Caspar ne put réagir de même avec les cris étouffés, presque bestiaux, qui parvenaient de l'arrière-salle du laboratoire.

3 h 32

Il était en proie à un terrible dilemme. Deux forces avaient décidé de s'affronter une dernière fois, et cet ultime combat aurait lieu à l'intérieur de lui-même. L'une le tirait en arrière, lui conseillant de prendre la fuite, l'autre le poussait en avant, l'incitant à libérer Sophia. Il restait là, inerte, spectateur extérieur de ses pulsions contradictoires.

À quelques mètres de là, devant la porte vitrée qui séparait la petite arrière-salle du laboratoire, Sophia était affalée dans son fauteuil roulant.

Des appâts, comprit Caspar. *D'abord la clé, ensuite la psychiatre. Et moi, je mords à l'hameçon.*

La porte vitrée située derrière Sophia devait être blindée, car aussi bien les tambourinements désespérés que les violents coups de pied contre la porte ne lui parvenaient que comme des toc-toc discrets. Quelqu'un se trouvait enfermé et semblait vouloir s'échapper, mais Caspar ne distinguait rien.

Il s'approcha de Sophia, sans même remarquer que son instinct de conservation était sur le point de déclarer forfait. L'autre pulsion avait gagné...

Sophia. Il voulait la sauver. Ne serait-ce que pour rattraper une erreur dont il se souvenait à peine.

Les yeux de la psychiatre étaient clos et sa tête reposait contre le tisonnier de la bibliothèque, toujours coincé à l'arrière du fauteuil. La poche de perfusion avait certainement été arrachée par Bruck lors de l'agression, car le tuyau en plastique pendait dans le vide, aussi inerte que le bras de Sophia. Aucun doute, la jeune femme flottait dans un autre monde, un monde peut-être plus heureux. En tout cas, elle ne semblait pas consciente du drame qui se jouait derrière elle.

Ils veulent que je les sorte de là. Dieu du ciel, mais qu'est-ce que Bruck a en tête ?

Une main se plaqua contre la porte vitrée, comblant les irrégularités du verre dépoli avec un mélange de sang et de morceaux de chair.

Caspar ne voyait pas nettement, mais cette main lui paraissait puissante. Comme celle de...

Bachmann ?

Puis une masse sombre se colla à la vitre, au niveau du genou du gardien. On aurait dit une...

Caspar écarta les cheveux trempés de sueur qui lui tombaient sur le front.

... une langue ?

Non. Une truffe.

M. Ed, Bachmann. Mon Dieu, ils sont en vie...

Juste à ce moment-là, comme pour le rendre encore plus fou, les deux silhouettes s'évanouirent et les tambourinements cessèrent.

Quel sort leur réserve Bruck ? Pourquoi les avoir enfermés dans le laboratoire ?

Une autre pensée lui traversa l'esprit.

Une erreur. J'ai commis une erreur. Autrefois, certes, mais aujourd'hui aussi. À l'instant. J'ai...

Il avança d'un pas pour reculer aussitôt, terrifié.

La vitre trembla. Une fois, puis deux, certainement sous les assauts de Bachmann. Sans résultat. Les charnières renforcées bougeaient encore moins que le verre blindé.

Un détail m'a échappé.

Il baissa la poignée.

Rien, comme il s'y attendait.

Bruck les avait barricadés, mais Caspar ne voyait aucune serrure.

Forcément.

Rassfeld avait imaginé un moyen bien plus sophistiqué d'interdire l'accès aux personnes non autorisées. Impossible d'entrer dans le laboratoire à moins d'être muni d'un badge, que le Briseur d'âmes avait dû subtiliser au directeur de la clinique. En effet, à droite de la porte se trouvait un boîtier métallique noir pourvu d'un clavier semblable à celui d'un distributeur automatique de billets.

Le code. Évidemment.

Si Sophia connaissait le code permettant de désactiver le sarcophage, elle connaissait certainement celui de cette porte. Il s'agissait peut-être du même. Il lui fallait à tout prix trouver la combinaison afin de libérer ses compagnons avant le retour de leur bourreau.

Mais pour cela, je dois...

Caspar fit pivoter Sophia vers lui et sursauta à la vue des petites gouttes de sang qui lui coulaient du nez.

Lorsqu'il lui souleva la paupière gauche, son œil bougea, un signe encourageant au vu des circonstances. Cette réaction pouvait signifier que Sophia s'apprêtait à briser la spirale infernale de la léthargie. Et Caspar pourrait peut-être la libérer de cet état hypnotique en annulant l'ordre que ce psychopathe de Bruck avait implanté dans son cerveau.

Pouvait. Peut-être. Éventuellement. Il répéta silencieusement ces mots en imitant la voix de Tom.

— Sophia, tu m'entends ?

Il était spontanément passé au tutoiement. Il lui saisit les poignets et les lui massa.

— Il faut que tu te réveilles, tu comprends ? Concentre-toi sur moi. C'est toi, la clé.

La clé ! Oh non !

Il lâcha les poignets de Sophia et se retourna très lentement vers l'ascenseur. Théâtre d'une faute irréparable.

Tant que je reste dans l'ascenseur, je ne crains rien.

Quelques secondes auparavant, il avait laissé la clé enclenchée dans la cabine afin que les portes restent ouvertes.

Voilà ce qui m'a échappé.

Caspar se précipita et se retrouva face à lui-même. Sauf que, cette fois-ci, il ne se reflétait pas dans le miroir de la cabine, mais sur les portes en aluminium déjà refermées. Le Briseur d'âmes avait appelé l'ascenseur.

3 h 34

Les convulsions de Sophia débutèrent à la seconde où l'ascenseur entama son ascension. La psychiatre, telle une épileptique, tremblait si fort que son fauteuil craquait sous elle. Quant à Caspar, il avait perdu la notion du temps. Il ne savait pas dans combien de temps l'ascenseur arriverait au deuxième sous-sol, mais son bourreau serait bientôt là.

Il retint son souffle, comme pour ralentir le cours du temps et repousser l'inéluctable.

Boum.

Les malheureux prisonniers du laboratoire se jetèrent à nouveau contre la porte. Ils avaient beau s'époumoner, leurs cris étaient quasiment inaudibles derrière le blindage. De son côté, Sophia s'agitait dans tous les sens, en proie à des spasmes de plus en plus violents. La tête rejetée en arrière et le haut du corps complètement tordu, elle se cramponnait aux poignées en plastique de son fauteuil, comme pour échapper à une noyade imaginaire. Sa blouse tachée de transpiration, de poussière, de sang et de sérum physiologique glissa, découvrant l'une de ses épaules. Puis elle se cogna la tête contre le tisonnier dans un bruit semblable à deux boules de billard s'entrechoquant. Caspar se précipita vers elle et lui maintint fermement la tête pour l'empêcher de heurter une deuxième fois le tisonnier. Au moment où il retira le porte-perfusion de fortune, il comprit que sa dernière chance se trouvait là, entre ses mains.

L'ascenseur ! La porte !

Caspar décida de ne pas perdre de temps à essayer de briser la vitre du laboratoire avec le tisonnier. Il regagna l'ascenseur à toute vitesse et regarda les chiffres qui s'allumaient.

Premier sous-sol. Plus que quelques mètres.

Il faut que ça fonctionne. Je vous en prie, mon Dieu, faites que ça fonctionne.

Le tisonnier, en forme de L et grand comme une raquette de tennis, était légèrement émoussé à son extrémité, mais heureusement, légèrement aplati sur le côté. Caspar s'en empara comme d'un pied-de-biche et l'inséra dans la fente qui séparait les deux portes de l'ascenseur.

Avec un peu de chance, il est pourvu d'un système de sécurité...

Il serra les dents et parvint à écarter les deux portes de quelques centimètres... *qui l'arrêtera dès que... Merde. Non.*

Le tisonnier lui échappa des mains, et les portes se refermèrent dans un léger grincement. Mais elles étaient restées ouvertes assez longtemps pour qu'il se rende compte de l'imminence du danger. La cabine se trouvait juste au-dessus de sa tête.

Très bien. Deuxième essai. Le dernier...

Il replaça le tisonnier dans la fente et poussa de toutes ses forces. Lorsque les portes se rouvrirent de quelques centimètres, une odeur de renfermé et d'huile de graissage saisit Caspar à la gorge. Quant au scanner, il vrombissait de plus belle, tel un moteur de machine à laver. Soit les sens de Caspar étaient en alerte, soit, hypothèse plus vraisemblable, le grondement parvenait plus facilement jusqu'au sous-sol lorsque les portes de l'ascenseur étaient ouvertes.

Oh non...

Ses maigres forces faiblissant de plus belle, il crut qu'il allait devoir renoncer, et que le tisonnier allait une nouvelle fois lui glisser des mains. Mais il parvint à élargir l'ouverture et à glisser le pied entre les deux portes juste avant leur fermeture. En entendant un craquement, Caspar pensa s'être brisé les orteils, mais finalement, il obtint l'effet désiré : l'ascenseur s'arrêta après que son système de sécurité eut détecté l'incident.

Victoire.

Pas trop tôt. La cabine se trouvait déjà dans son champ de vision. Caspar se contorsionna afin de regarder par la petite fente et se trouva nez à nez avec les pieds ensanglantés de Bruck.

Horrifié, il se détourna et cala le tisonnier entre les portes, de façon à ce que la base du L se fiche entre les parois en aluminium. Puis il s'épongea le front, avala sa salive à deux reprises afin de soulager la pression dans ses oreilles, conséquence directe du stress, et se tourna vers Sophia.

Dieu merci.

Elle paraissait plus calme. Les convulsions avaient diminué d'intensité et se limitaient désormais à ses yeux. C'était bon signe. Elle se réveillait.

À moins que...

Caspar se précipita vers elle, trébuchant en chemin.

— Sophia ? Tu m'entends ?

Il hésita avant de poser les doigts sur ses paupières pour essayer de la calmer. Dans un premier temps, il se contenta d'effleurer ses longs cils et d'enlever les sécrétions qui s'y étaient accumulées. Ainsi, elle ouvrirait les yeux plus facilement.

Lorsqu'il lui prit les mains, il constata avec soulagement que ses doigts moites répondaient par une légère pression. Il se rappela alors le morceau de papier qu'il y avait trouvé.

« Je porte un faux nom mais je dis vrai. »

— Hypnose.

Il chuchota la solution à l'oreille de Sophia. Il lui fallait parvenir jusqu'à elle, guetter l'instant où une brèche s'ouvrirait dans son inconscient et supprimer l'ordre post-hypnotique. Mais il n'avait pas la moindre idée du délai dont il disposait.

Il entendit un tumulte derrière lui : probablement l'ascenseur, peut-être Bruck, dont les vociférations incompréhensibles se mêlaient au vrombissement du scanner, ainsi qu'aux cris de détresse provenant du laboratoire.

Mais Caspar n'y prêta pas attention, afin de se concentrer uniquement sur Sophia. Ils avaient inversé les rôles : à présent, il était le médecin et elle, la patiente qu'il fallait libérer de sa prison mentale, de sa léthargie.

Il lui glissa doucement une mèche de cheveux derrière l'oreille, imitant le geste de Sophia quelques heures auparavant, lui effleura la nuque dans l'espoir de susciter une réaction positive et répéta la solution.

— Hypnose.

Il l'énonça plusieurs fois directement dans l'oreille de la psychiatre, tandis que le vacarme autour de lui allait grandissant.

— Hypnose. Hypnose. Hypnose.

Le sous-sol disparut, emportant avec lui le concert de grincements, de claquements, de geignements, de gémissements, de grognements et de tambourinements. Métalliques ou humains, distincts ou étouffés. Il n'entendait même plus sa propre voix.

Hypnose. Hypnose. Hypnose.

Caspar frôla du bout des lèvres les lobes de Sophia dans un geste presque intime. Puis, alors qu'il s'apprêtait à prononcer la dernière syllabe, elle réagit enfin.

Elle ouvrit les yeux.

En croisant ce regard clair et expressif, Caspar fut submergé par une montée d'endorphine.

Objectif atteint : il s'était frayé un chemin jusqu'à elle et avait provoqué une réaction à la fois extérieure et intérieure.

Ses yeux s'embuèrent de larmes. Il voulut l'agripper, la serrer dans ses bras, l'embrasser et ne plus jamais la lâcher. Et, quasiment au même instant, il voulut hurler.

Mais sans y parvenir. Il ouvrit la bouche mais aucun son n'en sortit, tandis que le visage de Sophia se déformait.

En un affreux rictus.

— Je vois que tu as résolu l'énigme, dit-elle.

Puis elle se leva de son fauteuil roulant sans la moindre difficulté et lui planta une seringue dans le bras.

3 h 37
Une minute avant la Peur

— Où en étions-nous restés lors de notre dernière séance, avant que ce foutu chien se mette à aboyer ? demanda Sophia d'une voix douce, tout en sortant un flacon de la poche de sa blouse. Ah, ça me revient, chéri : tes gouttes pour les yeux.

Caspar essaya de se débattre, de tourner la tête, mais ses muscles demeuraient tétanisés depuis l'injection.

De plus, assise à califourchon sur son ventre qui gargouillait, Sophia lui bloquait le bras entre les genoux. Dans d'autres circonstances, il l'aurait dégagée d'une seule main, même si elle avait pesé le double, mais il était réellement paralysé, contrairement à ce que Sophia avait prétendu.

Pourquoi ?

Il la fixa droit dans les yeux, dans l'espoir d'y trouver une explication, une pointe d'hésitation. Grave erreur. Sophia en profita pour lui déposer une grosse goutte de scopolamine sur la cornée.

Caspar réagit aussitôt à cet alcaloïde, d'ordinaire utilisé par les ophtalmologistes afin de dilater les pupilles avant un examen. Après que Sophia eut répété la procédure et dilaté son autre pupille, il commença à ressentir les effets indésirables bien connus de cet extrait de solanacées.

— Pourquoi ? souffla-t-il, étonnamment calme.

Son système nerveux parasympathique ne fonctionnant plus correctement, sa fatigue s'en trouva atténuée et les nausées disparurent. Ses muscles auparavant contractés se détendirent à l'extrême. Il ne s'était pas senti aussi serein depuis très longtemps, malgré la menace qui planait littéralement au-dessus de lui.

Sophia lui sourit.

— Marie, annonça-t-elle.

Un prénom tout simple qui suffit à lui faire comprendre l'effroyable vérité.

C'était donc ça. Mais oui. Il se souvenait à présent. *Voilà comment elle s'appelle. Marie !*

La fillette angélique aux boucles blondes dont le traitement avait dérapé. Sa première faute professionnelle. Mais Marie n'était pas seulement sa fille, elle était...

— Notre fille, confirma Sophia d'une voix posée.

Bien sûr. Cela expliquait pourquoi il se sentait attiré vers Sophia depuis le début, pourquoi elle lui paraissait si familière. Parce qu'il la connaissait. Depuis des années.

— Tu me l'as prise.

Non, c'est faux, essaya-t-il de répondre. *C'est toi qui m'as quitté quand Marie avait trois ans pour partir vivre à Berlin. Avec ton nouvel amant.*

— Et le moment est venu de la venger.

Je vais me battre. Une audience décisive aura bientôt lieu au tribunal. Croisez les doigts pour moi.

Il comprenait enfin le véritable sens de cette phrase. C'était complètement fou.

Plus il tentait de lutter contre le poison qui s'attaquait à son système nerveux, plus les souvenirs de leur terrible histoire affluaient.

Il n'avait plus revu Marie pendant huit ans. Jusqu'au coup de fil inquiet de Katja Adesi, son institutrice.

Il s'était donc rendu à Berlin pour récupérer sa fille et la ramener à Hambourg. À son cabinet.

Votre fille est prête. Nous pouvons commencer. Nous avons tout préparé, docteur Haberland.

Il l'avait hypnotisée sans en informer Sophia afin de tirer au clair cette histoire de mauvais traitements.

À présent, Sophia le maudissait car Marie avait été victime d'un accident vasculaire cérébral au cours de la séance d'hypnose. Depuis, elle vivait paralysée, prisonnière à jamais d'un coma vigile.

Prisonnière d'elle-même. Comme dans un état léthargique. Comme les victimes du Briseur d'âmes.

Mais cela ne tenait pas debout. Au pire, une séance d'hypnose ratée entraînait la rupture de la communication entre le thérapeute et le patient. Les séquelles dont souffrait Marie n'étaient donc pas la conséquence directe de l'hypnose thérapeutique.

Les convulsions. Les mouvements incontrôlés de ses bras et de ses jambes. Les réflexes à jamais disparus.

Voilà pourquoi il n'y avait pas de barreaux aux fenêtres. Sa fille n'avait jamais été séquestrée.

J'ai peur. Tu reviens vite, papa ?

En fait, il avait voulu la libérer de son propre corps, devenu sa prison. Elle était emmurée vivante à l'intérieur d'elle-même.

— Tu te trompes...

Il essaya d'articuler, sans succès. À l'instar de ses autres muscles, il ne pouvait plus bouger la langue. Cependant, Sophia semblait lui répondre. D'une voix monocorde, elle lui déroulait un raisonnement qu'il ne pouvait entendre à cause des bruits de fond tout autour de lui. Mais il finit par deviner. Elle était désormais sa juge, elle lui intentait un procès pour un crime dont il ne se souvenait que depuis une seconde. Elle avait choisi la clinique pour tribunal, l'audience avait débuté quelques heures auparavant, et Caspar s'était retrouvé à son insu sur le banc des accusés. Il ne restait plus qu'à exécuter la sentence ici même, dans ce sinistre laboratoire.

— Arrête, je t'en prie. Tu es en train de commettre une grave erreur.

Tandis qu'il s'efforçait de prononcer ces suppliques, il repensa au manque de discernement dont lui et ses compagnons avaient fait preuve. Et à leur aveuglement.

Ils avaient été bernés par une mise en scène, un jeu de piste macabre. Durant tout ce temps, Sophia leur avait tendu un miroir déformant de la Peur dans lequel se reflétait une vérité impitoyable, mais inversée. Le Briseur d'âmes était une femme, la victime était une criminelle et ceux qui la protégeaient étaient en réalité ses proies. Ils s'étaient même battus jusqu'au sang contre le seul à savoir et à vouloir les sauver : Bruck. Ce n'était pas lui, mais Sophia qui avait assassiné Rassfeld pour ensuite cacher son corps dans la salle d'autopsie. C'était elle qui avait divisé le groupe afin d'isoler sa dernière victime : lui.

Pour ce faire, elle avait semé des énigmes : dans sa main, dans la bouche de Rassfeld et dans le sac de Sybille.

Bien sûr. Nous ne l'avons jamais observée très longtemps, car la voir dans cet état était bien trop pénible. Qui y aurait pensé ?

Elle avait probablement préparé le premier papier et improvisé ensuite. Yasmin lui avait recouvert les épaules de sa blouse, où se trouvaient un stylo et son bloc d'ordonnances. Les devinettes étaient presque illisibles car elle avait dû écrire à l'aveugle, sous la couverture qui l'enveloppait.

Les souvenirs de Caspar concernant les événements de ces dernières heures se brisèrent en millions de débris de verre sanglants pour se rassembler aussitôt en une épouvantable mosaïque.

D'où les variations dans le mode opératoire. Cela expliquait également pourquoi Bruck avait opposé si peu de résistance dans l'ascenseur. En aucun cas il ne voulait tuer Sophia, il cherchait simplement à la mettre hors d'état de nuire. Et il était revenu dans la bibliothèque armé d'un scalpel afin de libérer Caspar, et non pour le poignarder. Une perte de temps précieux dont Sophia avait profité pour éliminer Tom, descendre au sous-sol et se mettre en scène ici, devant le laboratoire.

Caspar revint à la charge.

— Tu me tiens pour responsable de l'accident de notre fille, mais ça ne s'est pas passé comme tu le crois. Son institutrice pensait qu'elle subissait peut-être des mauvais traitements. Elle m'a appelé parce que Marie exécutait des dessins bizarres, tu le sais. Je l'ai simplement hypnotisée pour en avoir le cœur net et là, ça a mal tourné mais…

Je suis Niclas Haberland, spécialiste en neuropsychiatrie et hypnose thérapeutique, et j'ai commis une erreur.

— … mais l'hypnose n'a pas provoqué cette attaque, et c'est ce que je voulais te dire.

Il lui avait rendu visite à la clinique dix jours auparavant pour enfin s'expliquer avec elle. Et pour lui montrer le rapport d'expert attestant que ce qu'avait subi Marie n'était pas dû à une hypnose ratée.

La lettre et le rapport signés J. B., Jonathan Bruck. Un confrère de Rassfeld spécialisé dans les attaques cérébrales.

Voilà ce qu'il aurait voulu dire, tandis que son ex-compagne, d'une main, lui appuyait sur le front et, de l'autre, s'essuyait le sang qui lui gouttait du nez. Elle s'était blessée en se battant avec Bruck ou avec Yasmin, laquelle lui devait certainement son entaille à la poitrine.

Incroyable. Non content de s'être jeté dans la gueule du loup, Caspar avait coincé dans l'ascenseur la seule personne susceptible de l'aider. Sophia avait même attiré son attention sur l'objet à employer.

Tandis qu'il recouvrait peu à peu la mémoire, il n'avait plus qu'une seule envie, retrouver la béatitude de l'amnésie. Mais de nombreuses questions l'assaillaient:

que faisait Bruck dans cette clinique ? Pourquoi s'était-il planté un couteau dans la gorge ? Pourquoi Sophia s'en était-elle pris aux autres femmes ?

Pourquoi de telles zones d'ombre subsistaient ? Bruck ne leur avait jamais voulu le moindre mal, au contraire. Durant tout ce temps, il n'était pas parvenu à s'exprimer en raison de sa blessure à la trachée, mais il avait plusieurs fois hurlé le nom de Sophia ; il était même allé jusqu'à l'écrire en lettres de sang dans la salle d'IRM, sur la vitre. Ils avaient tout interprété de travers et s'étaient retournés contre lui, alors qu'il cherchait à les protéger du danger. De Sophia, dans l'abri sûr que constituait le laboratoire : celui-ci ne renfermait pas des otages, mais des êtres libres qui tambourinaient contre la vitre. Ils n'appelaient pas au secours, ils essayaient de le mettre en garde contre Sophia avant qu'il ne soit trop tard.

J'ai été si bête. Si aveugle. Si borné.

Caspar avait la bouche desséchée et les yeux qui pleuraient. Faute de pouvoir battre des paupières, il avait mal aux yeux. La lumière éblouissante qui tombait du plafond se réfractait sur ses cils collés comme à travers un prisme. Le beau visage de Sophia lui apparaissait dans un halo flou et multicolore.

Puis il recouvra l'usage de l'ouïe.

L'espace d'un instant, les remparts qui l'enfermaient dans le silence cédèrent. Le sifflement dans ses oreilles, que Caspar remarqua seulement lorsqu'il cessa, laissa place à la voix feutrée de Sophia.

— Plus tu luttes, pire sera la chute, affirma-t-elle calmement, les yeux plongés dans les siens.

Que veut-elle dire par là ? S'agit-il d'une dernière énigme ? Est-ce ma dernière chance ?

— Plus tu luttes, pire sera la chute, répéta-t-elle avant de disparaître.

Il faillit se réjouir, espéra que Bruck était parvenu à débloquer l'ascenseur ou que Linus avait trouvé de l'aide à l'extérieur, mais il se rendit compte qu'il ne pouvait pas effectuer le moindre mouvement. Puis il se sentit tomber. Il traversa le béton, qui s'enfonçait sous le poids de son propre corps. Il chuta, englouti par des sables mouvants, dont une poigne de fer sortit pour l'entraîner vers le fond. Il se rendit compte seulement à cet instant de la gravité de la situation.

À présent, il luttait. Contre le regard hypnotisant de Sophia. Contre le calme de sa voix. Contre le mélange de thiopental et de scopolamine, qui le tenait en son pouvoir.

Les propos de Tom lui revinrent en mémoire. *Tu devrais te reconvertir comme scénariste à Hollywood. Il est impossible d'hypnotiser quelqu'un de force.*

Ce n'est qu'une question de contexte, lui avait répondu Caspar dans la salle d'autopsie.

Après les pires sévices physiques et psychologiques, par exemple en provoquant un grave traumatisme, il est possible, par l'administration de drogues modifiant le champ de conscience, de provoquer, contre leur gré, une transe chez des sujets influençables et de prendre ainsi le contrôle de leurs pensées.

Caspar repensa aux coupures, à son épaule déboîtée, aux tortures infligées par Schadeck, à ses brûlures aux poignets et à la peur intense éprouvée au cours de ces dernières heures. Il sentait les barbituriques le plonger dans l'apathie, il entendait les martèlements à la fois sourds et psychédéliques du scanner lui parvenir par les grilles d'aération. Un fond sonore idéal pour induire un état hypnotique contre lequel il ne pouvait rien. En effet, Sophia, après être entrée en contact avec lui, avait ancré en lui un ordre perfide auquel il ne pouvait désobéir de son propre chef.

Plus tu luttes, pire sera la chute.

Alors il lâcha prise, imagina qu'il fermait les yeux, en réalité toujours écarquillés, et se laissa tomber dans le vide. Sa chute l'entraîna vers les profondeurs, le long d'un puits froid et sombre qui n'avait encore jamais vu la lumière. Dans la prison de son âme.

5 h 13
Quatre-vingt-quinze minutes après le début de la Peur

La fumée était vivante. Un nuage de cellules microscopiques qui envahissaient son corps par tous les pores de sa peau pour le détruire de l'intérieur.

Ces mêmes particules s'acharnaient sur ses poumons. Elles se déposaient sur ses bronches après avoir descendu la trachée. Mais ce n'était rien comparé aux flammes rouge vif qui embrasèrent le tableau de bord, pour ensuite brûler sa chemise et lui arracher la peau qui, sous son torse, commençait déjà à former des cloques, tel du plastique en train de fondre au-dessus d'un briquet.

Il avisa ses brûlures, avant de mettre à profit l'énergie produite par cette intolérable douleur pour appuyer à fond sur l'accélérateur. Non pas dans le but de faire démarrer la voiture, mais afin de passer sur la banquette arrière et s'éloigner le plus possible des flammes.

Il cracha un caillot de sang ainsi que de la salive noire de suie et retraça le fil des événements qui l'avaient conduit jusqu'ici. Il avait décidé de soigner Marie sans l'accord de sa mère, fermement convaincu qu'une séance d'hypnose ne pouvait entraîner aucun effet indésirable.

Puis, en pleine séance, la fillette avait eu un accident vasculaire cérébral. Marie n'en guérirait pas, elle ne rirait plus jamais... Étant donné les lésions occasionnées au niveau du bulbe rachidien, ils pouvaient s'estimer heureux qu'elle soit capable de déglutir.

Comment un tel drame avait-il pu se produire ?

Il entendit éclater la bouteille avec laquelle il s'était enivré. *Après* cette séance fatale. *Avant* son dernier voyage.

Il était à présent coincé dans une voiture en flammes, avec à la main une photo de sa fille, qui ne retrouverait jamais une vie normale. Il se consumait aussi bien moralement que physiquement.

Il tendit les deux mains vers le feu comme pour tenir la mort à distance, qui l'étreignait de ses bras luisants. Puis, alors que l'odeur de chair calcinée le prenait à la gorge, alors qu'il n'avait plus qu'une envie, s'arracher à mains nues la peau qui le démangeait sur le torse, tout s'évanouit. La chaussée détrempée, l'arbre, la voiture accidentée et la photo de Marie disparurent. La fumée, les flammes et même la douleur se volatilisèrent pour laisser place au néant.

Dieu merci, se rassura-t-il, *ce n'était qu'un rêve.*

Il ouvrit les yeux et resta coi.

En réalité, le cauchemar n'était pas terminé. Il avait seulement pris une forme différente.

Où suis-je ?

Il se trouvait apparemment dans une cave. Deux hommes cagoulés se tenaient devant lui, arme au poing. Leur uniforme sombre portait l'inscription « POLICE » en lettres capitales fluorescentes.

— Vous m'entendez ? demanda l'un d'eux en soulevant la visière de son casque.

Il avait une petite cicatrice en forme de croix sous le sourcil gauche.

— Oui, répondit Haberland.

Pourquoi suis-je à moitié nu ? Qu'est-ce que je fais assis dans ce fauteuil roulant, seulement vêtu d'un bas de pyjama dégoûtant, les yeux rivés sur un mur en béton ?

— Regarde, Morphée, ses pupilles.

Le second policier, entendant son surnom, approcha, baissa sa mitraillette et souleva à son tour la visière de son casque.

— Il a été drogué.

— C'est peut-être pour ça qu'il n'arrive pas à parler, supposa l'homme à la cicatrice.

— Si, protesta Haberland.

Il essaya de porter la main à sa gorge brûlante, en vain.

— Code 10-13, demande de renforts, annonça Morphée dans son talkie-walkie. Nous avons trouvé un homme vivant mais qui réagit à peine. Il nous faut un médecin de toute urgence.

— Comment vous appelez-vous ? interrogea l'autre policier en s'accroupissant devant lui.

Il retira sa cagoule, découvrant une barbe de trois jours.

— Casp..., faillit-il répondre avant de se reprendre. Niclas Haberland.

Je suis Niclas Haberland, spécialiste en neuropsychiatrie et hypnose thérapeutique. Et j'ai commis une erreur.

Il réitéra cette affirmation, mais le flic se contenta de secouer la tête, navré.

— Il y a d'autres personnes en bas ? crachota le talkie-walkie.

— Fort possible, je suis devant une porte vitrée qui mène à un laboratoire, certainement blindée. Je distingue du mouvement derrière.

— Les renforts arrivent.

— Bien reçu.

Morphée éteignit l'appareil. Quelques secondes plus tard, les portes d'un ascenseur s'ouvrirent à sa droite. Deux hommes chaussés de Rangers et armés de mitraillettes avancèrent.

— Quel merdier. Qu'est-ce qui s'est passé ici, Jack ? prononça une nouvelle voix.

L'homme à la cicatrice, probablement le Jack en question, se tenait à présent derrière Haberland.

— Aucune idée, et ce type ne manifeste aucune réaction.

N'importe quoi ! Pourquoi vous refusez de m'écouter ?

Haberland, aveuglé par la lumière éblouissante qui tombait du plafond, sentit le haut de son corps basculer en arrière.

— Et que raconte celui que vous avez sorti de l'ascenseur ? demanda Jack aux nouveaux venus.

— Rien, il est en état de choc. En plus, avec sa blessure à la trachée, il siffle comme une bouilloire.

Haberland, toujours dans son fauteuil roulant, fut poussé vers la sortie.

— Et là-haut ?

— Il y a du sang et des traces de lutte partout, une horreur. On dirait aussi qu'un incendie s'est déclaré dans la salle d'IRM. Le bilan s'élève pour l'instant à deux morts. L'un a été égorgé, et on a retrouvé l'autre dans un tiroir réfrigéré de la salle d'autopsie.

— Vous les avez identifiés ?

— Affirmatif. Tom Schadeck et Samuel Rassfeld, respectivement le conducteur de l'ambulance découverte sur la route d'accès et le directeur de la clinique.

Schadeck ? Rassfeld ?... Évidemment.

Haberland aperçut son reflet dans le miroir. Des taches de sang maculaient la cabine de l'ascenseur où on le faisait entrer.

— Je sais ce qui s'est passé, je peux tout vous expliquer ! cria-t-il.

— Tu as entendu ? remarqua Morphée.

Jack, après avoir appuyé sur le bouton du rez-de-chaussée, se retourna. Les portes se refermèrent et les deux policiers allumèrent leur lampe de poche.

— Non, quoi ?

— J'ai cru qu'il avait parlé.

Jack haussa les épaules.

— Un bruit dans l'ascenseur, j'imagine, conclut-il avec un petit rictus.

Mais voulant s'en assurer, Morphée fixa Haberland une nouvelle fois.

— Tiens...

— Quoi ?

— Il a quelque chose dans la main.

Haberland sentit deux doigts gantés de cuir lui desserrer doucement le poing.

— Ah oui.

— Qu'est-ce que c'est ?

Le faisceau de la lampe de poche s'éloigna de son visage.

— Un morceau de papier, dit Morphée.

— Il y a écrit quoi ?

Oh, mon Dieu.

Haberland, pris de panique, tenta désespérément d'attirer l'attention.

— Bizarre.

— Quoi ?

— C'est une devinette.

— Merde, tu veux dire que...

— *Oui, oui, oui !* hurla Haberland.

Mais à son grand effroi, il constata dans le miroir que ses lèvres n'avaient pas bougé d'un millimètre.

— *C'était le Briseur d'âmes. Non, la briseuse d'âmes, Sophia Dorn !*

— « On me jette lorsque je suis utile. On me récupère une fois que je ne sers plus », lut Morphée.

— Hein ?

— Soit c'est une mauvaise blague, soit nous avons affaire à un *copycat*.

— Comment ça ?

— Réfléchis deux secondes. Le tueur ne s'en prend qu'à des femmes.

NON ! s'époumona Haberland en vain.

Il voulut fermer les yeux devant l'horreur de la situation, mais même ce simple geste lui était impossible.

Je vous en supplie, ça n'a rien d'une plaisanterie, cria-t-il intérieurement. *Il faut que vous résolviez cette énigme. Il faut que vous me sortiez de là. Pas de cette clinique, mais de moi-même. Vous ne comprenez donc pas ?*

Non, bien sûr que non.

Il savait qu'il ne pouvait ni parler, ni lire, ni écrire. Elle l'avait privé de toute capacité à communiquer. D'après le panneau lumineux, ils venaient de passer le premier sous-sol et ne tarderaient pas à arriver au rez-de-chaussée.

C'est Sophia, la coupable. Elle m'a hypnotisé afin de me faire revivre le pire traumatisme de ma vie, l'accident de voiture et l'incendie qui a suivi. Je me réveille régulièrement de ce cauchemar et je reviens à la réalité. Quand j'ouvre les yeux, vous êtes censés en profiter pour entrer en communication avec moi, et ce, en énonçant la solution de l'énigme. Vous ne comprenez pas ? Si vous échouez, je repars et le cycle infernal de la léthargie reprend depuis le début. Je vous en prie, il faut que vous m'aidiez.

— Tu comprends ce que ça veut dire, toi ? questionna Jack. « On me jette lorsque je suis utile. On me récupère une fois que je ne sers plus. »

— Je n'en ai aucune idée.

La voix de l'autre policier lui paraissait de plus en plus lointaine. Haberland ne vit ni les portes de l'ascenseur s'ouvrir ni l'urgentiste le prendre en charge.

Une force glaciale et invisible l'attrapa afin de le ramener dans un lieu où il ne voulait retourner pour rien au monde, un lieu qu'il avait quitté depuis seulement quelques secondes : l'enfer de sa voiture en flammes.

Il avait tenté une dernière fois d'indiquer aux policiers qu'il fallait se lancer à la poursuite de Sophia. Son ex-compagne, qu'il était venu voir dans le plus grand secret quinze jours auparavant. Il voulait à la fois implorer son pardon et lui remettre le rapport du médecin qui l'avait soigné après son accident. D'après le Dr Jonathan Bruck, un expert reconnu, la séance d'hypnose n'avait pas provoqué l'accident vasculaire cérébral de Marie. Cette attaque se serait fatalement produite un jour ou l'autre.

Mais Sophia avait refusé de l'écouter. Elle avait jeté la lettre ainsi que le rapport d'expertise dans la cheminée, puis lui avait ordonné de rejoindre son chien, qu'il avait laissé attaché à l'entrée. Il voyait encore Tarzan, ou M. Ed, comme tout le monde l'appelait ici, en train de flairer une piste et de tirer sur sa laisse. Puis il était tombé la tête la première.

Hélas, impossible de raconter tout cela à la nuée de policiers et de médecins qui s'affairaient autour de lui, et dont les silhouettes se faisaient de plus en plus floues à mesure qu'il replongeait dans son cauchemar hypnotique.

Retour dans la voiture en feu. Cerné par les flammes, instruments mortifères de la vengeance de Sophia.

Aujourd'hui, 14 h 56
Bien plus tard,
de nombreuses années après la Peur

Lydia termina la première. Son ami eut besoin de plus de temps et ne referma le dossier médical que vingt minutes plus tard.

— Et maintenant ? demanda Patrick en observant la quatrième de couverture, incrédule. C'est fini ? On n'en saura pas plus ?

Le professeur ôta ses lunettes et hocha doucement la tête. Il avait passé les dernières minutes à observer attentivement le langage corporel de ses étudiants. La façon qu'ils avaient de se gratter machinalement derrière l'oreille avant de passer au paragraphe suivant, ou de prononcer certains mots en silence.

Au cours des dernières pages, Lydia avait commencé à tirer légèrement sur sa lèvre inférieure tandis que Patrick avait gardé la tête appuyée sur ses poings durant toute la durée de la lecture. À présent, il rougissait.

— Je vous avais dit que vous manquiez de concentration, n'est-ce pas, Patrick ?

— D'accord, mais comment prévoir une fin pareille ?

L'étudiant s'étira le dos, fatigué.

— C'est pourtant simple, la réponse se trouve à la page 15 du protocole. Vous vous souvenez de la solution à la première devinette que Greta a posée à Caspar?

— Le chirurgien est une femme, s'écria Lydia en se tapant le front. C'est à peine croyable.

— D'accord, d'accord, je n'avais pas pigé. Alors comment finit l'histoire? maugréa Patrick avec une certaine impatience.

Il frissonna et croisa les bras sur sa poitrine. Quant à Lydia, elle enfila son manteau.

Tellement absorbés par leur lecture, ils ne s'étaient pas rendu compte du froid qui les avait gagnés à mesure que le jour baissait.

Le professeur saisit son bloc-notes et y griffonna quelques mots.

— Soyez patients. D'abord, je voudrais que vous me fassiez part de votre réaction en lisant la dernière phrase.

Il adressa un signe de tête à l'intention de Lydia, qui le dévisagea, dubitative.

— Eh bien, je…

L'étudiante s'éclaircit la voix tout en s'emparant de la bouteille d'eau.

— Pendant tout ce temps, je me suis demandé s'il s'agissait d'une histoire vraie.

Elle but une gorgée. Quant au professeur, il reposa son stylo et rouvrit le protocole d'origine.

— Bonne question. Ce dossier médical étant rédigé selon un seul point de vue ou presque, il comporte bien évidemment des lacunes, ce qui laisse suffisamment de place à l'interprétation. Mais je peux vous confirmer au moins une information: Niclas Haberland était effectivement un expert en hypnose thérapeutique spécialisé dans la prise en charge des enfants. Il y a plusieurs années de cela, il vécut une histoire d'amour passionnée avec l'une de ses consœurs. Ils rompirent peu de temps après la naissance de leur fille, Marie. Sophia Dorn en obtint la garde et partit vivre à Berlin.

Le professeur croisa les jambes et poursuivit.

— Un jour, Haberland reçut un coup de fil inquiet d'une jeune Berlinoise. Les dessins qu'exécutait la petite Marie en classe laissaient transparaître un certain mal-être. Katja Adesi, son institutrice, avait des doutes mais elle préférait attendre avant d'alerter les services sociaux. Elle contacta donc le père biologique de l'enfant. Haberland se rendit à Berlin pour en avoir le cœur net.

— Il a hypnotisé Marie ? demanda Lydia.

— Le trajet Hambourg-Berlin en train ne prend qu'une heure et demie. Il la ramena à son cabinet avec l'intention de la raccompagner à Berlin le soir même. Mais elle ne rentra jamais, car la séance tourna à la catastrophe. Sa fille fut victime d'un accident vasculaire cérébral.

— La vache…

Le visage de Patrick était aussi crispé que s'il souffrait d'une rage de dents.

— Quelqu'un a coupé le courant.

— Comment ça ?

Lydia se tourna vers son petit ami. La distance qui les séparait était bien plus grande qu'au début de l'expérience, comme si la lecture du dossier médical avait creusé un fossé invisible entre eux. Le professeur prit quelques notes supplémentaires.

— Votre camarade vient d'employer une métaphore pour désigner ce que les médecins appellent le syndrome d'enfermement, expliqua-t-il en levant les yeux. Le cerveau continue à fonctionner, mais il n'est plus capable d'établir le moindre contact avec le monde extérieur. Imaginez plutôt : vous perdez la vue, l'ouïe, le goût, l'odorat, le toucher, vous vous retrouvez sous assistance respiratoire et il ne vous reste plus que votre faculté de penser.

— Mon Dieu…

— C'était la première fois qu'un tel incident survenait lors d'une séance d'hypnose.

Lydia s'éclaircit une nouvelle fois la voix.

— La fillette est morte?

— Non, pire. Marie resta handicapée pour toute sa vie. Quant à sa mère, elle fut anéantie mais n'en laissait rien paraître. Son compagnon la quitta peu de temps après ce drame. Il continue d'ailleurs à nier les accusations de maltraitance.

Une petite pierre heurta la grande baie vitrée. Le vent, tout en fraîchissant, balayait les rares détritus et cailloux qu'il trouvait sur son passage. Le saule pleureur ployait à mesure que le professeur poursuivait ses explications.

— Tout d'abord, Sophia voulut intenter une action en justice afin d'obtenir réparation. Elle contacta une avocate, Doreen Brandt. Mais celle-ci, estimant l'erreur médicale extrêmement difficile à prouver, refusa finalement de la représenter et lui suggéra de conclure un accord avec Haberland.

Le professeur se leva et s'étira le dos afin de décrisper ses muscles. Mais malgré tous ces exercices, la douleur ne manquerait pas de lui rappeler, au plus tard le lendemain, qu'il ne devait en aucun cas rester assis trop longtemps. Il reprit la parole, tout en s'approchant du radiateur d'appoint qui bourdonnait légèrement.

— Le désespoir de Sophia allait grandissant. Toutes les personnes à qui elle demandait conseil lui répondaient invariablement qu'en aucun cas de telles lésions ne pouvaient avoir été provoquées par l'hypnose. Le chagrin finit par lui faire perdre la raison: elle élabora un plan diabolique afin de venger Marie. Elle voulait prouver à la terre entière qu'il était tout à fait possible de briser l'âme de quelqu'un en ayant recours à l'hypnose. Pire encore, elle décida de punir ceux qu'elle tenait pour responsables en les plongeant dans le même état que Marie.

— En les enfermant dans la léthargie, ajouta Patrick.

— Tout à fait. Durant ses études de médecine, Sophia s'était intéressée à l'hypnose, mais elle désapprouvait son usage thérapeutique. À présent, elle s'entraînait avec hargne, dans le but de transformer cette technique en arme. Elle finit par mettre au point une méthode d'une facilité déconcertante : utiliser l'hypnose pour faire revivre aux victimes l'événement le plus traumatisant de leur existence. Puis elle rompait sciemment la communication.

— Elle les accompagnait jusqu'en enfer et refermait la porte derrière elle.

Patrick affichait une moue indignée.

— Métaphoriquement parlant, oui. Sophia perdait volontairement le contrôle sur ses victimes. Et comme une hypnose ratée débouche sur un endormissement normal dont le sujet finit par se réveiller à un moment ou à un autre, elle implantait dans le cerveau de ses victimes un ordre post-hypnotique de façon à ce qu'elles se rendorment aussitôt.

— Comment a-t-elle procédé ?

— Avez-vous déjà assisté à un spectacle d'hypnose, Lydia ?

— Juste à la télévision. Un homme a été plongé en transe. L'hypnotiseur lui a affirmé qu'il était un chien et qu'il ne se souviendrait de rien à son réveil. Dès que le public criait « Pluto », il était censé aboyer trois fois.

— Ce qu'il a fait, je suppose.

— Oui.

— Cet exemple trivial mais pertinent illustre bien ce qu'est un ordre post-hypnotique simple, semblable à celui que Sophia a ancré dans l'esprit de ses victimes. Sauf que là, personne n'avait à crier quoi que ce soit. Il suffisait que les victimes ouvrent les yeux et que des photons stimulent la rétine. C'était ça, le déclencheur.

Plus la lumière était vive, plus vite la victime replongeait dans cet état hypnotique.

— C'est atroce.

Lydia frissonna et remonta la fermeture éclair de son manteau.

— Mais efficace. Voilà comment Sophia est parvenue à plonger ses victimes dans une spirale léthargique ne pouvant être interrompue qu'à l'énoncé d'un mot-code au cours de la phase d'éveil. Ce mot-code, c'était la solution de l'énigme retrouvée sur chacun des morceaux de papier.

Le professeur appliqua les mains sur le radiateur électrique. Il ressentit une légère brûlure sur le bout des doigts, mais la chaleur ne s'étendit pas au-delà de ses poignets.

Et lorsque Patrick posa une nouvelle question, le corps du professeur se couvrit d'une chair de poule presque douloureuse.

— Et Haberland, qu'est-ce qu'il est devenu?

Aujourd'hui, 15 h 07

— Haberland? répéta-t-il doucement en se dirigeant vers les portes vitrées. Avant de vous le dire, j'aimerais revenir sur quelques éléments de son passé.

À présent, il parlait à ses étudiants en leur tournant le dos.

— L'accident vasculaire cérébral de Marie fut bien entendu l'événement le plus traumatisant de son existence. Ne comprenant pas ce qu'il avait indirectement fait subir à sa fille, il se saoula avant de prendre le volant. S'ensuivit un terrible accident qui faillit lui coûter la vie. Une fois ses blessures superficielles guéries, il fut pris en charge par le Dr Bruck. Au cours de la thérapie, ils évoquèrent Marie. La clinique où elle était placée en soins intensifs avait transmis son dossier à Bruck.

— Et on nous bassine avec le secret médical, marmonna Patrick.

— Après avoir pratiqué un examen hématologique complet sur Marie, les médecins conclurent que son attaque avait bien eu lieu *au cours* de la séance, mais non à cause de la séance. Sophia, folle de rage, fit rapatrier sa fille à Berlin.

Il se retourna vers ses étudiants.

— Mais les médecins de Hambourg avaient vu juste. Vous avez pu le lire, d'après les éléments dont dispose la médecine officielle, de telles lésions ne peuvent être dues à une simple négligence.

— Page 155 du protocole, intervint Lydia en rouvrant le fascicule afin de retrouver la phrase exacte.

— Tout à fait. Bruck encouragea Haberland à raisonner la mère de leur enfant, en lui présentant des faits scientifiquement prouvés. Haberland hésita, puis se rendit finalement à Berlin quelques jours avant Noël avec son chien…

— Tarzan, alias M. Ed.

Le professeur accueillit le commentaire de Lydia avec un sourire bienveillant.

— … et le rapport d'expertise. Une fois arrivé sur la route menant à la clinique Teufelsberg, il faillit rebrousser chemin. Comment Sophia allait-elle réagir, alors qu'elle refusait catégoriquement de lui parler et qu'elle le considérait comme un meurtrier? Que ferait-elle s'il débarquait sans prévenir, alors qu'elle le lui avait formellement interdit? Après moult hésitations, il prit son courage à deux mains et se posta discrètement à l'entrée de la clinique.

— Mais la suite fut encore pire que ce qu'il avait imaginé.

Le professeur laissa échapper un petit rire.

— En effet. Sophia s'était déjà entraînée sur trois femmes. Vous le savez peut-être, on ne peut pas hypnotiser n'importe qui, encore moins contre son gré. Vanessa Strassmann, si. Nullement impliquée dans toute cette histoire, son seul tort fut d'avoir suivi le même cours de théâtre que Sophia, à l'université. Son esprit, fortement imprégné d'ésotérisme, faisait d'elle le cobaye idéal pour Sophia. Pas étonnant que Haberland ne l'ait pas reconnue en voyant sa photo dans le journal : ni lui ni Marie ne l'avaient jamais rencontrée.

Patrick le dévisagea, perplexe, et rouvrit le protocole au début. Le professeur approuva cette démarche d'un signe de tête.

— Mme Strassmann fut la première d'une longue série. Sophia l'attira dans une chambre d'hôtel sous un faux prétexte. Vanessa ayant été violée par le passé, Sophia utilisa l'hypnose de façon à la confronter encore et encore à son agresseur.

— J'ai hésité à poursuivre la lecture à ce moment-là, murmura Patrick.

— Galvanisée par ce premier succès, Sophia Dorn testa sa méthode sur celle qu'elle considérait être la première fautive : Katja Adesi, l'institutrice de sa fille, dont les soupçons avaient tout déclenché.

— Et Doreen Brandt, la troisième victime? demanda Lydia.

— L'avocate qui refusa de défendre Sophia. Comme elle n'avait pas traité l'affaire, impossible d'établir un lien quelconque entre elle, Sophia et les autres victimes. De plus, on recherchait un homme.

— D'accord, mais tout ça ne nous dit pas ce qu'est devenu Caspar, ou plutôt Haberland, insista Patrick.

— Ah oui, pardon. Eh bien, durant tout ce temps, c'était la véritable cible de Sophia. Son chef-d'œuvre. Aux pages 154-155, nous découvrons la liste des stratagèmes permettant d'hypnotiser quelqu'un contre son gré. Leur point commun : ils reposent tous sur l'effet de surprise.

— Mis à mal par la visite de Haberland.

— Exactement. Imaginez le choc de Sophia lorsqu'elle s'est retrouvée face à Haberland. Cette fois-ci, l'effet de surprise était de son côté à lui. Et le voilà qui essayait encore de se justifier par des mensonges. Il alla jusqu'à lui montrer le rapport rédigé par un médecin réputé, Jonathan Bruck, qui le dédouanait entièrement ! De son côté, elle avait déjà grièvement blessé trois personnes par le simple biais de l'hypnose.

— Donc elle a jeté le rapport d'expertise dans la cheminée, puis drogué Haberland ?

Patrick s'était levé à son tour afin de se dégourdir les jambes. Lydia, qui n'avait pas bougé d'un pouce, jouait nerveusement avec une mèche de cheveux.

— Oui et non, répondit le professeur. Elle jeta la lettre dans la cheminée et lui cria d'aller au diable, ou plutôt de rejoindre Tarzan, que Haberland avait attaché dehors, dans le froid. Puis elle se ravisa et sortit des flammes le rapport à moitié calciné.

— Et l'amnésie dont souffrait Haberland ?

Lydia porta sa mèche de cheveux à la bouche.

— Le résultat d'une chute toute bête.

Voyant Patrick froncer les sourcils, le professeur comprit qu'il lui fallait être plus explicite.

— Voyez-vous, Haberland était affaibli psychologiquement. Il avait vécu un événement terrible qu'il voulait à tout prix oublier, événement qui l'avait amené à consulter Bruck. Et voilà que sa première tentative pour surmonter ce traumatisme en s'expliquant avec Sophia venait d'échouer. Il était à la fois blessé, troublé, énervé et déprimé. Son cerveau, qui l'exhortait à refouler tout souvenir de Marie, saisit la première occasion qui s'offrit à lui pour évacuer ce sentiment de culpabilité.

— La chute ? hasarda Lydia.

— Oui. Tarzan tirant vigoureusement sur sa laisse, Haberland glissa sur une plaque de verglas, se cogna la tête contre le bitume et perdit connaissance. Lorsque Bachmann l'achemina à la clinique plusieurs heures après, il souffrait d'hypothermie.

— Retour à l'envoyeur.

Le professeur acquiesça.

— Une chance inespérée pour Sophia : Haberland amnésique, c'était maintenant elle qui pouvait jouer de l'effet de surprise. Elle profita du premier examen pour subtiliser à son…

Le professeur mima des guillemets.

— … « patient » le moindre objet permettant son identification. Cela mit tout le monde sur une fausse piste, celle de l'agression. Évidemment, elle n'alerta jamais la police. Le fait que Rassfeld prône la patience et l'isolement servait parfaitement ses plans.

— Mais pourquoi ne pas hypnotiser Caspar immédiatement ? demanda Lydia. Pourquoi lui montrer la photo de sa fille ? S'il avait recouvré la mémoire, la machination de Sophia aurait échoué.

— Bonne question. En réalité, Sophia était confrontée à un dilemme : d'un côté, elle voulait punir Haberland en lui faisant vivre un véritable enfer, de l'autre, elle trouvait ce châtiment bien trop clément s'il oubliait à jamais Marie. Elle décida donc de le sortir graduellement de cette amnésie pour mieux lui briser l'âme ensuite. Les événements survenus cette nuit-là lui permirent de combiner les deux aspects de son plan.

— Et Bruck, dans tout ça ?

— C'est pourtant logique, Patrick, répondit Lydia, devançant le professeur. Sophia voulait se venger de tous ceux qui considéraient l'hypnose comme inoffensive. Haberland, en lui remettant le rapport d'expertise de Bruck, lui a fourni une nouvelle victime. Clé en main, pour ainsi dire.

— Excellente déduction, approuva le professeur.
— Vraiment?
Lydia sourit.
— C'est exactement cela. Avant la visite d'Haberland, elle ignorait jusqu'à l'existence de cet homme. Et là, il se retrouvait sur sa liste.
— Comment a-t-elle procédé? interrogea Patrick.
— Sans le moindre scrupule. Elle appela tout simplement Bruck pour lui demander conseil à propos d'un patient amnésique. Bruck, un homme serviable, effectua le déplacement exprès depuis Hambourg. Pour lui, il pouvait peut-être s'agir de Haberland, qui ne donnait plus signe de vie depuis deux jours. Sophia lui réserva une chambre au motel Teufelssee, non loin de la clinique, et lui donna rendez-vous là-bas.
— Et là, elle l'hypnotisa de force.
— Presque.
— Comment ça, presque?
Les taches rouges qui grandissaient sur les joues de Patrick n'étaient pas dues au fait qu'il avait gardé la tête appuyée sur ses poings tout au long de la lecture. Au fil des secondes, il semblait avoir de plus en plus chaud, alors que la température ne cessait de baisser. Le professeur le nota mentalement, sans toutefois savoir si ces réactions revêtaient une quelconque importance. Puis il reprit.
— Eh bien, elle échoua. Du moins, en partie. Sophia lui déposa de la scopolamine dans les yeux, provoqua une transe et l'aspergea d'alcool. Ainsi, la personne qui le retrouverait en déduirait qu'il s'était saoulé. Mais cette fois, tout ne se déroula pas comme prévu. Peut-être qu'ils furent dérangés, peut-être qu'elle commit une erreur. Et puis, je vous le disais, on ne peut pas hypnotiser n'importe qui. De toute façon, le stratagème s'annonçait plus difficile avec Bruck qu'avec les autres. Toutefois, Sophia réussit à le priver de toute capacité

à communiquer, raison pour laquelle il ne put prévenir Caspar. Mais il recouvra peu à peu ses facultés. Rappelez-vous du moment où il essaya d'écrire le nom de Sophia sur la vitre avec son propre sang.

Les deux étudiants opinèrent du chef.

— Quoi qu'il en soit, Sophia avait considérablement affaibli Bruck, sans pour autant parvenir à lui implanter l'ordre post-hypnotique. Lorsque Schadeck l'évacua du motel, Bruck mobilisa toutes ses forces et réussit à sortir de sa léthargie.

— De quelle façon?

— En se plantant un couteau dans la gorge.

— Je vous demande pardon?

L'horreur se lisait sur le visage de Lydia, tandis que Patrick restait pantois.

— Oui. Ensuite, pourquoi ce geste-là précisément, difficile à expliquer. D'après les recherches effectuées, Bruck avait failli s'étouffer en avalant une guêpe quand il était enfant. On peut supposer que Sophia lui a fait revivre ce traumatisme.

— D'où cette blessure?

Lydia porta la main à la gorge et avala sa salive.

— Oui. Une fois dans l'ambulance, Bruck se retrouva en phase d'éveil et crut étouffer. Il se souvint qu'un stimulus extrême, par exemple une douleur intense, pouvait mettre un terme à l'hypnose qui n'avait pas entièrement abouti chez lui, contrairement aux autres victimes. Par ailleurs, en tant que médecin, il savait pertinemment que ce type de blessure, même si son pronostic vital n'était pas engagé, nécessiterait une intervention immédiate. Et, il était à proximité de la clinique Teufelsberg, là où se trouvaient non seulement la coupable, mais aussi sa victime suivante : Haberland, son patient. Arrivés à ce point, nous entrons dans le domaine de la spéculation car Bruck, après les terribles événements survenus cette nuit-là, ne put donner aux policiers que des informations très parcellaires. Je n'ai d'ailleurs pas eu accès à l'ensemble de ses dépositions. Peut-être était-ce le fruit du hasard, peut-être voulut-il faire d'une pierre deux coups, toujours est-il que son geste extrême eut l'effet escompté : Schadeck perdit le contrôle de l'ambulance et Bruck fut admis à la clinique.

— Point de départ de toute l'histoire.

— Pas si vite.

— Comment?

Le professeur scruta une nouvelle fois les visages désorientés de ses cobayes.

— Vous oubliez Linus.

Aujourd'hui, 15 h 13

Patrick regarda machinalement sa montre. 23 décembre, la veille du réveillon de Noël. Mais le professeur savait que l'heure n'était certainement pas la principale préoccupation de son sujet d'étude.

— Mais oui, Linus ! Qu'est-ce qu'il est devenu ?

Sophuétient.

Le professeur poursuivit ses explications.

— Sophia perça le réservoir du chasse-neige pour que Bruck ne puisse plus quitter la clinique.

— Dans quel but?

— Pour le tuer, Lydia, car il était un témoin à charge. De plus, elle devait absolument éviter toute rencontre entre Bruck et Haberland, sa dernière victime, le point d'orgue de sa machination. Tard dans la soirée, elle se faufila dans la chambre de Bruck et essaya de l'étouffer avec un oreiller, semble-t-il. Un décès qui n'aurait rien eu de suspect, étant donné sa blessure au niveau des voies respiratoires. Mais Linus, un insomniaque qui passait ses nuits à arpenter les couloirs de la clinique, la surprit en flagrant délit.

— Il réveilla Haberland et lui raconta ce qu'il avait vu : *Sophuëtient*. Sophia veut tuer le patient !

— Et c'est *là* que l'histoire commence.

Patrick, tremblant, sortit les mains des poches de son manteau et saisit la bouteille d'eau, sans toutefois en boire une seule gorgée.

— Tout à fait. Interrompue par Linus, Sophia ne put accomplir son crime. Bruck sauta par la fenêtre, ce qui obligea la psychiatre à prendre une décision. Comment expliquer sa présence dans cette chambre à minuit passé, vêtue d'une simple chemise de nuit ? Comment neutraliser Linus qui, certes, souffrait de problèmes d'élocution, mais n'était pas idiot, loin de là ? Prise de panique, elle choisit la fuite en avant. Elle rédigea une devinette, ôta sa robe de chambre et s'installa dans la baignoire. Lorsque Haberland entra et découvrit le papier, il en conclut tout naturellement que Sophia était la quatrième victime du Briseur d'âmes. En fait, elle cherchait surtout à gagner du temps, à créer une diversion et à semer le trouble. Contre toute attente, l'occasion idéale se présenta : en faisant preuve d'habileté et en improvisant sans commettre d'erreur, elle briserait l'âme d'Haberland tout en accusant Bruck. Elle disposerait même de nombreux témoins pour confirmer la culpabilité de Bruck. Mais pour cela, les volets devaient rester baissés.

— C'est pour cela qu'elle a tué Rassfeld ?

— Exactement, Lydia. La seule personne avec elle à connaître le code. Tandis que Yasmin allait chercher des bouchons d'oreille, que Schadeck se changeait et que les autres activaient le sarcophage, elle assomma Rassfeld avec une chaise. D'où le sang retrouvé par terre, près du scanner. Puis elle le traîna jusque dans la salle d'autopsie et l'enferma dans un des tiroirs réfrigérés.

— Et la devinette ? Comment savait-elle qu'ils finiraient par découvrir le corps de Rassfeld ?

— Elle l'ignorait. C'était le fruit du hasard, et l'énigme en elle-même ne comportait pas de signification particulière. Yasmin, toujours aussi attentionnée, était allée chercher des vêtements de rechange pour Sophia dans la chambre de celle-ci. Entre autres, sa blouse, où se trouvait déjà la devinette qu'elle avait préparée pour Caspar. Elle la déposa dans la bouche de Rassfeld, retourna ni vu ni connu dans la salle d'IRM et reprit sa place dans le scanner. Une fois de retour, Yasmin constata que le professeur avait disparu et courut chercher de l'aide. Sophia entreprit alors de s'attacher à la table d'examen.

— Ce qui explique le bras libre mentionné à la page 63.

Le professeur leva l'index, signe qu'il approuvait l'intervention de Patrick.

— Tout à fait. Puis elle se mit à crier afin d'écarter tout soupçon.

— Diabolique, reconnut Lydia en recommençant à tirer sur sa lèvre inférieure. Elle a fait en sorte qu'ils poursuivent la victime et protègent la coupable.

— Et la salle d'IRM ? demanda Patrick d'une voix où pointait à nouveau la méfiance. Pourquoi Bruck y a-t-il enfermé Caspar et Bachmann lorsqu'ils ont déclenché l'incendie ?

— Parce que là, ils seraient en lieu sûr. Mais pour éviter qu'ils ne meurent asphyxiés, il voulut les faire sursauter et alluma le scanner. Trop tard, hélas : le feu était déjà parti, et Bruck n'avait pas la clé permettant de leur ouvrir la porte.

— OK, je comprends. Et les bruits qu'ils ont entendus, c'était Linus qui allait prévenir la police ?

— Non, il s'agissait de la tempête de neige. Mais le musicien ne leur en a pas moins sauvé la vie. Il parvint à s'échapper par la terrasse juste avant l'activation du sarcophage. Il ficha d'ailleurs une peur bleue à Yasmin lorsqu'elle l'aperçut dehors, quelques minutes plus tard, alors qu'elle fermait les chambres à clé. Après avoir sauté dans le vide et malgré une entorse à la cheville, Linus parvint à regagner la route puis le quartier résidentiel, où Mike Haffner faillit le renverser plusieurs heures après.

— Et c'est lui qui a alerté les autorités?

Le professeur approuva.

— Les policiers ont mis un certain temps pour comprendre le charabia de Linus, mais, fort heureusement, Bruck était parvenu à mettre les autres en lieu sûr, certes contre leur gré. Dirk Bachmann, Sybille Patzwalk, Greta Kaminsky et M. Ed ont survécu. Yasmin fut elle aussi sauvée *in extremis*.

Il soupira.

— Mais, malheureusement pour Haberland, l'intervention des forces de l'ordre eut lieu trop tard.

— Trop tard? Qu'est-ce qui lui est arrivé? Et où se trouve Sophia, à l'heure actuelle?

Patrick leva la tête et regarda son professeur en plissant les yeux, comme aveuglé.

Ce dernier se tourna de nouveau vers la fenêtre et fixa la faible lueur du crépuscule.

— C'est justement la raison de notre présence ici, chuchota-t-il.

— Comment ça? risqua Lydia.

— Cela fait partie de l'expérience. Voilà pourquoi je vous ai demandé de lire le dossier médical avec autant d'attention.

— Dans quel but?

— Afin d'évaluer le pourcentage de vérité contenu dans cette histoire. Afin de découvrir ce qu'il est réellement advenu de ses protagonistes.

Aujourd'hui, 15 h 15

Le radiateur électrique avait beau fonctionner à plein régime, la température dans la bibliothèque semblait baisser à mesure que le professeur s'exprimait.

— Tout ce que je peux vous dire, c'est qu'on n'a plus jamais revu Sophia.

À présent, le professeur paraissait vieilli de dix ans.

— Quant à Marie, elle se trouve toujours en soins intensifs à l'hôpital de Westend. Elle n'est plus sous assistance respiratoire et communique à l'aide de sa paupière droite, mais les médecins n'ont malheureusement pas noté d'autres progrès significatifs.

— Et Sophia, elle l'a abandonnée ? Après tout ce qu'elle a fait ?

— Il semblerait, oui.

Au moment où le radiateur grinça, le professeur faillit se retourner pour fixer le feu de cheminée. Il poursuivit, tout en se demandant si son auditoire remarquait son trouble grandissant.

— Cependant, un an plus tard, les infirmières découvrirent un petit cadeau posé sur la table de chevet de Marie.

— Quel genre de cadeau ? interrogèrent à l'unisson Patrick et Lydia.

— Il était emballé dans une boîte carrée de couleur lilas. Elle renfermait une chaîne ornée d'un pendentif. Vous devinez sans doute à qui appartenait ce bijou.

Lydia hésita et leva la main, à la manière d'une écolière.

— Personne ne l'a vue ?

— Un service de soins intensifs n'a rien d'un quartier de haute sécurité, et le port d'un masque de protection est obligatoire pour la plupart des visiteurs. Donc non, on ne l'a jamais vue ni entrer ni sortir.

— Jamais ?

— Et elle n'en est pas restée là. À chaque Noël, on découvre un nouveau cadeau : une miniature de parfum dont on retrouva quelques gouttes sur le front de Marie, une petite boîte à musique, une pièce de monnaie de collection... toujours accompagnés d'un morceau de papier plié en deux.

Lydia prit une grande inspiration.

— Qu'y a-t-il écrit dessus ?

— Rien. Ce n'est qu'une page blanche.

Le professeur ouvrit la main, à la manière d'un magicien venant de faire disparaître un foulard.

— Et les signes de vie que donne Sophia se limitent à ces cadeaux ?

— Pas tout à fait, Patrick. Selon la rumeur, elle aurait entamé une thérapie avec un psychiatre renommé ; sous une fausse identité, naturellement : Anna Spiegel, paraît-il.

À l'évocation de ce nom, les deux étudiants sursautèrent. Patrick ouvrit lentement la bouche.

— Et ce psychiatre s'appelle... ?

— Viktor Larenz, nous en avons parlé au tout début de l'expérience. Malheureusement, il est désormais impossible de l'interroger sur cette affaire. Toutefois, à la fermeture de son cabinet, on retrouva le dossier médical que vous venez de lire, et le débat fait encore rage aujourd'hui sur l'identité de son auteur : lui ou sa terrible patiente ? Supposons que ce cas l'ait lui aussi rendu malade : Sophia Dorn, alias Anna Spiegel, serait la représentation réelle d'une figure imaginaire que Larenz aurait en quelque sorte réactivée plus tard, lors d'une crise de schizophrénie. Mais cette théorie ne repose sur aucun élément probant, et ce n'est d'ailleurs pas ce qui nous intéresse ici.

— Si, au contraire, car vous nous avez donné ce truc à lire, répliqua Patrick en tapotant la couverture de son fascicule. D'après vous, qui l'a rédigé ?

— Eh bien… Pour être tout à fait honnête, je dois attirer votre attention sur un indice caché dans le texte lui-même : page 154, lignes 34-35.

— Le protocole Alzner ? lut lentement Lydia.

Le professeur inspira profondément.

— Peut-être l'anagramme de Larenz.

— Mais pourquoi Larenz inventerait-il un jeu de mots pareil dans son propre dossier ?

— Le professeur essaie justement de nous l'expliquer, rétorqua Lydia en fusillant son petit ami du regard. Sophia en est l'auteur.

Patrick rit, incrédule.

— C'est impossible. Le rapport est presque exclusivement rédigé selon le point de vue de Caspar. Comment Sophia saurait-elle ce qu'il a vécu, pensé et ressenti… ?

Après une brève hésitation, il se décomposa.

— … si Sophia n'était pas dans sa tête ? Exactement.

Le professeur passa une main tremblante dans sa chevelure clairsemée.

— Plus d'une heure et demie s'écoula entre l'hypnose de Haberland et l'arrivée de la police, ce qui laissa largement le temps à Sophia de prendre ses informations à la source. Elle détenait la clé qui la mènerait au cerveau de Haberland. Elle a très bien pu apprendre le reste en lisant la presse. Par exemple, le fait que Mike Haffner ait failli renverser Linus.

C'en était trop pour Patrick, qui bondit de sa chaise, furieux.

— En résumé, on vient de se farcir un document issu tout droit du cerveau d'une meurtrière et capable de rendre un psychiatre fou à lier ?

— Doucement, doucement. Il ne s'agit que d'une hypothèse, je peux très bien me tromper. De plus, vous vous trouvez tous deux sous surveillance médicale. Si, au cours des prochains jours, vous ressentez quoi que ce soit d'inhabituel, contactez-moi immédiatement.

Il sortit des Post-it de sa sacoche.

— Comment ça? On est censés ressentir quoi? demanda Patrick tandis que le professeur se munissait d'un stylo-bille.

— Comme nous le savons tous désormais, Sophia Dorn était obnubilée par l'idée d'hypnotiser les gens malgré eux. D'après les experts, elle a certainement mis à profit toutes ces années de cavale pour continuer à développer sa méthode.

— Vous voulez bien arrêter de tourner autour du pot?

À présent, l'étudiant s'adressait au professeur sans le moindre respect. Mais ce dernier ne lui en tint pas rigueur, étant donné les circonstances.

— Depuis longtemps, le débat fait rage au sein de la communauté scientifique: la lecture d'un texte peut-elle suffire à hypnotiser quelqu'un?

— Pardon?

— Le protocole Alzner mentionné à la page 154 existe-t-il vraiment? Peut-être que vous en avez un exemplaire sous les yeux, à l'heure où je vous parle? Un texte renfermant un message subliminal seulement perceptible par l'inconscient.

— Vous n'êtes pas sérieux?

La voix de Patrick commençait à trembler sous l'effet de la panique.

— Nous avons lu un texte issu d'un cerveau malade et nous sommes peut-être sous hypnose?

Le professeur opina du chef.

— Cette expérience va nous permettre de le découvrir. Si j'avais vendu la mèche, elle aurait perdu tout son intérêt. Je vous présente mes excuses. Mais personnellement, je n'y crois pas. Je pense qu'il s'agit d'une légende urbaine, d'un mythe scientifique, dont nous prouverons ensemble l'absurdité.

— Et dans le cas contraire, que va-t-il nous arriver?

— Je ne sais pas. Mais je vous l'ai dit, si quelque chose de bizarre se produit et que cela vous inquiète, appelez-moi.

— Et vous pourrez nous sortir de cette transe? Enfin, si nous sommes effectivement hypnotisés?

Lydia battait rapidement des paupières.

— *Si* vous l'êtes, oui. De toute façon, je connais le mot de passe.

— Quel mot de passe?

— La réponse à la dernière devinette: « On me jette lorsque je suis utile. On me récupère une fois que je ne sers plus. » Si ce texte contient un message subliminal, nous pouvons supposer que son effet post-hypnotique peut être annulé grâce à un mot de passe.

— Supposer... C'est rassurant... Allez-y, crachez le morceau: quelle est la réponse?

Le professeur secoua la tête tandis que Patrick pointait vers lui un index menaçant.

— Si je vous la révélais maintenant, l'expérience serait vouée à l'échec. Attendez plutôt de constater ou non un changement dans votre vie. Prenez des notes et surtout, ne vous faites pas de souci. Je suis joignable de jour comme de nuit. Il ne vous arrivera rien.

— Je ne sortirai pas d'ici avant de connaître ce fichu mot de passe, s'écria Patrick.

La porte située derrière lui grinça et un homme âgé passa la tête par l'entrebâillement, l'air inquiet.

— Ça va, aucun problème, tout se passe bien, le rassura le professeur.

L'homme haussa les sourcils et referma la porte.

— Non, ça ne va pas du tout. Donnez-nous la solution de la dernière énigme ou je...

— D'accord, d'accord.

Le professeur, qui avait envisagé ce scénario, s'approcha des étudiants et colla sur leur fascicule un Post-it où figurait une adresse électronique.

Lydia et Patrick l'interrogèrent du regard.

— Au moindre doute, envoyez-moi un e-mail et je vous communiquerai immédiatement la réponse. Il ne tient qu'à vous d'interrompre ou non l'expérience. Je vous prie toutefois de ne prendre cette décision qu'en dernier recours. Et ce, au nom de la science. Nous sommes bien d'accord?

Le professeur tourna les talons, ramassa sa vieille sacoche et commença à rassembler ses affaires.

Lydia se leva.

— Mais on a fini par trouver la réponse, n'est-ce pas? demanda-t-elle d'une voix mal assurée. Haberland a bien survécu?

Le professeur, sur le point de ranger le protocole d'origine, se figea, les yeux voilés de tristesse.

— Non, murmura-t-il doucement.

Lydia lui adressa un petit signe de tête, comme si le professeur n'avait besoin que d'un simple encouragement pour exprimer la plus douloureuse des vérités. Elle lui avait déjà semblé nue et fragile dans ce bar miteux à la musique assourdissante, mais bien moins qu'en cet instant. Il lui répondit tout en se demandant si elle en était consciente.

— Hélas, Niclas Haberland n'a pu être sauvé à temps.

Aujourd'hui, 15 h 42

— Vous avez été très courageux.

Le vieil homme referma le portail rouillé, rangea son gros trousseau de clés dans la poche de sa veste et enfila ses gants.

— Je ne pensais pas vous revoir ici.

— Oh, juste le temps d'une petite réunion, expliqua le professeur en riant. Et vous, fidèle au poste?

— Hélas, oui, grogna le gardien. Je viens jeter un coup d'œil une fois par mois, histoire de compléter ma retraite. Pour ça, inutile de compter sur ma femme.

— Personne n'a jamais voulu racheter la villa ?

Bachmann renifla, tout en contemplant la façade envahie par le lierre.

— Oh, si. Évidemment, après la mort de Rassfeld, le bâtiment est resté fermé quelque temps. Aucun élément concret n'a filtré dans la presse, mais les rumeurs allaient bon train. Pas étonnant, puisque personne ou presque ne s'est exprimé officiellement sur cette affaire. Bruck est rentré à Hambourg. On lui a proposé d'écrire un livre sur ce qui s'est passé cette nuit-là, mais il a refusé. La cuisinière s'est reconvertie dans l'hôtellerie. Quant à Yasmin, elle a enregistré avec Linus un disque qui a eu un certain succès, paraît-il. Je me demande ce qu'en penserait l'autre folle.

Bachmann observa deux corneilles passer dans le ciel.

— Seule Greta s'est exprimée lors d'une interview. Elle a prétendu que les événements l'avaient guérie de ses angoisses et qu'elle pouvait désormais rester seule à Noël. Vous y croyez, vous ?

Les corneilles se séparèrent pour se rejoindre quelques secondes plus tard. Bachmann se tourna vers le professeur, qui voyait de moins en moins bien. Il ne pouvait certainement plus lire sans lunettes.

— Certains continuent à croire qu'un massacre a eu lieu ici, que des patients se sont entretués et que cet endroit est hanté. C'est stupide, mais, apparemment, ça suffit à décourager les acheteurs potentiels. Pourtant, ce n'étaient pas les projets qui manquaient, de la résidence de luxe au restaurant en passant par l'hôtel, mais ils sont tous tombés à l'eau.

— On reparle parfois de Sophia ?

À l'évocation de ce nom, le gardien tressaillit légèrement et se gratta la tête.

— Les enfants du coin prétendent que c'est une sorcière qui vit toujours ici, sous les toits, avec sa fille handicapée. Vous voyez le genre.

Il avait beau essayer de rire, c'était la première fois que le professeur devinait autant de tristesse chez quelqu'un.

— Enfin, sans vouloir vous offenser. Bon, je vais faire une dernière fois le tour de la villa, Cas… Désolé.

— Ce n'est rien, répondit Haberland en lui tendant la main. Je vous souhaite un joyeux Noël. Ce fut un plaisir de vous revoir, et merci pour l'accueil.

— Il n'y a pas de quoi, du moment que ça ne devient pas une habitude.

Les deux hommes se saluèrent une dernière fois de la tête, puis partirent chacun de leur côté. Deux hommes tellement éprouvés par les horreurs traversées ensemble qu'ils ne pouvaient plus rien partager, pas même une brève discussion.

Haberland remonta le col de son manteau élimé pour se protéger du vent et avança prudemment le pied dans l'allée qui descendait en pente douce jusqu'à la route. La météo ayant annoncé des averses de neige et du verglas, il avait prévu ses grosses bottes d'hiver. Autrefois, il était venu chaussé de simples souliers de cuir, causant ainsi sa perte.

Autrefois. Dans une autre vie.

Il était devenu quelqu'un d'autre. Il n'avait pas menti en affirmant à Lydia que Niclas Haberland était mort. L'homme qui portait ce nom gisait en lui, brisé. Bruck avait fini par trouver la solution au bout de deux jours, mais c'était déjà trop. Il avait retrouvé le monde réel, mais pas sa véritable identité.

« On me jette lorsque je suis utile. On me récupère une fois que je ne sers plus. »

Il s'était souvent demandé quel était le but de ces énigmes. Sophia fournissait à ses victimes une porte de sortie dont Marie ne disposait pas. Il avait d'abord interprété ce geste comme un dernier sursaut d'humanité, puis comme l'expression d'un fol espoir selon lequel un simple mot suffirait à libérer sa fille de son labyrinthe de souffrance. Mais après plusieurs années de tourments, il avait fini par comprendre. Les devinettes faisaient partie intégrante du châtiment, elles prouvaient la toute-puissance de Sophia. Elle avait envoyé Haberland en enfer, fermé la porte et laissé la clé dans la serrure, car il lui était complètement égal que quelqu'un réussisse à le libérer. En effet, elle seule pouvait détenir le pouvoir de le réexpédier en enfer, et ce, à tout moment.

Reviens me chercher...

Depuis cette nuit-là, il vivait dans l'angoisse la plus profonde. Il se disait que si l'on n'avait plus jamais revu Sophia, c'était parce qu'elle vivait désormais en lui. Pas au sens propre, bien sûr, mais au sens figuré. Puisqu'elle avait fait en sorte qu'on le libère de sa léthargie grâce à un seul mot, pourquoi ne pas ancrer en lui un deuxième ordre post-hypnotique dont il ignorait tout? Elle l'avait gardé assez longtemps en son pouvoir pour extraire de son cerveau toutes les informations nécessaires à la rédaction de ce dossier médical.

Voilà pourquoi il sursautait au moindre coup de téléphone, à la moindre voix inconnue, au moindre mot étranger. Il s'attendait au pire depuis qu'il avait échappé au purgatoire de sa propre âme. Et c'était aussi la raison qui l'avait poussé à mener cette expérience. Il voulait savoir une bonne fois pour toutes si Sophia avait trouvé le moyen de prendre le contrôle de quelqu'un, des années après sa disparition.

Haberland avala sa salive. Il avait la gorge un peu irritée, peut-être le signe d'un début de rhume. Ses cicatrices le démangeaient légèrement. C'était la même chose chaque fois ou presque que l'on annonçait des chutes de neige. Ses brûlures sur le torse se réveillaient toujours en premier, et plus les années passaient, plus les tissus nécrosés de ses poignets étaient sensibles aux variations de température.

Soudain, il sentit un museau humide se poser sur sa main droite et baissa les yeux.

— Ah, te voilà, dit-il au chien, qui remuait la queue.

Ce dernier avait disparu dans la forêt, tandis que Haberland discutait avec Bachmann. Mais il ne s'éloignait jamais bien longtemps. Il avait de plus en plus mal à bouger ses pattes arrière, même le temps d'une courte promenade, et ne voyait quasiment plus rien du seul œil qui lui restait, le droit. Haberland ne tenait plus Tarzan en laisse depuis bien longtemps.

— Faisons attention à ne pas trébucher, hein? Marie nous attend.

Il caressa le vieux chien sur la tête et se retourna une dernière fois. La villa s'élevait dans le gris de l'hiver tel un sombre monolithe. Les fenêtres du rez-de-chaussée étaient condamnées. À l'étage, le dernier agent immobilier à s'être déplacé avait simplement tiré les vieux rideaux. Pas une seule lumière dans tout le bâtiment. Seule l'entrée était éclairée par une petite lanterne.

Haberland plissa les yeux. L'espace d'un instant, il crut voir une ombre bouger derrière l'un des rideaux délavés. Là-haut, au quatrième étage, sous les toits. Mais la nuit commençait à tomber, et lui mieux que quiconque savait qu'ici, même en plein jour, différencier la réalité de l'illusion n'était pas chose facile.

Certainement le fruit de son imagination. Ou un rat. Ou un courant d'air causé par une fenêtre cassée.

Haberland tira sur sa manche et se gratta le poignet.

Les météorologues disaient vrai. Il va y avoir de la neige.

Il se tourna vers Tarzan, qui le regardait impatiemment.

— Qu'en penses-tu? Tu crois que cette année, nous fêterons Noël sous la neige?

Le chien s'élança joyeusement. Haberland lui emboîta le pas, mais un peu trop vite. Il glissa et leva le bras gauche. Sans ses bonnes chaussures, il aurait perdu l'équilibre. Il suivit les traces qu'il avait laissées à l'aller, dans la neige à moitié fondue. Prudemment, pas à pas, il regagna la route, tournant définitivement le dos à la vieille bâtisse de la colline Teufelsberg, siège de ses pires angoisses. À présent, vide et exsangue, elle attendait qu'un miracle survienne. Que quelqu'un époussette les meubles, allume un feu dans la cheminée et place une vive lumière à chaque fenêtre, afin de purifier ce lieu de son terrible passé et des esprits malfaisants qui le hantaient.

Que tout redevienne comme avant.

Annexe, remerciements et excuses

Vous, je ne sais pas, mais moi, je fais partie de ceux qui lisent toujours les remerciements avant même d'entamer le premier chapitre. Cette habitude m'a déjà gâché un certain nombre d'intrigues, car nombreux sont les écrivains à profiter des dernières lignes de leur ouvrage pour indiquer leurs sources, révélant souvent par la même occasion le thème clé du roman et son dénouement.

Ainsi, j'ai récemment lu un thriller historique où l'on est censé apprendre seulement à la fin que le meurtrier souffre de troubles de la personnalité multiples. Et comme j'avais commencé par les remerciements, je connaissais l'issue avant d'avoir lu la première page.

Pourquoi j'en parle ici ? Parce que j'aimerais vous indiquer quelques références, si vous souhaitez approfondir les sujets médicaux abordés dans ce thriller psychologique. Certains éléments paraissent à peine croyables, et pourtant, sachez qu'ils font l'objet de récents débats.

Mais comment vous le prouver sans trop dévoiler l'intrigue ? Heureusement, il existe un ouvrage de référence au titre anodin, *Unsichtbare Ketten*, du psychologue

Hans Ulrich Gresch. Caspar ne s'en souvient pas précisément, mais il le cite quasiment mot pour mot.

Au moment de l'impression, il était possible de télécharger gratuitement *Unsichtbare Ketten* sur Internet, ce dont je suis très reconnaissant à l'auteur (mais avant de chercher sur Google, attendez d'avoir terminé votre lecture !). *Fundamentals of Human Neuropsychology*, l'ouvrage passionnant que Caspar découvre dans la bibliothèque, existe lui aussi pour de vrai : il est l'œuvre de Bryan Kolb et Ian Q. Whishaw.

En revanche, la clinique Teufelsberg, tout comme le reste de l'intrigue, est le fruit de mon imagination. Mais comme tout bon mensonge, cette fiction comporte une minuscule part de vérité. C'est pourquoi je me suis inspiré d'une clinique privée située sur la vraie colline Teufelsberg de Berlin. Dans un accès de mégalomanie typique des écrivains, je l'ai simplement placée un peu plus loin dans la Grunewald. Quant à l'histoire de cette colline artificielle, elle est largement documentée.

Vous aurez certainement reconnu la chanson que Caspar apprécie tellement : « In Between Days », de The Cure. Et si vous n'avez pas encore résolu la dernière devinette du Briseur d'âmes, un petit indice : la solution se trouve dans les remerciements suivants. N'est-ce pas, Gerlinde?

Comme toujours, je remercie en premier lieu mes lecteurs. Sans vous, je me trouverais dans l'obligation de gagner ma vie d'une façon bien moins plaisante : en travaillant, par exemple. Merci aussi pour vos nombreuses observations et suggestions, pour vos remarques, positives comme négatives, que je reçois notamment par mail à cette adresse :

fitzek@sebastianfitzek.de

ou sur mon site :

www.sebastianfitzek.de

Parfois, j'ai l'impression d'être un chanteur qui se contente de monter sur scène tandis que des dizaines de techniciens s'affairent en coulisses. Par exemple :

Roman Hocke, le seul homme à qui l'on peut dire : « Tu es le meilleur agent littéraire du monde », sans que cela lui monte à la tête.

Manuela Raschke : sans toi, je serais perdu, ruiné et sans doute incarcéré.

Gerlinde : la plus grande fan de thrillers de la planète. Cette fois encore, tes conseils avisés m'ont été indispensables. Merci d'être mon ancre dans le tourbillon de la vie.

Sabine et Clemens Fitzek : vos connaissances médicales me permettent de briller. C'est vous qui m'avez parlé de la virtopsie. Et hop, si je me trompe, je vous fais porter le chapeau. Pas mal, hein ?

Christian Meyer : c'est cool, avec ta carrure, tout le monde te prend pour mon garde du corps. À partir d'aujourd'hui, tu viens à toutes mes conférences de presse et je te laisse répondre aux questions sur les armes à feu.

Sabrina Rabow : mieux vaut être peu mais bien entouré. Mais pour d'autres raisons également, je suis heureux de t'avoir rencontrée il y a des années et que tu sois mon attachée de presse.

Nombreuses sont les personnes à m'impressionner par leurs compétences, leur culture et leur créativité. Elles m'inspirent, et je leur en serai éternellement reconnaissant : Zsolt Bács, Oliver Kalkofe, Christoph Menardi, Jochen Trus, Andreas Frutiger, Arno Müller, Thomas

Koschwitz, Simon Jäger, Thomas Zorbach, Jens Desens, Patrick Hocke, Peter Prange. Sans oublier mon père, Freimut Fitzek, évidemment !

Venons-en à ceux que je ne peux décemment pas oublier dans ces remerciements, et sans qui il n'y aurait même pas d'écrivain.

Carolin Graehl : tu es une lectrice aussi sérieuse que bienveillante. Et ce qui te rend parfaite, ce sont – entre autres choses – les questions précises que tu me poses sur le manuscrit. C'est d'abord grâce à toi que des idées jetées sur le papier deviennent un roman digne d'intérêt.

Regine Weisbrod : incroyable. Je comprends pourquoi tant d'auteurs t'admirent. Si tu ne supervises pas la rédaction de mon prochain livre, je te tue ! (Ce n'est pas une blague, il y aura un cadavre qui portera ton nom !)

Dr Andrea Müller : vous m'avez découvert et fait de moi un écrivain. Heureusement, nous avons pu travailler une dernière fois ensemble avant que vous cédiez aux sirènes de la concurrence.

Beate Kuckertz et Dr Hans-Peter Übleis : merci de me fournir au cours des prochaines années ce dont d'autres se contentent de rêver : l'argent. Non, je veux bien sûr parler de votre accueil au sein de cette merveilleuse maison d'édition qu'est Droemer Knaur.

Klaus Kluge : tes stratégies marketing sont toutes plus originales et décalées les unes que les autres, ce qui te vaut non seulement l'admiration de tes collègues, mais aussi la mienne. Dommage que mes poignées de main moites ne te rapportent rien.

Sibylle Dietzel : je vous remercie d'avoir mis mes idées en valeur grâce à vos talents de maquettiste.

Une fois encore, les personnes les plus importantes viennent conclure les remerciements : la véritable armée travaillant à la production, la vente, dans les librairies et les bibliothèques. C'est avant tout grâce à elles que vous avez ce livre entre les mains.

Enfin, je dois présenter mes excuses auprès de ceux que j'ai honteusement exploités afin de pouvoir écrire ce livre. Par exemple, Helmut Rassfeld, avec qui j'ai collaboré de nombreuses années à la radio et qui a donné son nom à un personnage qui ne lui ressemble absolument pas, encore heureux. Mme Patzwalk travaillait à la cantine de mon jardin d'enfant (merci de ne m'avoir jamais forcé à manger du foie !). Et Fruti, désolé d'avoir appelé comme ton fils un personnage pour le moins bizarre. Le seul qui n'a pas le droit de se plaindre, c'est Marc. Tu as insisté pour que j'utilise un jour ton nom de famille. C'est quoi, déjà… ? On ne devrait jamais réclamer à tort et à travers. Votre souhait a été exaucé, monsieur Haberland.

Sebastian Fitzek

P.-S. : Ne vous inquiétez pas, ce que vous avez lu n'est qu'un roman. Ce dossier médical n'existe pas pour de vrai. Enfin, j'en suis presque certain…

*Cet ouvrage a été composé
par Atlant'Communication
au Bernard (Vendée)*

*Achevé d'imprimer sur Roto-Page
par l'Imprimerie Floch à Mayenne
en février 2012
pour le compte des Éditions de l'Archipel
département éditorial
de la S.A.S. Écriture-Communication*

Imprimé en France
N° d'impression : 81777
Dépôt légal : mars 2012